# 劉大任集

台灣作家全集

短篇小說卷

# 出版說明

《臺灣作家全集》是臺灣新文學運動以來最有意義的選輯，也是臺灣文學出版上最具示範的創舉。全集係以短篇小說爲主體，以作家個人爲單位，涵蓋一九二〇年至九〇年代的重要作家，縫合戰前與戰後的歷史斷層，有系統地呈現了現代文學史上臺灣作家的精神面貌。

在內容上，包括日據時代，由張恆豪編輯；戰後第一代，由彭瑞金編選；戰後第二代，由林瑞明、陳萬益編選；戰後第三代，由施淑、高天生編選。全集計劃出版五十冊，後每隔三年或五年，續有增編，一人以一冊爲原則，戰前部分則因篇幅不足，有二人或三人合爲一集。

在體例上，每冊前由召集人鍾肇政撰述總序（文長兩萬字，首冊爲全文，其它則爲濃縮），精扼鈎畫出臺灣新文學發展的歷程、脈絡與精神；並由各集編選人執筆序言，簡要介紹作家生平及作品特色；正文之後，則附有研析性質的作家論，及作家生平寫作年表、小說評論引得，期能提供讀者參考。臺灣面臨歷史的轉捩點，瞻前顧往之際，本社誠摯希望能對臺灣文學的出版、推廣、教育及研究上有所貢獻。

---

**台灣作家全集**

短篇小說卷

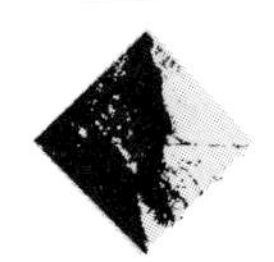

一九七〇年七月于波斯頓

一九六五年于台北，作者及其家人。後排左二爲劉大任。

一九六六年，出國護照照片。

一九六九年柏克萊海邊，與其妻傑美合影。

劉大任手跡

踱到那堆土丘前面。

西斜的陽光穿過意態蒼老、枝椏疏朗的雞爪楓，滿樹紅葉，灑下來，灑在土丘上。在那裡，不知何時起，居然生意盎然地怒生了一叢羊齒。是兩葉像從維管束對開而後輻射生長的綠圓羽片，在微微披覆下墜的鮮綠蜷卷葉群的中心，一枝肉桂色的能育葉，傲然挺立，上面纍纍豐滿著孢子囊穗。

他在那被風吹的這個禮拜天的下午癡癡望著這一叢不請自來的桂皮蕨。失神的腦子裡，卻反覆纏繞著一個意念：這樣的生殖方法，多麼清潔，何等神奇！只要有一陣風，億萬個無性的[illegible]便完成了自己的複製的子孫，就飄颺起來，飛舞著，滑翔著，奔向四面八方。只要有一陣風…………。

一九七七年，與長男一家赤道上合影，左二為劉大任。

一九八六年于龐貝古城

一九八五年于花蓮與友人合影。
右起劉大任、孟東籬、金恆煒。

一九八七年夏，陪父親回江西省老家村落。

召集人／鍾肇政
編輯委員／張恆豪（負責日據時代作家作品編選）
彭瑞金（負責戰後第一代作家作品編選）
林瑞明（負責戰後第二代作家作品編選）
陳萬益（負責戰後第二代作家作品編選）
施　淑（負責戰後第三代作家作品編選）
高天生（負責戰後第三代作家作品編選）
資料蒐訂／許素蘭、方美芬
編輯顧問／
（臺灣地區）：張錦郎、葉石濤、鄭清文、秦賢次
宋澤萊
（美國地區）：林衡哲、陳芳明、胡敏雄、張富美
（日本地區）：張良澤、松永正義、若林正丈、
岡崎郁子、塚本照和、下村作次郎
（大陸地區）：潘亞暾、張超
（加拿大地區）：東方白
（歐洲地區）：馬漢茂
美術策劃／曾堯生

# 台灣作家全集

短篇小說卷

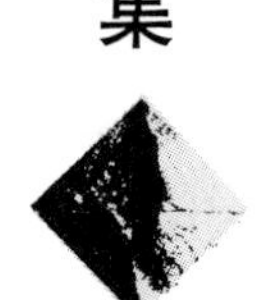

# 緒　言

鍾肇政

時代的巨輪轟然輾過了八十年代，迎來了嶄新的另一個年代——九十年代。發軔於二十年代的台灣文學，至此也在時代潮流的沖激下，進入了一個極可能不同於以往的文學年代。

然則這九十年代的台灣文學，究竟會是怎樣的一種文學？

在試圖回答這個問題之前，我們似乎更應該先問問：台灣文學又是怎樣一種文學？

曰：台灣文學是台灣本土的文學、台灣人的文學。

曰：台灣文學是世界文學的一支。

倘就歷史層面予以考察，則台灣文學是「後進」的文學；比諸先進國的文學，即使是近鄰如日本，她的萌芽時期亦屬瞠乎其後，比諸中國五四後之有新文學，亦略遲數年。

只因是後進的，故而自然而然承襲了先進的餘緒，歐美諸國文學的影響固毋論矣，即日本文學、中國文學等也給她帶來了諸多影響。易言之，先天上她就具備了多種特色集於一身，因而可能成爲人類文學裏新穎而富特色的一支——當然這種說法恐難免落入過分單純化機械化的發展論，未必完全接近實際情形。事實上，一種藝術的發芽與成長，土地本身的人文條件與夫時代社經政治等的變易更動，在在可能促進或阻礙她的發展。證諸七十年來台灣文學的成長過程，堪稱充滿血淚，一路在荊棘與險阻的路途上踽踽而行，備嘗艱辛。

職是之故，若就其內涵以言，台灣文學是血淚的文學，是民族掙扎的文學。四百年台灣史，是台灣居民被迫虐的歷史。隨著不同的統治者不同的統治，歷史上每一個不同階段雖然也都有過不同的社會樣相與居民的不同生活情形，而統治者之剝削欺凌則始終如一。七十年台灣文學發展軌跡，時間上雖然不算多麼長，展現出來的自然也不外是被迫虐被欺凌者的心靈呼喊之連續。

台灣文學創建伊始之際，我們看到台灣文學之父賴和以文學做爲抗爭手段之一的筆跡。他反抗日閥強權，他也向台灣人民的落伍、封建、愚昧宣戰。他身體力行，諸凡當時的抗日社團如文化協會、民衆黨和其後的新文協等，以及它們的種種活動，他幾乎是每役必與，並驅其如椽之筆發而爲〈一桿稱子〉、〈不如意的過年〉、〈善訟的人的故事〉等小說與〈覺悟下的犧牲〉、〈南國哀歌〉等詩篇，爲台灣文學開創了一片天空，樹立了不朽典範。

中期，我們又有幸目睹了台灣文學巨人吳濁流之出現。第二次世界大戰進入最慘烈階段之際，在日本憲警虎視眈眈下，吳氏冒死寫下《亞細亞的孤兒》，戰後更在外來政權戒嚴體制的獨裁統治下，他復以《無花果》、《台灣連翹》等長篇突破了統治者最大的禁忌。他不但爲台灣文學建構了巍峨高峰，還創辦《台灣文藝》雜誌，創設台灣第一個文學獎「吳濁流文學獎」，培養、獎掖後進，傾注了其後半生心血，成爲台灣文學的中流砥柱。

七十星霜的台灣文學史上，傑出作家爲數不少，尤其在時代的轉折點上，每見引領風騷的人物出現，各各留下可觀作品。此處暫不擬再列舉大名，但我們都知道，在統治者鐵蹄下，其中尙不乏以筆賈禍而身繫囹圄，備嘗鐵窗之苦者，甚或在二二八悲劇裏飲恨以終者。以所驅用的文學工具言，有台灣話文、白話文、日文、中文等等不一而足，蔚爲世界文壇上罕見奇觀，此殆亦爲台灣文學之一特色。日據時，曾有「外地文學」之稱，晚近亦有人以「邊疆文學」視之，唯她既立足本土，不論使用工具爲何，其爲台灣文學則無庸否定，且始終如一。

不錯，七十年來她的轉折多矣。其中還甚至有兩度陷入完全斷絕的眞空期，其一爲戰爭末期所謂「決戰下的台灣文學」乃至「皇民文學」的年代，以及戰後二二八之後迄國府遷台實施恐怖統治、必需俟「戰後第一代」作家掙扎著試圖以「中文」驅筆創作、接續斷層爲止的年代。一言以蔽之，台灣文學本身的步履一直都是顛躓的、蹣跚的。到了七十年代，鄉土之呼聲漸起，雖有鄉土文學論戰的壓抑，反倒造成台灣文學的欣欣向榮，入了八十年代，鄉土文學不僅成爲文壇主流，益以美麗島軍法大審之激盪，衝破文學禁忌成了不可遏止之勢，於是有覺醒後之政治文學大批出籠，使台灣文學的風貌又有了一變。

八十年代已矣。在年代與年代接續更替之際，正如若干年來每屆歲尾年始，報章上總會出現不少檢討與前瞻的論評文學，也一如往例悲觀與樂觀並陳，絕望與期許互見。有一明顯的跡象是嚴肅的台灣文學，讀者一直都極少極少，在八十年代末期的消費社會、資訊多元化社會以及功利主義社會裏，文學的商品化及大衆化傾向已是莫之能禦的趨勢，於是當市場裏正如某些論者所指摘，充斥著通俗文學、輕薄文學一類作品，純正的文學乃又一次陷入危殆裏。

然而我們也欣幸地看到，八十年代末尾的一九八九年裏民主潮流驟起，舉世爲之震動。繼六四天安門事件被血腥彈壓之後，卻有東歐的改革之風席捲諸多社會主義共產國家，連蘇聯竟也大地撼動，專制統治漸見趨於鬆動的跡象。（草此文之際，世人均看到蘇俄首任總統終告產生。）這該也是樂觀論者之所以樂觀之憑藉吧。

不錯，新的人類世界確已隨九十年代以俱來。即令不是樂觀者，不免也會睜大眼睛看著世局之演變並對它有所期待才是。而九十年代台灣文學，自然也已是呼之欲出！君不見繼八九年年尾大選、國民黨挫敗之後，台灣的民主又向前跨了一步，即令有第八任總統選舉的權力鬥爭以及國大代表之挾選票以自重、肆意敲詐勒索等醜劇相繼上演於國人眼睜睜的視野裏，但其爲獨大而專權了數十年之久的國民黨眞正改革前的垂死掙扎，彰彰在吾人耳目。

在九十年代台灣文學即將展現於二千萬國人眼前之際，《台灣作家全集》（以下稱「本全集」）的問世是有其重大意義的。過去我們已看到幾種類似的集體展示，計有《日據下台灣新文學》（明集，共五卷，明潭出版社，一九七九年三月）、《光復前台灣文學全集》（八卷，後再追加四卷，遠景出版社，一九七九年七月）、《本省籍作家作品選集》（十卷，文壇社，一九六五年十月）、《台灣省青年文學叢書》（十卷，幼獅書店，一九六五年十月）等四種。無獨有偶，前兩者均爲戰前台灣文學，後兩者則爲淸一色戰後台灣作家作品。而其中，除最後一種爲個人結集之外，餘皆爲多人合集。值得一提的是後兩者出版時，白色恐怖仍在餘燼未熄之際，前兩者則是鄉土文學論戰戰火甫戢、鄉土文學普遍受到肯定之後，因此可以說各各盡了其時代使命。

本全集可以說是集以上四種叢書之大成者。其一，是時間上貫穿台灣新文學發軔到輓近的全局；其二，是選有代表性作家，每家一卷，因而總數達數十卷之鉅，堪稱自有台灣新文學以來之創舉。是對血漬斑斑的台灣文學之路途上，披荆斬棘，蹣跚走過的前輩們，以及現今仍在孜孜矻矻舉其沉重步伐奮勇前進的當代作家們之獻禮，也是對關心本土文學發展的廣大海內外讀者們的最大禮物。

（註：本文爲《台灣作家全集》〈總序〉的緒言，全文請看《賴和集》和《別冊》。）

# 目 錄

# 「知識分子」的文學
## ——劉大任集序

「我不以爲自己是專業作家，也不以爲是公務員、政治家或者社會運動家。姑不論是好是壞，我一直自認是個知識分子。既是知識分子，那就必需堅持兩件事：其一是不管什麼場合，都應該站在民間這一邊；另一是絕不使自己成爲一名政客。我以爲這樣才能當一個批評家，並且從事著述時，也才能經常保持客觀的心情。但是，我想陳映眞大概是不一樣的吧。他好像是把自己當做是政治人物、社會革命家。故此，如果他要去中國，那麼他會考慮在那邊可以會見階層有多高的、多重要的人士，並爲有利於自己未來在台灣的政治地位而苦思焦慮，這一點大概錯不了。至於知識分子如何，農民、勞動者又怎樣等等，他恐怕不會想知道的吧。我想，這就是我和他不同之處。」

以上這段話，是將劉大任的長篇小說〈浮游群落〉翻譯成日本（研文出版，一九九一年）的日本學者岡崎郁子爲此書所寫的〈解說——劉大任和他的時代〉裡的一段話。

這篇洋洋達兩萬數千言的長文裡就只有這幾行字用括孤括起來，並言明是一九八九年她在台北訪問劉大任時，劉氏所說的話。而這話大概也可以看做劉大任作爲一名作家的基本態度，也透露出他的文學（應該也包含他的社會批評文字在內）的精神基礎。

此處忍不住地要順便提提文中所言及的有關陳映眞的事。劉陳兩人曾經有過共同的「理想」，是此間許多人所熟知的，在經過二、三十年之後，他們之間終究有了「不同之處」，這恐怕不僅僅是人間滄桑、白雲蒼狗等說法所能解釋的吧。可異的是劉君在那一番話裡所預言的，竟然在兩年多之後成爲事實。陳君在一九九二年初，以「中國統一聯盟主席」身分赴中訪問，會見了江澤民，彷彿一夕之間成了在台灣的「政治要員」。在這套《台灣作家全集》裡劉陳兩君一出席一缺席，恰巧也透露了兩君的「不同之處」。

筆者對劉大任所知恐怕只能說是有限的。譬如早期（六〇年代），他有若干作品在《筆匯》、《現代文學》等刊物上發表，並且還是小說、詩、散文樣樣來，其後則有《劇場》與《文學季刊》之創辦，劉君均爲原始合作者之一，故而如果說台灣文壇亦曾有過「派別」，則劉君的派別屬性應是相當鮮明的。而他的作品，也正是當年所謂「現代派」的那一類，新銳、尖銳兼而有之，深受矚目，自是不待言宣的。

六〇年代後期，他有赴美留學之舉，不過仍有作品寄回來，發表於《文學》；入了七〇年代，他一頭栽進「保釣運動」，甚至學業也不惜爲此而放棄，並且還有第一本作品集

《紅土印象》被查禁的事故發生，人也登上了黑名單，從此無能再回來，連作品也被禁止在台灣發表，只好暫時放棄了他那枝犀利的筆。幸好在聯合國謀得了譯員的職位，不僅生活得以安定，還於七四年有了「回歸」的機會。這一趟「祖國之旅」，時間雖然不長，然而卻給劉大任帶來了極大的轉變。有關這一趟旅行的見聞以及之所以給了他那麼大的衝擊的經過，前述岡崎郁子的「解說」裡有頗為生動的描述——不如說：劉大任有生動的現身說法，可惜此處限於篇幅，無法引用。總之，他的「理想」某程度地破滅了，使他有其後的自我放逐到非洲的三年沈潛歲月，乃有這篇〈浮游群落〉的醞釀及執筆，並且也為他帶來在創作方面東山再起的契機。約從進了八〇年代之後，他的文筆活動頓然活絡起來，台灣方面好像也不再有發表的禁忌，連同香港文壇，都可看到他為量相當可觀的創作與論評發表，著作也在兩地相繼印行。

本集裡所收錄的短篇小說，從早期的，到近期的都有，約略地也可以窺出作者做為一名文學家成長的軌跡。做為創作的背景，有台灣的、美國的，也有以「回歸」的見聞為主的中國，但都有一個共通的特色，即以知識階級為人物構成、塑造的藍本。不用說，這些知識分子都是「台灣的」，而觀照的坐標卻似乎是「中國的」。這樣的創作模式，或者說做為一名中國的知識分子，一種政治的思惟，總似乎無可避免，從而做為中國知識分子的使命感，便也無從擺脫。劉大任自己即曾有過述懷：「中日戰爭時期，日本的作家谷崎潤一郎何以能夠那樣地靜下心來寫『細雪』呢？」他還坦率地表明，這個謎他恐怕是無法解開的。在他內心深處存在的這個謎，以及他站在民間立場與不做政客的兩項堅持，似乎就是了解劉大任這位作家，和披讀他的作品時，吾人所不可不放在心頭的。

# 簫聲咽

這島的中央有一座教堂，教堂的鐘樓高高豎起，差不多每隔十五分鐘便有一陣鳥鳴似的音樂代替報時。每到夜晚，這鐘樓常是籠著一層光暈，許是被它自身裝設的燈光以及薄薄的暮靄氤氳而成。

那一晚，我們在臨近的小樓上喝著啤酒，抽著板菸，吃我的葱爆肚絲，十五分鐘一度的旋律頗有些擾亂人。

「你應該去聽墨西哥教堂的鐘，」我的朋友說：「則你聽見的將不是聖母瑪麗亞柔和的眼光與飄捲的衣袖；你將聽見流血的基督，在十字架上，脈絡暴露的垂死底筋肉！」

我什麼也未曾聽見。我只記得那一晚，巨蝎座似游蛇一般將它的巨尾搭在我的屋脊上，夜分以後，那鐘樓前兩株削直的龍柏底下來了一位黑衣人，他盤腿坐下，隨手摸出一支黑色的九節簫，嗚嗚地吹起……

次日凌晨，曙光未露，我的目光曾沿著龍柏上昇的韻律，爬過插入霄漢的鐘樓，停留在漠漠的天際：在那裏，有一朵黑色的雲悠悠地馳去，在簫聲中，悠悠地，向東方……

——原載一九六三年九月卅日《現代文學》第十八期

# 紅土印象

## 一

我們站在一塊長方形的土堆上，一共五個人。這裏彷彿是一座廢棄了的升旗台，人工草皮還沒合縫，旗杆已經拔去移往別處了。天色昏黃，大團飛沙陣陣捲過，五個人都豎起了外衣領子。背著風向，兩腿夾著隨身的手提行李，我轉過頭劃了根火柴將菸點燃。風裏抽菸，菸燒得很快，風沙過時，擊打著小腿，帶來一陣陣輕微的痲癢。遠處的大路上，塵頭捲起，馳來一輛「四分之三」中型吉普，草綠色的帆布車篷上蓋了一層灰土，我把菸蒂彈出去，將行李向後車廂內拋進。小陳仍縮著脖子，企立在土堆上，兩手插在褲袋裏。

——彈子房見！

「四分之三」攪起大量塵沙向前滾動，仍掩不住這段起伏的丘陵，從薄暮中，透出一脈暗紅的土色來。

## 二

連長是四十左近面色黝黑的南方人。講話偶爾有點口吃。這使我想起曾經誇過我有些「慧根」的羅夫子。雖然是南轅北轍的兩個人，而在印象的某一點上吻合了。從大學一年級開始，便因爲聽說羅夫子的廁所裏都堆滿了書，而立刻生出了想去看一看夫子的廁所的心。這在大二時選讀了夫子的「康德哲學」以後，便如了願。

「年輕……人！」這便是夫子的口頭禪。稍稍帶些敵意。然而他的「口吃」卻變成無形的緩衝地帶，散發某種超乎「代溝」的溫暖。入伍的前一天晚上，小陳異常不安。我提議去打彈子，他說：「去！」當然，意思是說：「沒意思。」我提議去「BB」找秀鳳幫他打手槍，他也說：「去！」結果我們去找羅夫子。

丘陵地的山風，到晚上便刺骨般削利。新換的黑膠鞋，得走上一段路，才能發揮保暖作用。坐在這小山東館裏不到半個鐘頭，便又情不自禁的跺著脚了。連長從熱氣騰騰灑滿了香菜碎葉的粗瓷盆挑了一大塊香肉：

——這……東西……多吃兩塊……晚上……包你少蓋兩床……軍毿……

——就怕年紀輕的人，撐不住，走火。

指導員說。大夥便鬨然大笑起來。跟我合住一間官長室的王排長，是個長䠷身材的山東漢子。

「他奶的，」他說：「我看這新來的七號還眞有那麼點兒架子。八成是喜歡小白臉。這禮拜天，我買她的票，怎麼樣，幹事？幹不幹得了？」

福壽酒攪得我一肚子亂糟糟的，頭部腫脹，我大口往嘴裏送菜，遮掩自己的窘狀，一面暗自努力鎭壓翻騰的胃囊。

熄燈號從司令部的方向傳過來，彷彿來自另一個世界。這是我下部隊的第一天。「小便帽」內緣還剩下三百個待劃去的饅頭。是十一月中旬，我躺在三床軍氈裏縮成一條毛蟲的形狀。風掃過營房外的大片相思林，敲擊在鋁合金的窗格上，吱吱作響。連長悄沒聲息地踱進來，坐在對面的床緣上，王排長掀起半身對他說：

「明天團朝會，幹事新到差，又有點不勝酒力，我看免了吧，嘿嘿！」

連長笑笑，關照了一下巡哨的口令，又復踱了出去。

風整夜的颳著，我感覺自己睡在接近機器房的三等船艙裏，航行在陌生的水域。暗夜中，我眼皮逐漸沉重，隱約聽見對床喃喃的夢囈。風颳著，我的眼前忽然出現大隊灰綠制服的影子，在晨曦中奔跑，原野是一片荒莽，紅色的塵土漫天飛揚，只有墳丘似的司令台上，船桅似的旗杆直刺天空。人叢中忽地穿出一個身披彩帶的年輕軍官，恍惚知道自己在幹什麼似的，以一匹健馬的姿態，雙蹄翻飛，不一會兒便竄到了司令台前，他的馬靴唰地一聲並攏。

一個臃腫的軍官踱上司令台，緩緩摘下帽子，露出一頭銀髮，他張開嘴，聲音似乎隔了很久才傳到我的耳邊，是略帶口吃的教訓：

——年輕……人……搞學問……不踏實……題目……搞得……太……大……了……

年輕的軍官忽地把彩帶一拋，一百八十度轉過身來，筆直地舉起他捏拳的右手，領導呼口號。

——我們要追求眞理！

卻是小陳的脹得通紅的臉。

——眞理……是細緻……的……累積……

——萬歲！萬歲！

千萬隻手臂高舉在晨光中，震天的喊聲隨之而起。

——萬歲！萬歲！

我的手忽地從空中急急收回。我的眼前昇起一股白色的噴泉，四散奔流，將這片乾燥的原野迷糊了去。

# 三

手裏抱著鋁皮臉盆綠塑膠肥皀盒和一條因水漬變黃的毛巾，我們走出城外，跨過鐵道，蹭過一大片沒有水的稻田——龜裂的田土和稻禾的殘梗絆著我們的脚。靠著手電筒的光圈，前後閃動，我們摸索上山。

「聽說台北的澡堂子可以叫女人。」王排長說。因爲爬山而有些氣喘。「如果是眞的，叫我每天翻這些鳥山坡都幹！」

我們爬完了第一座山坡，開始走在茶林裏，灌木叢似的茶樹在黑暗中不時鈎刮我們的褲腿。王排長走在前面，不時把電筒打到後面來，他走得很快，偶然射到後面來的電光柱，保持我的視覺凝注在他快速划動的兩條長腿上。這是兩條生長在山東丘陵地帶的長腿，爬過了三十六個歲月單元的長腿。在山下的公共浴室裏，他指著他右大腿上一塊烏黑發亮的疤說：

——不是槍眼，離家前夜，我女人從這兒咬去一塊肉。

茶園的盡頭是另一段山路的開始。黑暗中，可以聽見山頂上傳來的微弱噪音。星期天，部隊的活動完全是一片打散的人羣。只有軍號聲，傳來羣居的團體的印象。王排長解下他的水壺，我們依地勢坐在一株尤加里樹根上，將他水壺中的五加皮喝光。獵戶座四仰八叉地橫臥天際，我的尿囊很漲，不想起來。

我們躡足走近那一座土牆。約莫一個半人高的地方有一扇雜木板釘成的窗子。窗隙裏漏出燈光來。我騎在王排長的肩上。他的兩腿很有幾斤力氣，他擺開馬步，搖動一下，他把馬步拉開一點，然後站穩。我從上衣口袋裏摸出近視眼鏡戴上。我看見一扇三夾板的拉門，上面掛了幾件碎花旗袍。我看見一架梳妝台，旁邊是一幅牆曆，拉開了嘴笑的凌波穿著泳裝站在整齊羅列的數字上頭。

「該我了，該我了。」王排長不耐煩的說，聲音倒壓得很低。

我可以看見床緣和一半拖在地下的棉被。頂著雜木窗板的鼻端感覺到床板的震動，粗重的喘息聲讓我的手發顫，我用力攀高身體，終於看見那女人塗著蔻丹的腳，忽然那隻腳縮了回去，接著窗板上面有人猛力一擊，我的鼻子酸得幾乎掉出眼淚來。

我們向黑暗中沒命地跑去。隱約聽見後面狗吠的聲音。好一段路之後，王排長才打亮他的手電筒。

——叫你別靠得太近。他說。

山頂上傳來大批腳步擂動地面的聲音。晚點名的號音聽起來像鬼哭。

——下禮拜發了餉，準來捅她一下。

# 四

羅夫子的廁所仍然是日式構造的那一種，就是可以聽見落體擊打在化糞池上面的叮咚之音的那一種。格局倒是寬敞，古舊的檜木地板踏著也很舒服。而且，確實擺了一部牛津大學版的哲學辭典。是一九三四年的版本，雅致的裝訂術已透出三〇年代上國衣冠文物的莊重。我順手翻到「K」部，便看見了康德墓碑上的誄文：

——在我之上，睡著永恆不變的星空——

這樣的誄文，確實讓人忘記陰冷的墓穴中永恆不變的歲月。

「灰沙的經驗……是好……的……」先生說。

我們在玄關下面解開軍用皮鞋的帶子。我的眼光不期然遇見先生沒有蔻丹的脚趾頭，露在拖鞋的破洞外面。

「你們……看起來……茁壯……了……」

師母端來一碟小芝麻餅，入嘴便極鬆脆，再叫茶水沖下喉嚨去。忽然回到這樣細緻的生活方式裏，我覺得有難以放肆的尷尬。打量四壁，依然是黃賓虹的秋山圖・書・吳昌碩的紫藤・書・錢南園的條幅・書，這樣構置成功的夫子八疊書屋的暈黃世界，我於是有些膽怯。終於還是小陳發難。

「想請先生體嘗一下我們新發掘的感官世界。」

「呵！」先生說。

「是我們從三個月的軍餉裏積蓄起來的一點誠心。」

「是……必要……的……嗎？」先生的話裏帶著疑惑的餘味。

「對先生，不知道，對我們來講，好像是的。」

「呵！」先生說。

「因爲感覺到依賴先生而營造的內心世界，有崩潰的危機。」

然後有很久的沉默。

「具體的說吧。」先生似乎略微感到了挑戰，口吃的習慣也忘了。

「是性愛中的生殖器摩擦著沙石的感覺。」

終於把研究了很久而背誦下來的句子一口氣說完。

「呵！呵！」先生的笑聲是爽朗的。眼光不自覺地朝書房外掃了一瞬。「灰沙的……經驗……是……好的……」又口吃了起來。「改天……吧。」

在玄關告辭的時候，仍然看見先生裸露在拖鞋外面沒有蔻丹的脚趾。

# 五

與小陳在團部福利社的彈子房消磨著星期天下午的時候，連部的傳令兵行色匆匆地來找我，說是指導員有急事相商。我付了帳，回到連部。指導員遞給我一份報告。連長坐在一旁吸菸。

「是團部政戰官的特別交情，壓下來叫我們自己處理掉。」

這是一份手寫的檢舉書。從字體的稚拙、語意的含混以及不諳程序的越級報告，可以判定是小學程度的充員士兵的作爲。本來沒有具名的檢舉，是可以不必受理的。但是卻因爲指出了連部長官的眞名實姓，而由團部裁決成這樣一種處理的方式。用意大概一方面是彌蓋，一方面是警惕我們防範意外的暴亂事件。

檢舉的內容倒很簡單——長官濫用私刑。但被檢舉的是與我同房的王排長，使得這件任務交到了我的手上。雖然覺得暗中刺探同房朋友的處境而不快，卻不得不承受了下來。

全連出野外的次日，我留在營房裏工作。很快就在王排長轄下第六班的一個士兵的筆記本裏對上了筆跡。是一個來自宜蘭的業漁的充員兵。我沒有驚動他，卻叫了他的班長來問話。下面就是他答話的重點記錄：

——排長是眞愛「修理」的人，分到這一排的是中頭獎的啦！不過我們做兵的人，吃慣風雨，不是種田就是打魚的，給他修理修理也沒什麼關係的。

——憤恨是免不了的啦！過一陣就好了。排長的心情是不好捉摸的，修理過就被警告，誰要去告發就槍斃，大概也是嚇人的話，沒人眞想去告發他。排長也是苦命的人嘛，我們還有回家的日子哪！

——平常都是用槍托打屁股，有時要脫褲子的。排長說比他做兵的時候，已經是優待啦！武男這一回是比較最惡意的。全排帶到第二靶場的靶溝裏去「修理」的。

——排長是發很大的怒氣的，這一次是很大的怒氣。全排被罰從一千五百公尺的射擊位置匍匐前進到靶位，手腳膝蓋全破啦！然後下靶溝才把武男叫到中間，其他人都跪在旁邊，以爲排長要槍斃啦！眞緊張，嘿嘿！排長叫武男把褲子脫掉，以爲又是打屁股，才放心啦！結果強逼武男打手槍。

——不知道武男爲什麼去告發，平常大家都打手槍的，特別是有老婆的。熄燈前到井邊洗澡的時候順便啦，有的夜半上廁所裏。

——據我所知，沒有聽人笑話過他，不知他爲什麼去告發。

蔡武男是已經役齡兩年的充員，查看他的資料，除了打靶成績超出一般水準，或許因爲是捕鯨水手之故，倒別無其他特殊之處。他的班長的考評則認爲他喜歡獨自一人喝酒，也是水手的習性吧。這次的私刑事件，原是連長與指導員示意的，至於用了手淫的方式，則是意外。事情的起因是蔡武男的不假外出，擅自離營。事先他曾向指導員申請三天事假，理由是「返鄉料理家務」。問他是什麼緊要家務，則堅不吐露。指導員推給連長，連長推回到王排長，結果大概是沒有批准。第二天便不見了，連長壓著沒報，正是基地整訓期間，怕影響了積分。三天後他倒是自動回來報到了。但是，爲什麼王排長竟採取那樣的處罰方式呢？爲什麼蔡武男竟沒有甘心接受處罰呢？指導員還著實訓了他一頓，說是如果連上報了逃亡的話，必是要送軍法的。

從蔡武男的答話裏，我似乎找到了部分答案。

「排長不講信用的。」他說：「他說如果我說出是什麼緊要事，他就批准。我把女人的信給他看啦，從娼寮寫來的，趁我不在，我老頭跟她養父合議賣她去抵賭債了。排長說說出理由就准的……」

# 六

鳳山的入伍訓練基地上，隨處蔓生著有刺的含羞草。在基本操練的休息期間，我們常用刺刀掘它們的根來嚼，才發現往往露出地面五、六寸的枝葉，要掘起它，竟得掀起一大片泥土。現在駐紮著的楊梅高山頂，卻始終沒發現它們的蹤跡，有的只是一山紅壤。

冬天淫雨季節，營房周圍的卡車路面，經常是泥漿一片，車輪壓下兩條深溝，部隊行進便自然整齊地矮了一截。雨住之後，工兵營派車到山脚下的河床裏去挖來大量卵石塡塞，沒兩天雨來了，便又被泥漿掩沒，依然是三條平行的紅土丘。夏天整片山崗乾燥得像一大塊火燒磚。發下來不到一個禮拜的白毛巾，因爲山上水質的關係，一律成爲土紅色。紅土曝曬久了，用手一搓便成了粉末，風每天將浮面的塵土吹揚起來，這一片山崗便不時籠罩在紅霧之中，金屬的沒有煙囱的屋頂，飄展在半空的旗，炎陽下曬得發軟的人羣，人羣踐踏不到的荒草，無處不沾附著這些荒漠的發紅的微粒。

卻是在第二靶場的後山坡上，是個經常背風的所在，滿地裏怒生著長葉的蘆葦。那裏是楊梅鎭公立的亂葬崗，王排長的潦草的墓地，便在那片蘆葦叢中了。這是他遺囑選定的地方，我倒是找了些含羞草的種子灑在那一丘饅頭似的墳地上，卻一直不見它們生長出來。

王排長的死，是我們要防備而終於沒能防備到的暴亂事件的結果。蔡武男的告密揭發之後，我們錯誤地將注意力放在含著怨憤的這個有著巨大手掌的打魚人身上，卻不料一向爽朗的這條山東漢子，反而成爲暴亂事件的主角。

記得在調查期間，王排長半牢騷地罵過：「奶奶的，當了婊子也值得大驚小怪噓！沒這些婊子，俺上哪兒找老婆去！」我當時雖然也將這些牢騷話列入了記錄，還頗自嘲了這種學校裏養成的事無大小必入筆記的習慣呢，卻沒想到這句話關涉到的並不只是一個蔡武男而已。直到我看到王排長的屍體的時候，才把這些似乎無關聯的線索拉到一塊。

他是用自己的卡賓槍自殺的。子彈從下顎底下喉結上部射入，貫穿了頭部，在後腦梢的部位開了花。雖然是這樣徹底的一槍，卻沒有造成很難看的死相，流出來的血，大抵是立刻被柔軟的床墊吸收了去，與其說是痛快的山東味的死，毋寧說是很清潔的、令人嗅著醫院裏洗得變態地發白那樣的床單般的死吧，只是差不多是半裸體的那個被大家熟稱爲七號的軍妓，卻軟癱在屋角。憲兵衝進去之後，立刻變得歇斯底里了。

當時的情況非常紊亂。據目擊者的報告，槍響之後，整個「樂園」裏沒有人敢走動一步，只有售票處的收音機裏顯得特別高音的「午夜香吻」一股勁兒地播放。然後是七號房裏傳出來的臨死的王排長的呻吟，這聲音只延續了一會兒，然後是女人淒厲而尖銳的慘號。所有的人竟惶恐地奪門逃出去。憲兵開到之後，立刻驅散了幾個在門口躲閃的新聞記者，在門口架起了機槍。然而，只有一聲聲斷斷續續的女人的哭泣傳出來。

我到現在仍然想不起來，前一天晚上的王排長，有什麼異樣。他每天睡前總習慣地擦他的槍。那晚上，也一樣。

# 七

七號軍妓鄭彩女的供詞——

「我對待每個客人，都一樣。不能得罪誰，也不討好誰。反正每隔六個月，就要換地方做。新到的地方，生意總是好，做久了，生意不但不好，還有煩惱。這次我眞是悔恨沒有早一個月走，澎湖的老闆已經講好了。假使那時走了，就沒有這件事，我眞悔恨。

他是每次買我票的，還有幾個這種客人，但是他是最特別，每次都買雙倍的。開始每次他來的時候，過二十分鐘，我叫他走，他就再拿出一張票來，我只好出去換牌子。以後習慣了，一開始他就把兩張票交給我。他是眞好的人，從來沒有讓我丟臉，她們都說他是我的相好，只有我自己明白，他只是來談談話。他是有病的，每次來也叫我睡，抱在一起在床上滾。第一次來，我不知道，以爲他也是那種故意找麻煩的。結果知道他眞的不行，就很怕他來。他有一陣沒來，我怕人嘲笑，叫人去找他，以後他對我更好，他說他相信我，要我做他的朋友，把積蓄的四千元錢都給我保存。他說如果我要買什麼東西，可以儘管用。但我知道他準備用這筆錢在花蓮買地的。他四十五歲退休，還有八、九年。他說退伍金可以拿幾千元錢，八、九年可以再存一點。他前年駐在花蓮，看中了離海不遠一塊山地。他說那地方像他小時候的村子。他家裏原是種梨的，他說現在花蓮也有很多人種梨。他說那地眞好，颱風吹不到。翻一座山就到海邊。夏天可以下海去撈虱目魚苗。他說他駐在花蓮的時候，禮拜天就下海去幫人撈虱目魚苗。他們總是請他回去喝酒。他說他喜歡花蓮人。先生，你知道嗎？我就是花蓮人呀，我還要做幾年才能還清家裏的債呀，我還要爲我的小妹想呀。我是苦命的人，不能讓小妹吃一樣的苦，她才十三歲。我怎麼能夠答應嫁給他？

……………………」

我們用了她交出的那四千元錢，買了一副棺木，和第二靶場後山坡的墳地。聽人說，那一向很紅的七號，不久就離開到澎湖去了。她大概也不得不走，因爲流傳說她命裏是剋夫的，再沒人買她的票了。連長不久也調了職，到團部去做參謀之類的閒差事了。指導員記了過，一直鬱鬱不樂，連後來的報告，都全是我做的。

有兩三個月的時間，每次在彈子房，小陳總不免要談這件事。他老說他多遺憾，沒看過七號是怎麼樣的長相。我的印象可能也不準。只記得她很黑，頭髮很長，用發亮的髮夾把頭髮全固定到一邊去的那種。

## 八

我們買了兩瓶好酒，和一卷快速度的膠片。羅夫子說這酒不錯，很像他家鄉的名產

「竹葉青」。我們在土城的一家旅館過夜。夫子很喜歡這裏的一道拱形橋。雖然是座水泥橋，那造形是不錯的。那橋確實拱得有些過分。然而夫子說，就是要這個味道。我們就在二樓臨河的一面開了房間。

快到十一點，月亮才爬到橋上，是一餅橘紅的月亮，然而爬得很慢，午夜以後仍在橋上面的天空裏發呆。小陳堅持要拍下那月亮來，他要夫子坐在窗邊的榻榻米上做，當做前景。叫來的女人起初不肯，出了雙倍的錢，才勉強就範。

夫子的裸體是在老年人中也少見的醜陋。然而皮膚卻很細白，除了一些老年斑之外，差不多沒有一根汗毛，或許是已經完全褪落了也不一定。

我們睡到很晚才醒來。是夏天，那房間雖然臨河，還是像蒸籠一般。四個人的身體上都是汗漬，身體壓著的草蓆已經溼了一大片。然而我們睡得眞死，那麼騷擾人的蚊子也不覺得。只記得醒來睜開眼，看見那女人雪白的胸脯上，有幾粒米樣大小的蚊屍，混在凝固的血跡裏面，已經乾硬得用指甲輕輕一撥就掉了。

# 蛹

## 一

這屋子向海的一面顯得極爲遼闊，除了幾株長年被遒勁的海風吹得彎腰駝背的古松，蹲伏於海天之際，從這一列頗日本風的長廊望去，尤其是晴日，便只是一片藍。當然，隨著風雨晴晦，日出日落，這令人疲倦的藍色也是瞬息萬變的。然而，總不斷有一絲絲白色的浪紋，從這片無垠藍綢底摺縫中，像花蕊一般，舒卷而出，不知不覺間，連綿擴伸，手拉著手似地，向你的眼前奔來。開開窗，隨著一股腐爛海草混合著海洋動物屍體的衝鼻腥味，風，像億萬把刀鋒，刮在這一海的藍玻璃上。幾乎就是這震耳欲聾的無處不在的響動，從海底伸出無形的手，推湧著，推湧著，將這白色的浪條堆起一個個巨人的形象，然後，一鬆手，它們便轟然摔碎在那幾株古松的脚下，無聲無息地潛回那一片藍中去。

莫老像一尊石像，擺著他一貫的姿勢，兩手合著琥珀色的一杯鐵觀音，兩腿擺在花格子呢的氈子底下，坐在他心愛的那張古銅色的沙發椅子上。

「今年的蝴蝶兒來得眞晚。」他說。

然而第二天清曉，依然是一個好得不能再好的豔陽天。快十月底了，這裏加州中段的太平洋岸，依然是得天獨厚的一個好得不能再好的豔陽天。兩手合著冒熱氣的一杯鐵觀音的莫老，面窗坐著，望著那無法置信的令人疲倦的一片藍玻璃，他說：

「今年的蝴蝶兒來得眞晚。」

但是，也許是年輕人的眼力吧。站在莫老椅後的我，已經看見一片片被風趕著的枯葉似的蝴蝶，不時地飄過來。翻過了那幾株古松構成的風景線，便振力爬著最後一段山坡地，衝著陸地上的氣流，騰空而起，超過了我們的屋面，消失在前院的樹叢裏。

## 二

認識莫老，是我這幾年來的大收穫。說這話，倒並不是因爲我現在是莫老的最小一個女婿。仔細想來，我所以常常在心裏懷著一點感激之情，是別有原因的。到底是什麼原因，我也說不清楚，是莫老的那份子恬淡吧！不知不覺地，在我們結婚以後，由西湖那兒帶進了我們的生活。西湖，呵，我的西湖！我是深深地迷戀在她底無邊的女性中了。三年前，當我們第一次由東部橫跨了美洲大陸，遷居到西海岸的時候，我第一次會見了隱居在這裏過著退休生活的莫老，才眞正明白了自己這些年來的改變，才明白了西湖——我的妻——以及她那無邊的女性的根源了。

莫老退休已經十幾年了，至今常來探望他的人當中，大多數仍是當年顯赫一時的聞人、政客。這批人雖然早已在這塊異鄉的土地上生了根，重起了爐灶，他們還是隱然以莫老這裏作爲另外一種社交活動的中心。奇怪的是，在這一類的聚會當中，莫老從來不是談話的重心。他經常倒像是個旁觀者，一個知趣的聽衆一般，只偶爾在談話中斷的片刻，插進幾句話去。也許就是這種恬然的態度在發生作用吧，訪客們總是三五成羣地來，我至今沒有碰到過一個莫老接見單獨訪客的機會。

自從我們遷進來與莫老同住以後，訪客們便漸漸稀落下來，漸漸地，我們這三代同堂的小家庭裏的每一成員也都摸索習慣了彼此的規律，就好像從出生以來便是這樣聚集在一起地生活著了。屋後的浪濤節奏不變地拍打著，五歲的萱萱與三歲的萍萍則不斷以她們的嬉笑喧嘩，裝點著我們一個又一個氫氣球一樣飛逝的日子。而就是在這樣平安幸福的日子裏，我算計著自己，一個三十六歲的歷史學者，出版了兩本書的在一間聲名不惡的高級學府裏執教並定期地在世界性的東亞研究學會底年會上宣讀一篇精彩而結實的論文的我，是深深地懼怕了。是的，我是深深地懼怕了。莫老的寧靜的側面，西湖幸福的笑容，以及萱萱與萍萍的喧嘩，這一切都讓我深深地懼怕了。是的，在陪伴著莫老對海的日子裏，我越來越清楚地在那一列長廊的窗玻璃上，看見了一層一層剝落下來的自己；是的，差不多像記起了兒時擠在母親的厨房裏幫忙剝著的冬筍一樣，連那藏在裏層越來越白皙的筍肉底細緻的纖維，都看得清清楚楚了。我是深深地懼怕著。

雖然搞了半輩子的歷史，我卻不是一個善於分析自己的人。然而，也就是由於這點歷史癖吧，多少年來，我始終保持著關於自己的一份「史料」。在陪伴莫老的鄉居中，我開始追蹤自己的發展了。我的懼怕必然有它的歷史根源的。它是怎麼發生的呢？它是如何潛入了我的內心生活中來的呢？它的發展過程是怎樣的呢？它意味著什麼呢？它將會如何改變我呢？以及我與西湖與萱萱與萍萍，甚至於與莫老的關係呢？我逐漸地在與莫老共同對海的這些日子裏把自己捲入了這些纏人的問題中去了。我一方面覺得自己像被一隻有力的手捉住了一樣地焦灼與無助，一方面卻又覺得自己終於很理性地在給自己發掘這個問題的涵義而暗自興奮著。這樣矛盾的追尋終於喚起了我一些已經快要遺忘的經驗，我記起了一大堆喜怒哀樂的過去：在大批的材料堆裏迷失了的我，重建一件史實的我，第一本書完稿時的我，呵呵，還有第一次看見西湖後歸來不能成寐的我。我終於在我十年前的日記裏，尋得了這麼一段：

「與老張談革命，通宵不寐，大不快。老張舉亞歷山大．赫爾岑之事迹爲例，證明知識分子之善於將自身之烏托邦，投射於不滿現狀之羣衆，乃是天性，乃是病態。不通，不通，大不通。赫爾岑誠然有投射之行爲，且終其一生浪跡英倫、歐陸，未曾歸國。然理想主義之革命者，仍須分析現實，判斷現實，俾爲其行動抉擇之依據。赫爾岑之不歸，是不得其時也。」

呵呵！我現在連赫爾岑是何許人物恐怕都不甚瞭然了呢。大概又是一個十九世紀亡命的安那其吧。我們那時候是那樣發昏一樣地擁抱著那些亡命的安那其呀！二十六歲的人，還那樣熱衷著安那其不是有點發育過遲嗎？大抵是開發過遲的國家出來的開發過遲的青年吧。然而，現在讀著這樣的日記是多麼乏味呀，我的二十六歲便這樣無恥而大膽地站在我面前了。那時候全校園裏大概有百來個中國留學生，但是給自己瞧得起的大概不過六、七個，因此這六、七個人便經常聚在一起做些自以爲很正經很重要的事情。譬如說，每個月一次的專題討論吧，認識西湖便是那樣的場合了。現在想起來，眞是覺得有些臉紅了。然而西湖便是這樣一個女孩子，在她的面前，你無論做出了多麼令以後的自己臉紅的事情，她都是很有興趣地、很專心地、很少插嘴地陪伴著到終場。那天我們討論的題目是現在回想起來非臉紅不可的「中國土地問題」，她便是那樣很安靜地、若無其事地做了一個讓大家都忽然變得穩重的聽衆。是的，談的確實是這個問題，日記上還記載得很清楚，而且還是我做的報告！然而當天的日記上只這麼記載著：

「在小陳家聚會。到八人。報告『中國土地問題的癥結與解決的途徑』。她？是誰呢？」

就是這樣。

我們結婚以後，這小型的聚會仍然繼續著，且多半移到我們那客廳兼臥室的小公寓裏來進行了。我們所涉及的問題，的確是永沒有離開使自己臉紅的那個範疇。現在隨便翻開我的那時代的「史料」，便看到了這麼一些怵目驚心的大題目：「人口爆炸與經濟開發」！「知識分子與使命感」！「法西斯主義底幾種樣態」！然而，不能不令我想起，每次開討論會的時候，西湖總是乘我們面紅耳赤、劍拔弩張的當兒，端進來一盤鮮嫩冰涼的杏仁豆腐了。呵呵！二十六歲的休止符，便是這一盤盤的鑲嵌著紫紅色的櫻桃的潔白的杏仁豆腐吧。

二十七歲的那年，我交出了我的博士論文底大綱，題目是：「工業西方的經濟壓力與晚清轓運制度的改革」。

在這些平淡安閒的日子裏，審視著自己逐漸消瘦的心靈底面頰，倒不一定是令人懼怕的，這我知道。然而，日漸豐腴的西湖，快速成長中的孩子們，以及在某種休止狀態中永不衰老的我的岳父，卻不時作用於我的神經，令我愈來愈不安穩了。是三個多月前的一個有月亮的晚上吧，忙完了孩子們就寢之後，西湖靜悄悄地尋了個軟墊，倚在我的膝下。又大又黃的月亮，像幼稚園唱遊室牆壁上的一餅剪紙，一動也不動地高懸在海平線上。她突然打破了沉寂說：

「我又有兩個多月沒有來了。」

我們就坐在那裏，直到隔房莫老漸高的鼾聲把我們驚醒。

## 三

今年的蝴蝶確實來晚了差不多一個月，難道是北地的冬天也遲到了的緣故嗎？然而這批看似脆弱的、拍動著黑紅相間的薄薄的蟬翼的小生靈們，畢竟是趕到了，而且是成百萬的來到，有的據說是飛翔了三千英里的距離。是什麼力量驅使著牠們這每年一度的長途行旅？就連昆蟲專家們也說不出個所以然來。竟有一位這樣荒謬的說：牠們不厭千里的飛翔，是為了汲取生長在這一帶約莫有六英里平方大小的一園樹木中的特殊汁液。想像著這批被稱為「王者之蝶」的生物，如醉如癡地抱著樹幹狂吸的姿態，我的心竟有些絞痛了。

萱萱今年也鬧著要參加「蝴蝶節」的兒童化裝遊行。西湖用我們結婚時剩下的一張喜幛改製成一件夾襖，扮成了一個清末民初小姑娘的模樣兒，興高采烈地攙著她走在人羣裏，萍萍則騎在我的肩膀上。遊客們今年來得很多，十一月下午的陽光尚很溫暖。公園裏，絲杉木、尤加里樹上到處掛滿了精疲力竭的「大王蝶」，大批晚到的仍然在空中到處亂闖，尋覓適當的落脚處。莫老走在我們旁邊，不時以手杖指著大羣蝴蝶的集結區，示意給我們看。

「眞是奇怪的東西。」莫老說。

我把萍萍放下，交給她外公牽著。裝上了相機的望遠鏡頭，開始拍攝這些蝴蝶的特寫。這三年來，少說也拍了四、五百張以牠們為主題的照片了，在幾百張照片之後，牠們的各式生態對我來說已經太熟悉了。然而至今總沒有一張令我滿意。倒不是技術上的缺點，我很少挑這方面的毛病，畢竟我不是一個專業攝影家，也不想成為他們中間的一個。然而這些攝得的「大王蝶影」中間，竟總令我覺得缺少了一點什麼牠們應該有的東西。我提著相機往遊人稀少的地方尋去，挑了一株垂掛著枯乾枝條的柳樹工作起來。從鏡頭裏望過去，那景象是十分動人心魄的，那柳樹的枝條活像一個披頭散髮的老婦，至少有上千隻「大王蝶」無聲地攀附在那裏，我幾乎覺得血液凍結了一般，搶拍了十幾個鏡頭，直到覺得自己快要嘔吐了，才不得不拎著相機回來。那時太陽已經西斜了，遊人多已散去，我穿過公園的草坪急急往莫老他們預定等候我的地方趕去。遠遠便已看見兩個孩子正跟她們的母親在草地上玩耍，莫老一個人坐在旁邊的山石上，獨自將頭倚在兩手拄著的手杖上面休息。從他身後一株絲柏稀疏的葉隙間，陽光漏下來灑滿了他一身圓圓的小金片，我的手本能地將光圈距離調好，剛剛蹲下來，一隻碩大的差不多是全紅的大王蝶突然闖入鏡頭，我毫無考慮地按下了快門。

那晚上的天氣有點出奇的燠熱，莫老的興致卻很高。我們開車到蒙特里爾出名的一家法國餐廳去吃了一頓美味無比的海鮮。我跟莫老兩個人就分著把那瓶水晶色的「莎畢洌」喝光了。

沿著太平洋岸的壹號公路驅車回家。西湖坐在我的駕駛座旁，一句話也沒說。兩個小女孩都已倒在外祖父的懷裏睡著了。海，在我們的左側，撒開一面極大的網，我們就從它的邊緣切過。隱約之中，聽見後座的莫老低聲哼著的小調：

「燕雙飛，畫欄人靜晚風微。」

我接著跟下去：

「記得當年門巷，風景依稀……」

## 四

照片沖洗回來以後，我為自己的神來之筆震懾住了。那批以柳樹為背景的倒沒有什麼，只不過籠籠統統透著一片低調而已。但是那張莫老與紅色的大王蝶的巧合鏡頭，天！我頓然像找到了我久久搜索著的答案似的興奮起來了。不就是它麼？不就是它麼？我的歷史家的本能一下子活躍起來了。照片上顯示出來的對比是那麼強烈：一隻展翅欲收的橘紅色的大王蝶——飛翔了三千英里的小小生物，恰恰放開了牠的雙足準備歇息下來；莫老的頭，在斜陽中閃著銀光的髮絲，正停止在微微抬起的動作之中，而都是那樣疲倦地、被一股神秘的力量驅使著地構置在一幅奇里柯式的繪畫底框架之中！

就是這樣，我開始把我的岳父莫匡時的歷史列入了我的研究課題。

第一步工作當然是少不了搜集一番可以搜得的第一手資料。這倒不是難事。因為與莫老同時代的人物當中，已有許多份回憶錄發表了。而莫老少年時代編輯的幾份刊物，至今仍有部分殘留，再加上我們圖書館裏的微影舊報紙及部分檔案資料，要重構莫老一生的事蹟是不難的。

我很快地將這些材料組織起來，再重溫了一遍有關中國近代史的各派理論，於是我得到了三個簡單的論點作爲執筆的根據：

■莫老是近代中國知識分子從政的典型範例之一。

■近代中國知識分子從政的典型經驗是悲劇底。

■這種悲劇產生之癥結，在於知識分子本身無法超越的一些矛盾。歸納言之，它們包括了：

△在創造政權的經驗中顯示出來的對待「權力」的含混曖昧態度；

△游移於卡爾・曼漢所謂的烏托邦人格與現實政治底泥淖之中，而不得不放棄知識分子作爲社會批評家的本份；

△在西方工業文明與傳統文化的雙重壓力之下而表現出來的恐外症與偶像破壞症底心理錯綜。

這初步的構想完成以後，我的心理上的緊張也似乎跟著鬆弛了一點。然而我似乎也隱約地感覺到，如果只是爲了在年會上發表的話，這已經具有一篇結實論文所必備的條件了。但是我又不能不審問我自己：我到底是在追尋莫老一生背後的那股神秘力量呢？還是在爲自己尋找那一股從來沒有出現過的神秘力量呢？像這樣的一篇論文的架子一搭起來以後，我是不是又在下意識地襲用學院裏的老套呢？這一層的考慮令我猶豫著不敢貿然下筆。我於是決定拿西湖當作一個讀者來試驗一下我的理論。我將我的構想草擬了一份大綱，封在信袋裏，放在西湖的梳妝台上。第二天，它又回到我的書桌上來了，上面附加了一張字條：

**我看不到我的有血有肉的父親。**

西湖的反應自然加深了我的惶恐。雖然她是一個非常特殊的讀者，而且，我深知今天寫歷史的人，也並不準備寫給沒有歷史學或一般行爲科學訓練的學術圈以外的讀者看的，但是，西湖的反應我是不能不考慮的。歷史事實發展的經緯是一回事，任何稍經訓練的二流以下的歷史工作者都可以對付。至於解釋分析歷史發展的邏輯，賦予歷史事件、歷史人物以更廣大的透視，卻是另外一回事，也是我所受的教育所給予我的唯一重要的使命。我是按照我的教育所指引的方向來工作的人，一個出版了兩本重要著作的少壯歷史學者，然而我的太太現在對我說：你玩的只是文字的遊戲！雖然她不是一個歷史學者，但她是莫老的女兒，莫老這三十年來的知識生活與政治行爲，這三十年來的哪一樁重要選擇與決定，不正是直接作用於她的生命，而使西湖之所以成爲西湖的因緣嗎？我有什麼力量來對抗這本能的、直覺的反應呢？這豈不是在我的歷史學者的嘴臉上刮了一記響亮的耳光嗎？

在這樣的衝擊之下，我決心將過去發表過的一批作品翻出來，重新閱讀一遍。我不得不承認自己正陷於一個極爲尷尬的處境。我的語言是機械的、有訓練的，但是沒有生氣；我的推理和分析是嚴格的、有條理有步驟的，但是沒有創見；我的理論架構大多是套用目前學院裏流行著的幾位社會史家的作品，我只不過爲它們披上了一件件裝飾味濃厚的外衣而已。我感覺我脚底的土地在緩緩的移動，我的辛苦經營的建築正往下陷落。我再把莫老與大王蝶的那張照片拿出來仔細端詳，我索性把幾年來積存的所有關於蝴蝶的照片從抽屜裏抖出來攤開在桌面上。這裏所產生的對比是那麼淸楚、那麼顯明。除了這最近的一張，其他所有的照片，只呈現了各種不同樣態的蝴蝶的屍體，牠們全是冰冷的、死亡的投影！我再逐一檢視我近幾年來的日記。毫無疑問，這裏面所記載的，只不過是我走向死亡的一個緩慢的過程。

夜已深了，我猶自面對著一桌子的蝴蝶屍體發楞。西湖不知何時起已立在我身後了，她的髮絲微微觸動我的面頰。她幽幽地說道：

「我覺得萍萍好像有點發燒呢！」

我們給萍萍服用了一劑液體阿司匹靈，抱她在懷裏直到她退了點燒，闔上了眼睛。天已露曙，我才在極度疲倦中睡去。這恐怕是我這些年來睡得最沉的一覺吧。

## 五

差不多是整整四個月的辛苦工作，終算把莫老的口述歷史告了一個段落。年近八十的莫老，記憶力卻驚人的好。我查對了一下手頭搜集的文件資料，不但發現莫老的回憶爲它們補充了許多細節發展，甚至於連一些不關緊要的日期、地點，和人事關係都很少錯誤，這不得不使我驚訝於莫老這一代的知識人胸懷中特有的歷史感了。

我把原稿整理出來以後，莫老還送了幾份給他幾位相關的近交去過目，大家都慫恿我們將它發表出來。我徵求了一下西湖的意見，她說這應該讓她的父親自己決定。莫老呢？他卻說：

「發表不發表都無所謂，反正是過去的事情了。我倒想問你一個問題，過去幾個月也給你問夠了，是不？」

我當然早已知道他要問我什麼了，好像他也早已知道我知道似的，他接著便說：

「不要用冠冕堂皇的話來搪塞我。究竟你們年紀輕輕的人，爲什麼只對我們這批老頭子感興趣呢？」

我默然良久，正不知怎麼回答這話才好。莫老又說了：

「唉！這大概也怪不了你，事實上也沒什麼事情好讓你做的，不是？」

是三月中旬吧。棲息在這溫暖的加州中段沿海一帶的大王蝶們，度過了牠們每年一度的冬天，在空氣裏滿溢著花粉香的季節，居然紛紛賦歸了。而也就是在這樣一個萬花齊放的異國的春天，我們的第一個男孩子呱呱墜地了。莫老爲他取了一個挺不順耳的名字——乃瞻，大概是取的「乃瞻衡宇，載欣載奔」的意思吧。分享著一屋子新生嬰兒的啼聲所帶來的喜氣，坐在廊前暖陽中的莫老忽然對我說：

「這些蝶兒也眞奇了，牠們怎麼知道這就是回去的時候呢？」

我本來想引證一位昆蟲學家的理論來回答的，話才到口邊，不知怎麼的，覺得難以出口，便隨便謅了一套話說：

「大概是牠們要回去的地方，也已經是春天了吧。」

——原載一九七〇年十月十日《現代文學》第四一期

# 長廊三號

## 一

聖誕節前，我收到二姊從台灣寄來的一封信。來美國這麼多年，每年的聖誕節，二姊總不忘給我一張聖誕卡，除此以外，我們平常也很少聯繫。但是今年收到的，卻是厚厚的一封信，倒使我有些忐忑不安。

在我們這個破敗零落的家裏，二姊和我一向可以說是有點相依爲命的。我出國的前二年，二姊結了婚，嫁的是一門頗爲殷實的富戶，從此，我們這個風雨飄搖的家，算是有了依靠。父親退休後的第二年，我也出了國，不用說，一切費用都不必自己操心了。

出國兩年，我靠著苦讀取得了建築設計的學位，在一家座落曼哈頓中區的大廈裏佔有一層現代化辦公室的大公司裏謀到一個收入不惡的職位，不久我就還清了一切債務，開始有意識地中斷了與家裏的聯繫。我之所以這樣做，倒不是出於羞恥，也不是為了叛逆，或許只是逐漸習慣了紐約這個國際大都會的生活方式吧，初來時的一腔濃烈鄉愁，慢慢地拋到了腦後。說也奇怪，只每年雪花初飄的季節，倒讓我懷念起那從不飄雪的故鄉，尤其是看到二姊一年一次的聖誕卡，白淨的卡片上印著一枝紅豔欲滴的蠟燭，二姊以她特有的娟秀字體，寫著「願主慈恩，滿注你心」那樣的祝福的時候。

二姊今年的來信裏，明顯地不見了這種幸福優雅的氣氛，一開始便異常嚴重地談到不久以前的一樁不幸事件：

「……得悉俊彥猝死的消息，我的心境久久不能平復。我雖未殺伯仁，但思想前後，總覺自己手上也沾著血腥……原不該求任何人的饒恕，只是今年的聖善夜裏，恐怕無法寄上平安的祝福了……」

俊彥的死，我不久前也聽說過，本來還計畫去打聽一下，好給家裏報個消息。後來不知因為什麼事情掛住了，連他的後事都弄不清楚是誰去辦理的。這個悲劇，在紐約我所熟習的一批中國籍藝術家圈子裏，也曾經引起過一陣不小的波動，熟人碰頭的時候，總免不了惋惜一番。然而，總有些新鮮事取代老的話題，人們不久也就淡忘了。倒是二姊的心情，使我一時之間無從捉摸。在我的記憶中，二姊和俊彥，早已經是多年前的舊事了，爲什麼對她還有那麼大的負擔呢？難道眞如人們所說，在台灣那個靜如止水的社會裏，連人情也是那麼歷久不變的嗎？我好像覺得坐在熄滅了燈光的電影院裏，看著一連串描繪童年生活的歡樂鏡頭，勾起了一絲絲溫暖的情緒。不過，電燈一亮，這恐怕還是遙遠得很的吧！

說不出是爲了什麼，二姊結婚的那天，記得自己曾不止一次的慌亂過。從不來往、素不相識的親戚朋友們那天擠滿了我們家陋巷中的小屋，從頭到尾，我只記得父親囑咐我要放鞭炮，我就是那樣，拎著一掛鞭炮被人從前屋推到後屋，從後屋擁到前屋。那天，我記得，雖然爺子伯母在忙著給二姊化妝，俊彥卻始終沒進過他一星期總要來幾次的我們的家。黑色的禮車一路按著喇叭擠出這條給鄰居的孩子們圍得滿坑滿谷的窄巷的時候，我點著了鞭炮，情不自禁地跟著車子尾巴奔跑起來，出了巷口，車子已絕塵而去，才發覺自己手裏揑著一枝燒殘的火柴棒，不知所措地站在十字路口的街心。一回頭，卻見推著一輛破脚踏車的俊彥，高高地立在巷口一大堆看熱鬧的人羣當中。我就坐在俊彥脚踏車的後座到了教堂。

牧師喃喃唸著經文的儀式過程中，只見二姊白紗上方幾隻蚊子一樣大小的飛蟲不停地上下舞動，反覆劃著一個又一個的幾何圖形。

我到現在還是不甚明白，二姊和俊彥的事，是誰的手揷了進來作出的決定。我確實知道的是，那恐怕是我的童年生活後第一個與現實相撞而碰得粉碎的泡沫吧。

俊彥是先我幾天離開台灣的，我到紐約的兩年後，又和他相會了。他在巴黎差不多待了兩年。我總忘不了俊彥離開基隆碼頭以前的豪語。他左手提著幾張畫，戴著一頂法國式的貝雷帽，右手從嘴上拿下煙斗對著送行的一般朋友們說：「兩年之後，征服巴黎。」便轉身上了船。兩年之後，我上甘奈廸國際機場去接他，還是那頂軟帽，那根煙斗，然而，也許是越洋飛機旅行勞頓吧，他的臉上似乎籠著一圈風塵。想起兩年前他的豪語，我那時也曾默然。我把俊彥安頓在他的那批從不開車的畫家朋友圈子裏以後，從此便因爲彼此生活圈子的不同，而日漸疏遠了。偶爾也從一些共同的朋友那裏聽到有關他的片斷消息，大抵只留下那麼一個模糊的印象，似乎當年爲了追求偉大前途而堅決進軍國際藝壇的俊彥，也不得不向現實低頭了。有人說，他也從三流的畫廊接些生意，替公園大道有錢有閒的老寡婦們繪製她們歷任丈夫的遺像以賺取生活費了。

然而二姊的信，卻給人以完全不同的印象，不知道到底是紐約中國人圈子裏的流言在作祟，還是二姊自己一廂情願的想法在起著作用。二姊的信是這麼提的：

「……使我百思不解的是，爲什麼在他享著盛名的時候，突然以頑強的意志親手奪去自己的生命？爲什麼在命運坎坷的道路上，始終滿懷信心從不低頭的人，卻在金光大道展現眼前的時候，將自己徹底地毀滅？」

「……午夜夢迴，對著冥冥膜拜，我擺不脫心中糾纏的一團意念——彥哥的死，是多少抗議著我的吧！」

俊彥和我們姊弟可以說是一個源頭底下長大的孩子。日據時代的最後一年，母親和大哥不幸在美機轟炸中逝世，父親帶了我們這一對刼餘的姊弟，懷抱著被仰賴著的盟軍毀了自己的家的莫可理解的悲痛，逃難到新莊鎭附近的一個小山村裏投靠朋友。父親的朋友是他大學時代的同學，是一個娶了日本妻子、爲當時的社會所另眼相看而多少抱著遺世的心情在山村的水源地當著自來水廠管理之職的文學的有志者。血管中流著一半異族血液的俊彥，自然地代替了大哥的地位，成了我們姊弟唯一的玩伴。想來對那三個成年人無異是相當寂寞的那幾年的山居生活，卻成爲三個孩子充滿了無數歡樂的童年。以一條連牛車都難以通行的山路與台北縣的大片平野相連的十八份，是生長著毛竹的多蛇的經常籠罩在觀音山雨霧中的一個與世隔絕之地，然而，每當天氣放晴的日子，俊彥的母親節子，每每做了壽司揹了畫箱領我們到野花爛漫的山脚水邊去寫生。俊彥是在那時候便已展露了他的藝術才能的，不過，那時候，我們所熱衷的主要還是在無盡的水田裏掏泥鰍、撈三斑的勾當。記得也是一個這樣美好的春日，我們三個人撇下了寫生中的節子伯母，一路追著蜻蜓來到了縱貫路邊，三個人躺在草地裏，出神地望著公路上奔馳的貨車。突然間，警報響了，整個世界忽然陷入了一片死寂，只聽見越野電線讓風吹出一陣一陣緩急不同的弦律。現在回想起來，那恐怕是我們三人所經驗過的唯一的戰爭吧。

戰後未幾年，我們陸續遷回台北，兩家之間，不時仍有往來。作為文學的有志者的俊彥的父親，據說始終是因為他的大正時代的文學觀而不能得志於戰後的文壇的，聽說是留下了大量未發表的文稿而齎志以歿的。接受了父親偶爾的接濟而在師範美術科裏開始了他的藝術生涯的俊彥，卻在六十年代的初期，以背叛的姿態，以宣判我父親一輩子文藝觀的死亡而嶄露了頭角。雖然，與其說二姊的婚事不能不因此而受些影響，但我毋寧把它看成是六十年代初期的反叛潮流帶來的餘波，在那種時代的空氣裏，要俊彥這樣的人走那樣鋪平的道路是不能想像的。二姊呢？是反叛著俊彥的反叛嗎？對於那時剛開始在一個建築事務所裏做著實習的繪圖工程員的我，也不甚了然了。

然而，要說俊彥是為了對二姊積負的債而不惜自毀，那是我可以不必細思就可以否決的。在台北膏粱生活的閒逸裏的二姊所僊眷的藝術，大抵也是鑲上了金色的框架，懸在一塵不染的世界裏的貴族的藝術吧，如果我聽說的俊彥的紐約生涯屬實，則死前俊彥腦中所想見的二姊，說不定還帶著幾分他繪製公園大道老寡婦歷任丈夫遺像的色彩吧！

可是，二姊的信裏卻這麼說：

「……爲了贖我的罪，決心運用一切力量爲他舉辦一個回顧展。我接洽了台北最名貴的畫廊，準備用高價收購所有能在台灣蒐到的俊彥遺作。記得彥哥在十八份時給我畫的那張水彩吧，雖然有些變色，仍掩不住他的少年才氣，也已經重新裝幀了，只是他的巴黎時代和紐約時代，手邊除了一些雜誌轉載的圖片，一張原作也沒有，尤其是列文遜女士所極力讚美的那兩張題名爲『長廊』的作品，我希望你盡力設法買來，代價不計……」

## 二

不知二姊從哪本藝術雜誌裏剪來的蘇珊．列文遜女士的大作：「時空交點上出現的永恆長廊——評C．Y個展」裏有這麼一段話：

「……短於分析而長於融合的東方哲學傳統裏陶冶成長的C．Y君的畫，無疑地是値得我們注意的一個新方向。尤其是取了標題『長廊一號』和『長廊二號』的這兩幅作品，這種『融合』的功夫已晉入成熟階段。畫家用色大膽，取材新穎，用墨色的點綴成的長廊構圖，帶出了寫胸中實體的水墨畫意境。作爲紐約畫壇前衛的攝影寫實主義派各家中，能突破寫實與抽象的對立框架而不爲所拘的，恐以C・Y君爲第一人。若不是深受禪宗傳統那種『善捕刹那，鑄成永恆』的潛移默化功夫，配之以西方剖析入微的技巧掌握，恐不易達此境界。『長廊』之爲名，雖不必一定以具象爲對象，在中國文學裏自有它時空交滙的象徵意義，畫家在這裏所努力的，恐怕還是藉助於中國詩裏所擅長的以具體事象寫無限心境的古典方法吧……」

我確實已經多年沒見過俊彥的畫了。紐約的生活，沒在這裏體驗過的誰也不會相信。雖然不過是一個八百萬人口的都市，卻像是好幾個國度雜交而成的共生生物。不同文化、不同習慣的人，就在咫尺也永遠難得碰頭。最後一次看他的畫，還是在出國前俊彥和他那一批有「響馬」之譽的朋友們所開的聯合畫展上。

還記得那是畫展的最後一天，已經是午夜了，我看完晚場電影順脚蹓到新生大樓上面的展覽會場去。從西門町的騎樓底下逛過來，我的眼睛大概已經習慣了夜市將收而逐漸暗下去的氛圍，乍一進入會場，立刻便給眩目的燈光配置照耀得抬不起頭來。展覽場地方不小，但有點像還沒有進貨的百貨公司的大樓，顯得空蕩蕩地。疏疏落落的幾個人，正沿著牆壁卸畫。

俊彥的畫，整個展出的他們那個畫會的畫，在台灣當年的保守畫壇上曾經像一顆炸彈，但它爆炸的範圍卻也只限於台灣細小的文化圈裏的一部分。他們是以向傳統宣戰的姿態，第一次把徹底破壞了具象的畫布，大規模地擺在一批既驚詫又眩惑的腦袋前面的。然而，除了驚詫和眩惑，畫家們要求的「承認」卻怎麼樣也無法從那一潭死水的文化圈裏得到，遑論那文化圈以外的世界了。那時候的台北，連一間像樣子的觀光飯店都還沒蓋起來，零星的幾家畫廊，也只能靠兼賣顏料、畫紙維持。上流社會的客廳裏，大抵還是徐悲鴻、齊白石一類的眞品、贋品混淆的場面。可當時讀著俊彥他們的「宣言」，卻彷彿一個撕裂舊世界的運動正在興起，依稀有些「小巴黎」的味道了。

對照起「宣言」裏的氣勢，那晚上的景象可以說是相當寂寞的。我看完俊彥的畫，帶著一股莫名的情緒，四處找尋俊彥，想跟他聊幾句。展覽場出口處的一角，擺了一張鋪上白布的長枱，畫會那一小羣和幾個搞現代詩的朋友正圍著桌子喝酒吃宵夜。那裏面沒有俊彥，卻發現二姊反坐在一把摺椅上，兩手托腮，像一尊線條柔和化了的羅丹的「沉思者」。

（我記得那時候的二姊還沒有開始信仰天主）

喝酒的那幾條漢子裏忽然有人拎起酒瓶向牆上的畫布用力擲去，酒瓶似不怎麼結實，砸得碎片四飛，被砸的畫倒是安然無恙，只是瓶裏的殘酒灑出來往下流，倒像畫了一個驚歎號。展覽場裏一時回聲不小，嗡嗡了一陣，之後便什麼聲音都沒有，只聽見擲瓶那漢子趴在桌上像小孩一樣極其舒暢的哭聲。

那晚上始終沒有看見俊彥，但我確知就是那之後不久，二姊終於答應她推托了半年多的婚事。

那是一樁在各方面看來都極爲體面而美滿的婚姻，那時候，我覺得除了我自己以外，沒有人不滿意二姊的決定。就連二姊自己，也是那麼細心地挑著她的禮服，選著得體的首飾，從頭到尾全神貫注在婚禮的一切細節上。節子伯母似乎也那麼安詳盡責地給二姊化著新娘妝，像送自己的女兒上一條開往幸福之島的船一樣。至於俊彥，我始終不能在他那張富於表情的臉上找到一絲一毫的表情，他一如往常，繼續熱烈地搞著他的抽象現代。在那一段日子裏，我曾經覺得自己好像在參加一齣戲的演出，別人都興致勃勃地忙碌著，我卻像道具一般，被擺在戲台的中央。

大概是二姊婚後的兩年吧，俊彥的作品在巴西聖保羅的國際畫展中入選，台灣的報紙騰載了這一新穎事件。社會上彷彿有這麼一種空氣，這樣一種眼光，人們私下也許以爲，這批年輕的前衛畫家們，終究非池中之物吧！俊彥進軍國際畫壇的步伐，便在人們期待的眼光下，日甚一日了。

婚後的二姊開始在一個我們感到很陌生的社交圈活躍起來，在她的高大的溫文有禮的他的攙扶下，二姊從容地扮演著她的角色。她優雅地出現在禮拜日的彌撒，爲一些慈善事業剪綵，報紙上出現的社交聞人裏，也偶爾有冠以夫姓的某某夫人的二姊的照片了。從我這個心境依然寒酸的實習工程員的眼裏看來，二姊彷彿被一種不可仰視的「身分」所籠罩，而離我熟習的世界越來越遠了。還記得有一次在一個日本「秋月流」的花道展覽場上，作爲熱心的贊助人之一的二姊，卻撇開了忙碌的應酬，特地把我帶到一個清靜的廂房裏，殷勤地詢問著俊彥出國的事……

事隔這麼多年，如今的二姊卻在信裏說著這樣令人喪氣的話：

「我恨我少女期的傲氣、無知。但是，當時愚昧的我，怎麼會想到，那一步之差，奉送的豈只是我一個人的幸福……」

那麼，當時的二姊和彥哥，終究也只是特殊的社會風氣影響下的年輕人自以爲壯烈的舉動吧。

我爲這樣的思想感到悽然。

## 三

下曼哈頓東區的紐約市第×分局設在一座不太起眼的老式紅磚建築裏，由於汽車廢氣的污染，天長日久，紅磚的顏色已不復可辨，外表看來倒有點像長年煙熏火烤的壁爐，陳列在一大排骨董的博物院裏。

我坐在二樓的普拉丁諾督察辦公室外面的長靠椅上。是下午兩點半鐘，普拉丁諾先生讓我等了半個鐘頭，但我無法抱怨，因爲他一直忙著接電話。下曼哈頓東區在紐約地產商的房地產評級圖上是塗成粉紅色的，意思是比已經無可救藥的哈林區好一點，但確定是在惡化之中。鮑利街上的職業酒鬼、唐人街附近的波多黎各阿飛和從日趨商業化的格林威治村被上漲的房租趕出來的成千上萬的流浪藝術家，打荷包、搶劫、羣毆械鬥、毒品走私，再加上最近市長下令淨化時報廣場，一部分下等妓女從四十二街轉移陣地到此地來……這些都是普拉丁諾的業務範圍，他不得不忙。好在他即使忙著，還不會忘記給人留個高效率的印象。他一面對著聽筒，一面揮手叫他的助手給我送來一疊表格，我也習慣性地掏出派司套，把所有能證明我身分的信用卡、駕駛執照、社會保險卡等等抽出來。

普拉丁諾督察完全不像電視上的神探造像，他的身材臃腫，動作卻不遲鈍，倒像個生意興隆的 Pizza 店老闆，他不厭其煩地調查了我的職業和身分，仔細檢查了我的律師所簽的公證信，然後滿面堆笑地向我道歉：

「你知道，我本來不必問你這些傻問題的。但你或者也已經聽說過，最近我們碰到好幾起冒領屍體的案子，好像有人以此爲職業，把一時無主的屍體領走以後，轉而向保險公司或死者的親友進行敲榨。我相信你一定不會責怪我們這種保護受害者的措施的……」

我一點也不想責怪他。我只担心這位胖警官眞的公事公辦，一絲不苟。我知道我要求於他的，他可以用任何藉口拒我於門外。但是，到底我的律師不是等閒之輩，我所憂慮的終於沒有發生，這位原籍義大利滿嘴布魯克林口音的警官，的確相當的合作。我的律師費沒有白花，我感覺得出來他事前給普拉丁諾打過電話，這一切都很淸楚。普拉丁諾不但讓我順利地複印了他的包括俊彥的死亡證明書在內的有關檔案，而且專車送我到俊彥的舊居去，把面露驚惶之色的房東找了出來，親自揭去了門上的封條。依普拉丁諾督察的善意建議，我們三個人在附近一間小酒吧裏辦好了手續，我還淸了俊彥積欠的房租，取回了租約。普拉丁諾告辭之後，我跟著那個猶太人房東，回到俊彥的畫室。

這一帶是紐約爲數二十萬左右的藝術家們新開闢的Soho區，原意只是點明一個大致的地理方位，有人卻戲稱之爲「瘦耗區」。這一帶原是老式的倉庫大樓，跟赫德遜河碼頭附近的貨棧沒有什麼兩樣。近幾年來，由世界各地投奔到紐約的年輕藝術家們，逐漸利用這裏空置的貨倉，開闢了他們的畫室，不久便在格林威治村外建立了一個新據點，新興的畫廊接踵而至，其他的行業便也跟著繁殖起來，於是，畫家們的全套生活，從生產到銷售全都集中起來了，尤其是像俊彥這樣的來自東方的畫家，語言本來就不通，跟美國社會的交往極爲有限，除了經常往附近的唐人街去打牙祭之外，大抵可以成年累月地泡在這一小片藝術世界裏，盡情的「瘦耗」下去。

俊彥的房東手裏提著一大串鑰匙，領著我在沒有裝燈、塵埃撲鼻的樓梯上轉彎抹角至少爬了五層樓，才到了俊彥的畫室門口。

「×先生，」他說：「請你在三天內打掃乾淨把東西搬走，到時候我會把扣除修理費以後的押金退還給你。」

我接過鑰匙開了門，一陣潮溼腐爛的霉氣沖鼻而來。

那個房東不知什麼時候已經給我扭亮了燈，帶上了門，走了。我坐在一張沒有腿的破沙發上，這個位置顯然是俊彥生前工作中暫時歇腿的地方，沙發四周扔了不少啤酒罐，一個仿古香爐，裏面積了纍纍煙屍，至少有半尺厚。整個一大層樓呈長方形，似乎沒有經過多少藝術的加工。俊彥的畫室很不像他以前那種喜歡把生活裝點得充滿情調的性格，擺設、家具出奇的稀少，整個畫室的色調分外的灰冷。

我坐在沙發裏面，一時百感交集。這裏就是俊彥猝死前度過了他一生最後歲月的地方。俊彥的死亡證明書裏說明他死於自戕。早晨收垃圾的工人發現了他的屍體，滿地是血，是一個雨後的紐約早晨，他就躺在路邊上堆積如小山的垃圾袋旁邊的泥濘裏。法醫檢驗從他殘留的胃液中找到了他眞正自戕的原因，他的胃液裏有過量的L・S・D和一種稱之爲Masculin的迷幻藥。俊彥是在精神極度昂奮的狀態下，從他畫室唯一的窗口狂熱地躍落五樓摔死的。

這一層樓，除了煤氣、水、電、暖氣管和廚房、衞生設備以外，可以看出來其他的一切都是俊彥因陋就簡自己裝修起來的。我坐著的沙發後面就是俊彥的臥室，那與其說是臥室，倒不如說是臥鋪。實際上，俊彥大概是把兩張二手貨的牀墊擺在一個用木材釘成的盒子裏面造了一個窩。不過，這個窩倒建得挺高，旁邊還有一把扶梯，也許是當初考慮到冬天的取暖條件，而特地建得離暖氣管近一點，這在房東控制著暖氣供應的紐約，是完全可以想像的。從我坐著的沙發上望過去，右手邊擺著煤氣爐和冰箱，一張吃飯兼碗櫃的桌子，這就是廚房了。左手邊靠著牆，是路邊上可以拾到的裝牛奶的鐵絲籃和長條木板搭成的三層書架，不過，那上面擺的書卻不多，除了繪畫的工具和材料以外，主要似乎是俊彥所收藏的一些擺設。但這些擺設卻又不同於一般人家客廳或書房的擺設，大抵是一般人視爲破爛的廢物：汽車零件、脚踏車飛輪、長長短短的玻璃管、破打字機、各式各樣的玻璃罐子，有的裏面還生著些洋葱、馬鈴薯之類。其中最奇怪的還是五六個塑膠玻璃箱子，裏面用各色玻璃板隔成相當複雜的結構，有點像心理系實驗室裏搞動物實驗的設備。只是，這些玻璃箱子，每一個上面都蒙著一層又厚又黑的絨布，揭開絨布之後，其中有一格裏放著一個小瓷碟，也許以前是擺過什麼食物的吧，如今卻生了厚厚的一層霉。除此以外，便什麼也沒有。在這一堆堆的陳列品的最後，是一疊擺三吋高五吋長的索引卡片的鐵盒，這裏面有秩序地放著幾百張幻燈片，這些想必是他「晚期」作品的素材了。

我沿著這書架瀏覽過去，盡頭處向屋中央橫出一張長桌，直伸到房間的中央。這桌子看樣子也是俊彥的木工成品，保持著木料的原色，稜角略經粗砂紙打磨，比較圓滑。桌上中間立著一架幻燈機，我好奇地扭開開關，忽地一道強光射出去，影像恰好打在靠窗架著的一大幅畫布上。我彷彿看見一些輪廓，但不太清楚，我走回門口把室內的電燈一一熄掉。一時之間，我差不多感到全身的血液都凍結起來，但在幻燈機的風扇噪音中，我依稀感到心臟猛烈的跳動。在一屋暗黑中，只看見那一面十呎長六呎高的畫布上，至少爬滿了幾百隻大小不同、姿態各異的蟑螂。我發著抖的手拔了幻燈機的電源，整個屋子一片黑，唯有畫布後面的窗口，流進來一束紐約青白的黃昏。

在畫布的背面，俊彥用他噴顏料的噴筒畫了一行英文字——"Chang Lang——No. 3"。

## 四

我想我所以化費了這麼大的心力來辦俊彥的後事，應該不只是由於二姊的委託。雖然在紐約這幾年，我和俊彥來往極少，但在台灣的親友眼中，這個責任自然落在我身上。俊彥雖然也有些朋友，也有他的生活圈，但也許是他後來的日子過得相當孤僻，也許是在美國這樣一個社會裏，一個只能在朋友之間借債而不能從銀行借債的人，是和染上了某種瘟疫的動物沒有兩樣的。也許，最現實不過的是，對於一個如此離奇地死去的人，即使是朋友，也只是憂心忡忡地等著警方的來訪吧。然而，我之所以化費如許心力承辦俊彥的後事，或者不止於二姊的囑託吧。

我便是懷著這種自己也不甚瞭然的心情，跟我的老闆要了一個月的假期。爲了辦理喪事、整理遺物、收集遺作，我每天忙著一些與自己無關的瑣事，跑一些與自己無關的地方，找一些與自己無關的人談話、辦事。我來美後第一個長假，便這樣過去了。但是，在我銷假後第一天回公司上班的時候，雖然還是老地方、老同事，卻一切變得那麼陌生，竟至於幾年來勝任愉快的例行公事，一件一件都變成了沉重的負擔似的。我一下子變得疲憊了，那過去的一個月，一直忙得沒頭雞似的，卻料不到成了我這幾年留學生涯裏一段難得的休息了。二姊通知我，找一張俊彥最後的生活照，放大了寄回去。至於他的骨灰，二姊說，節子伯母可能受不了這個刺激，就由我處理了。我把喪事交給一家殯儀館，把俊彥的遺物，交給一家搬運公司，一股腦兒先搬到我的公寓裏再說。我自己則先著手俊彥遺作的蒐羅工作。

這件事倒不如當初想像的那麼困難。除了兩幅誤譯爲「長廊」的畫，已經給耶魯大學一位古典中國文學教授收藏了之外，俊彥的其他作品，都原封不動收在一個畫商的收藏庫裏。巧的是，那個畫商也姓列文遜。那麼，二姊剪寄的那篇煞有介事的評論，只不過是一篇免費的宣傳品吧？我想起紐約藝術界一度吹過濃厚的東洋風。有人說，因爲幣值動盪，大批日本資金湧向紐約的藝術市場，一時畫界內外，東方哲學大爲流行。從投資的眼光看來，藝術品和房地產一樣，都具有不易貶值的優點，何況，除了風雅之外，收藏一個未成名的畫家的作品，也有點像集郵者所珍視的變體票一樣，包含著突然致富的因素。不過，那兩張以訛傳訛的所謂「長廊」之所以脫了手，倒並非由於這樣的因緣。俊彥的最後作品，體裁雖然怪異，卻因爲他最後的一道作畫工序，大體上用的是噴筒，將事先調好的顏料向整個畫面噴上一層薄霧似的色彩，帶出來一片朦朦朧朧的效果。這裏面是不是有刻意創造出來的東方古典意境？我看了原作後，心裏也明白了一半。只是，仔細審視原作，加上我所知道的謎底，實在也不難看出俊彥創作時分裂的精神狀態了。那最後一道的噴霧手法，難道是俊彥爲了掩蓋他心中的無窮黑暗而曲意製作的嗎？或者——我甚至也不敢排除另一種可能性——只不過是俊彥向商業世界的鐵的現實，另一次的低頭？這一切我都無法確知，我只聽說，寫評論的蘇珊・列文遜女士，恰好就是那位耶魯教授的夫人，是爲了她丈夫新任了特聘講座的盛事，而從她哥哥的畫廊裏挑了兩張她認爲有東方色彩的畫作了賀禮的。

大概是爲我從他手裏買了一批滯銷貨吧，列文遜先生拍了胸脯，保證他一定可以將那兩張「長廊」借到手。看樣子，二姊的回顧展是水到渠成了，照她的計畫看來，差只差俊彥的「巴黎時代」了。這件事卻相當爲難。因爲，據一位與俊彥同時在巴黎闖天下的台灣來的畫家說，俊彥在巴黎的兩年，如果要認眞找他的作品，恐怕只能找出來幾百只女用手提皮包，而且，這還不能算他個人的創作，實際上，主要還是一位原籍浙江青田的老華僑，俊彥只是當了他的助手，賺了兩年的生活費而已。

我把這一系列的新發現坦白通知了二姊，我勸她不必搞什麼回顧展了，我說我相信在地下的俊彥如果知道在他身後舉行這麼一個又像是追悼又像是示威的展覽，不一定會有些啼笑皆非吧！

然而，二姊固執著她的想法，而且，彷佛是教訓著我的輕浮似的，寄來了一個航空郵袋，那裏面赫然是一疊厚厚的信札，全是俊彥從紐約寫給二姊的。二姊說：「我心中的『回顧展』，只是引渡俊彥靈魂的一條船，一條載著迷途的孤魂回歸他所熱愛的鄉土的船……」

這樣一來，我也沒有什麼選擇了，便趁著假期結束之前，將俊彥的作品挑了二十幾張，交船託運了。我記得，辦完了這件事之後，我的心情也頗複雜過一陣。一方面，固然有一種如釋重負的感覺，另一方面，又覺得自己爲了順從二姊那種少奶奶的寂寞心懷不惜冒犯了俊彥的安寧而有些不安……

俊彥在來到紐約的第二年開始，就已實實在在地感覺到他在紐約打天下的夢想，大致將比巴黎的命運好不了多少。爲了生活，他不得不接受一些畫相片的工作，不得不跟著其他一羣流落在紐約的老中國畫家，在晴朗的日子裏到各處的熱鬧市集去擺地攤，廉價地出賣著他的不敢簽名的廉價風景畫。就在這一段日趨消沉的日子裏，二姊來信了。二姊的信，不僅撩撥了俊彥的鄉愁，而且點燃了他差不多已經死滅的幻想。就在那個時候，俊彥掏出了他的全部積蓄，甚至不惜斬斷自己的後路，拒絕從事他所輕蔑的畫匠工作，全心全意地投入紐約新起的前衛畫派攝影寫實主義中去，租了畫室，買了必要的設備，大幹起來。二姊綿密的來信支持著他，他四出奔波搜羅題材。開始，他還是擺脫不了在台灣的六十年代初期所吸收的影響，雖然採用了新寫實主義的技巧，題材的選擇還是離不開抽象畫的裝飾和造形趣味。他拍了幾百張紐約上百年以上建築的老牆，畫那一面面老牆上歲月斑駁的痕跡。半年過去了，他的作品乏人問津，沒有畫廊肯展出他的畫。有人批評他擺脫不了抽象畫的臭味，於是他動搖了，他或者不得不動搖，他的積蓄已經快脫底了。他不得不改變題材，那時候，正好是美國的棒球季節，他開始畫棒球賽，但是他仍然摔不掉他的抽象，他不到棒球場去拍熱鬨鬨的棒球賽，他只拍電視裏轉播的棒球賽。他愛那熒光屏上究竟不是太清楚的棒球賽造型，他要抓熒光幕上彩色投影的模糊趣味。

在俊彥靠借債生活的最後半年，他開始晉入「蟑螂時代」。我到現在還是弄不清楚他是如何被那個開畫廊的猶太人列文遜「發現」的。在神祕的東風吹向紐約畫壇的年代，也許是俊彥以他琥珀色的蟑螂堆砌所成的東方精神，恰好投合了列文遜先生搜購變體郵票的心情吧。

有時候，我不禁想到，不久即將在台北開幕的俊彥回顧展中，那一小羣胡亂地肯定了抽象藝術的年紀輕輕的藝術家們，又要歡樂地發著怎樣興趣的囈語了。無論如何，我想，熱鬧總是好的，尤其是還著心願的篤信著天主無限慈恩的二姊。

## 五

是寄走了俊彥的作品之後，我回到公司上班的那一天，我記得，我帶著從來沒有感受過的疲憊，被下班的人潮推擁著擠進了七號地下鐵路回到了公寓。我機械似地把一份電視晚餐扔進烤箱，隨手帶了兩個椅墊往電視機前面的地氈上一躺。一陣陣莫名的倦意襲擊著我，向四周一望，忽然發覺這十疊大小的起居間不知從何時起已經變成了俊彥的幽靈所佔據的世界。地氈上隨處散置著俊彥的手製家具和他收集的一些藝術破爛，牆上掛滿了未寄回台灣的俊彥的畫和畫稿，茶几上、窗台上堆滿了俊彥的一些即興盆景、瓶瓶罐罐、煙灰碟、顏料瓶、畫筆、刀、刷子。我的書架上也給俊彥生前所喜愛的一些畫册、攝影集子之類的東西塞滿了。俊彥的一些衣服，衣櫥裏裝不下的，也擱在沙發椅上。我平常工作的繪圖桌上更不用說，堆的全是俊彥的信札，有關文件和他的日記……。我想，大概就是那一晚，我才開始有意識地給自己提了問題——是誰謀害了俊彥？大概也就是那晚開始，我才有意識地閱讀起一切與俊彥有關的文件來。

從醫學上看，俊彥的致死是很單純的，他幾乎沒有留下一具完屍。雖然，他身體的每一部分都沒有缺少，但也只能說是一具四分五裂略呈完整的外屍，他的內臟，卻已是一灘糊塗賬了。承辦這件案子的警官普拉丁諾說：

「你知道，有些碎皮骨肉已經跟地下的泥濘攪混一起，血液乾涸以後，簡直難以分辨，只好用鏟子連泥鏟著裝了一箱收起來的。」

那麼，俊彥的骨灰盒裏，也盛著不少異國的泥土了。

從俊彥的日記裏，我找出了他開始服藥的記載。他興奮地呼喊著：「天吶，如果我畫得出我所看見的，如果我畫得出我所看見的……」但是，我絕不能相信這就是謀害了俊彥的兇手，雖然，醫學上不乏服迷幻藥而意外致死的例證。

我仔細閱讀了二姊寫給俊彥的一大包信。

我同時發現，俊彥的日記本上，常常出現一頁什麼字也沒寫的空白日記，上面畫有一根碩大直立的土紅色的圖騰。在俊彥的最後一本日記裏，這些形狀有些原始性器崇拜模樣的圖騰出現了不下二、三十次。起初，我以爲畫家的日記裏出現這種圖案是不足爲奇的。然而，我越翻查手邊的資料，越覺得這件事不是我想像的那麼單純。這些圖騰，不僅先後的圖形、線條和色彩有著變化，而且是朝著某個一定的方向在逐步的變化。顯而易見，它們的線條越到後期越細緻，色彩卻越來越深，最後的幾幅看起來已經不是土紅色而是深沉的黑色了。那圖形尤其令人詫異，初期只是些慣見的圖騰獸形，大概是俊彥死前半年左右，我突然發現那根圖騰所堆砌著的衆多獸形中，出現了一隻蟑螂，就在這隻蟑螂潛進俊彥的圖騰中的前兩天，俊彥的日記裏有這麼一段記述——

「前晚大醉，半夜醒來，頭痛欲裂。想把YANKEE那個左外野飛身救球的一張幻燈片看個清楚，把它畫完交差。爲了加強視覺，我吃了一顆masculin。不到半小時，藥力來了，我覺得像烈日下成熟欲落的果子，mellowing, mellowing……我的眼光所觸之處，那裏的顏色效果便一倍一倍放大加強，直到我心裏害怕被完全帶走而不得不強迫自己轉移視線。我關了燈，卻發現幻燈機的燈泡燒了。這時，只剩下畫布映著窗外射來的燈光，變得像浸了油的玻璃一般，我一步一步挪近，半透明的畫布越來越白，就在那白玉一般的畫布上，停著一匹六脚的小生物，全身彷彿琥珀玉雕，兩尾觸鬚顫顫微微，好像小時候醉心嚮往的歌仔戲裏武將頭盔上的美麗雉尾……」

蟑螂就是如此這般地潛入了俊彥的世界，他最後的墨綠色的圖騰，幾乎成了一枝各種蟑螂疊著羅漢的蟑螂圖騰。在最後半本日記裏，俊彥已經爲蟑螂所魔，他用塑膠玻璃爲原料，建築了奇巧的宮殿，他餵養著這批晝伏夜行的動物，看他們生息、繁殖。他常常半夜三更，獨自服下迷幻藥，用俊彥日記裏的話說，欣賞牠們「挺著巨大到與身體不成比例的生殖器官，進行交配」。令我更吃驚的是，這些圖騰的出現頻率，似乎隱隱然有著某種規律。在最後的一年裏，好像每隔兩、三個星期便出現一次。這忽然使我想起俊彥從前跟我提過某個日本文人的軼事。據他說，那個最後死在妓院裏的永井荷風，後人在他的日記裏發現了記載著自己每一次性交的符號。再把俊彥和二姊的通信對照起來，我發現，俊彥的圖騰，不遲不早，每次必然出現在俊彥給二姊寫信的當天！

俊彥的信同他的日記相比，風格迴然不同。他成了另外一個人，一個極其溫柔的人，有時候，簡直溫柔到令人不能置信的地步。我讀著俊彥的信，雖然信裏一次又一次地訴說著自己深深的思念，不厭其詳地追憶著往日的生活，尤其是童年時代的十八份，俊彥好像說著另外一個世界的故事一樣說給二姊聽。然而，這在看見了俊彥另一面生活的我讀起來，更感覺有點虛假的味道。把二姊給俊彥的信對照著讀，這種感覺更清楚了。兩個人都不像是說著自己眞正要說的話。俊彥的信，與其說是些字面所顯示的滿紙思念的熱情洋溢的情書，不如說更像是一個老年人給遠在異域的永不長大的女兒說著童話般的故事。至於二姊，我不曉得她如何解釋自己的行爲，也許，我現在想，也許她根本就不必向自己作任何解釋，也許二姊之所以那樣，還不是因爲她有那樣的需要，不是嗎？雖然是封封寫著對方名字的情書，骨子裏卻根本不是以對方爲對手而進行的愛情，甚至，我甚至可以說，這兩個人根本就不是在搞什麼戀愛吧！……

我坐在佈滿了俊彥幽靈的我的公寓的地氈上，陰陰地感覺著二姊的幽靈或者也坐在這屋子裏的什麼地方。

在我反覆耽讀著俊彥和二姊的信札的那些夜晚，我感覺，我依稀觸及了他們這些年來的心路歷程。他們兩人在現實生活裏與我偶然交疊的片段，不斷浮現在我的意識中。在這個世界上，如今只有我一個人確確實實地看見俊彥和二姊的某些側面——所有隱藏在現實生活底下的側面，某種虛構世界的側面——然而，在俊彥和二姊彼此交通而從未接觸的虛構世界裏，我彷彿覺得也有我自己多年來早已淡忘的影子存在，多年來我自以爲隨著二姊的出嫁而一併死去的那種莫名其所以的一點東西，大概就是二姊的直覺所嗅出的俊彥的所謂「鄉愁」吧，那種我曾以傲岸的姿態所斬絕的，我曾自詡爲切斷臍帶的那一刀，終究還是一廂情願的自欺欺人的騙局吧？

在長時間推敲著俊彥的兇手的那些夜晚，我想起俊彥錄在他日記中的芥川龍之介自殺以前寫下的一句：

——他只是在黑暗中過著苟延殘喘的生活，就像拄著一根鋒刃殘缺了的細劍一般

——

芥川也許還有一根自稱爲鋒刃殘缺了的文學細劍，俊彥呢，至少還有他一根根劍拔弩張、朝天而立的圖騰，甚至於二姊，大概還可以在黑暗中握著她胸前的銀製十字架吧，而我呢？

## 六

紐約今年的冬天，氣候有些反常。往年，二、三月間早應是萬木盡禿、白雪鋪地的景象了。然而，中央公園的湖邊上，還有幾叢毛竹在寒風中挺著一身綠。雪，飄過兩、三次，卻很難說是雪花紛飛，銀裝素裹，大抵是和著雨點和冰屑的雪粉，才觸到地面便溶解得不見一絲痕跡。氣溫雖在冰點以下，天空卻藍得出奇，一日日放著大好的晴空，連空氣裏的污染，也不那麼顯著的刺眼了。

就在這樣一個二月的下午，我獨自跑到皇后大道邊上的「受難山墳場」去弔祭俊彥。俊彥的骨灰就埋在這隔東河與曼哈頓相望的公共墓地裏。以帝國大廈和克萊斯勒大廈構成中區曼哈頓突出造型的那一長條地平線上矗起的千萬幢摩天大樓，彷彿是襯在這一片墓碑後面的背景，瞇眼望去，近景和遠景似乎失去了應有的透視和距離，竟至連成不能分割的一片積木了。

我把帶來的花束，插在俊彥的墓前，在碑旁的草皮上，我燃了一炷香。這花香和煙香的混合味道十分沖鼻，十分撩人。我打開一瓶從唐人街特地買來的金門高粱，倒了一杯給俊彥，一杯給自己。高粱相當老辣，我感覺從舌尖開始，好似有一條冒著藍色火焰的蛇，溜下了丹田。這墓地的一側上方就是貫穿布洛克林區和皇后區的第二七八號快車道聯上長島快車道的匯車處，科斯修斯可鋼橋，像一隻弓著背的貓，讓流水似的車羣滑上來、滑下去。而俊彥就躺在這裏，一個無神論者安息在以基督受難地爲名的墓園裏。

俊彥在他死前的日記上寫著——

「你們是我的神，你們，人類祖先出現幾千萬年以前就已成爲化石的族類，有著無比巨大的生殖器的神，繁衍在世界各處，無孔不入，永不滅亡的神……」

我和俊彥就在一柱香燒殘的時間裏喝乾了一瓶高粱。我一杯，俊彥一杯，我和他喝得挺痛快。事情就是這麼奇怪，正在我收拾酒瓶準備跟俊彥道別的時候，他的墓碑上突然爬來了一匹六脚的小蟑螂。這無處不在的族類！我本能地抬起脚來，正準備一脚踏下去的當兒，忽然不知有什麼力量，踏下一半的脚竟再也踩不下去了。我那天確實喝醉了，兩眼昏花地踮著一隻脚，望著那生物傲慢地爬過墓碑，消失在十字架林立的二月紐約無端晴朗著的一片藍天下。

——原載復刊《現代文學》第四期，一九七五年二月改定

# 來去尋金邊魚

## 一

我站在阿才家對門的大垃圾桶上，踮起脚，伸長脖，恰恰可以看到他家圍牆裏面的院落。院落裏沒有人影。這個時分，晚飯應已開過，他一家人大概都在後院裏吃西瓜、乘涼。不過，阿才房間的燈卻是亮著，他應該知道，這就是我來尋他的時候，應該在那裏等著才對。

我把右手的食指一曲，小心翼翼，塞進嘴裏，上下牙齒輕輕咬住，舌尖微微捲起，屏息、凝神、氣下丹田，一切歸位，然後，我鼓足全身的力量猛吹。出來的仍然是那一串讓我又厭又恨的噓噓聲，而且，還迸出一絲唾沫，濺在鼻子上。沒精打彩地拔出咬得有些發疼的食指，趁勢用手背抹掉鼻子上的口水，我跳落地下，隨手抓了一把沙土，躍回垃圾箱，用力向阿才的窗口擲去。

巷子裏，熱的太陽早已墜落，滾燙了一下午的碎石路正逐漸退熱，牆裏牆外形形色色的院樹，失去了它們脚下的陰影，一同化進保留著餘溫的昏暗裏，連廝殺一般叫嘯了一整日的鳴蟬，也在這向晚的空氣裏，略略溫柔了一些，在開始有一絲涼風游盪的黃昏裏飄沉。彷彿從酷暑的嚴厲鎮壓下甦醒，家家戶戶門裏門外，開始出現了人聲。

從巷口電燈桿底下看過去，阿才家屋頂上空高矗的檳榔樹，好像打了大敗仗，一副垂頭喪氣的樣子。

我一脚拄地靠在電燈桿上，右脚從木屐裏抽出來，往地下隨意摸索，觸著蠶豆大小的石子，便用兩根脚趾箝住一拋，右掌一伸。不久，手裏已捏了滿滿一把。我從短褲口袋裏掏出彈弓，把一粒粒蠶豆大小的石子射向滿天晚霞。我的彈弓是一流的，弓架用的是駱駝家蕃石榴枝椏，木色深棕透亮，上面少說也塗過兩打以上麻雀的鮮血。橡皮帶彈性絕棒，比別人用的脚踏車胎皮至少厚一倍，又黑又密實，是難得找到的十輪大卡車的原裝貨內胎。或許是白天委實太熱，今天的晚霞也火燒般特別，西天一帶，紅紅豔豔，活像什麼？說出來也許沒有人會相信。活像芹姊細白臉頰上泛起的桃紅。

石子像子彈，像流星，一粒接一粒射向天空。我的眼光追隨著它們，在逐漸轉變成暗紅變成灰褐變成鴨蛋青的天幕上，畫開一道道高高瘦瘦的弧線。

阿才始終沒有出現，駱駝大概在他爸爸的水族箱旁邊伺候著。我們上禮拜撈到的金邊魚就養在那兒。應該去瞧牠一眼的。到現在，都快一個禮拜了，駱駝他爸爸還沒研究清楚：到底是條什麼魚？到底該餵什麼給牠吃？到底該怎麼控制水溫？怎麼調整水質的酸鹹度？

頭上的路燈竟亮起來了，天空全黑了下來。我從後門摸回家，後院裏闃無聲息，黑鴉鴉一片，洗澡房的門縫裏透出一條細細窄窄的黃光。我把木屐提在手裏，靜悄悄的挨近那道黃光。先只聽見間或一下撥水的聲音，後來又像浸得飽滿的手巾，滴滴答答拎起來，經過一陣擠壓，水順著身體的曲線流回盆裏，溫溫吞吞的聲音。半天半天，對準了門縫的眼睛才算對準光。我的心臟在胸腔裏好像隨時要蹦出來，喉頭乾燥，連口水都沒法下嚥。一屋子黃橙橙光暈裏飄浮著白漫漫水氣。芹姊坐在紅漆大盆裏，一頭解開了辮子的黑髮過了水，尤其烏黑發亮，溫馴地貼在她雪花膏一樣的背脊上。就在她轉過身來半朝著門縫外面蹲在黑暗甬道裏的我的時候，我瘋狂一般震顫抖索的手，再也控制不住，順褲脚開口緣大腿向上一溜，彷彿握著一隻生命垂危掙扎的小動物，我覺得臉孔就是剛才的晚霞，火燒紅燙，眼睛滿盈淚水。我忍著，不顧一切地忍著，一動不動，甚至不讓淚水溢出來。

芹姊毫不知覺，她的小腹恰恰在一盆不斷冒著白色蒸氣的水面上，也許是坐著的關係，竟微微隆起，然而那曲線看來一點也不緊張，在那樣的光線下，那份顏色、那份柔軟、那份滑膩和飽滿，眞像新剝的龍眼肉。芹姊的手指微微張開，放在小腹上，輕輕撫摸，唯恐觸破一囊甜漿似地，由下往上，那麼溫柔細緻地撫摸著她凸起在漆盆邊緣的小腹。我緊揑的手感覺裏面有一股強有力的膨脹。芹姊的手順著曲線起伏，滑移向胸部。我看不見她的眼睛，但感覺得到，她低頭望著自己的眼光，一定滿含柔情和專注。我知道，因爲我看過，就在我生病躺在床上她俯身給我把棉被塞進枕頭底下去的時候一樣。芹姊的手指微曲，揉著自己的乳房，她的手慢慢拳起，用指甲挑弄那一小粒彷彿牢牢黏在覆過來的細瓷茶碗底部的乳頭。她指尖按住它，然後放開，有那麼一刹那，它彷彿陷進裏面，被什麼力量吮吸住，被四周包圍的彈性擁擠著，浸飽了某種汁液的葡萄乾一般，它跳出來。我抖顫的手通電一般發麻，頑抗著裏面瘋狂膨脹起來的力量。終於，我全身一陣痙攣，人整個兒軟癱在地下，像一條出了殼的蝸牛，手上不知怎麼，沾著一團黏乎乎溼答答的乳白液體。就著門縫光，我張開手，上面是一灘太陽曬化的鼻涕蟲。

阿才他們始終沒有見著。今晚上，不想跟他們碰頭了。反正也不會有什麼新花樣兒。我回到房裏，也不開燈，坐在床上，剛好看見窗外的椰子樹上有一餅黃濛濛的月亮，挺大挺圓，如果不是那顏色，看起來倒像暗中窺視著什麼的貓兒眼。我就那樣在黑暗裏蹲踞著，靜靜等著院子角落裏那匹準時出現的蛐蛐兒發出牠金屬絲振盪一般的音樂。

## 二

在周圍幾條巷子裏，五哥是最受我們這批人擁護的，尤其在暑假。平常，成年人管他叫孩子王，他母親卻叫他老五（還好他不姓王，嘻嘻！），我們都跟阿才一樣，叫他五哥。跟一般大人相比，五哥的身量並不算高大，雖然已經是大學生，但比我爸爸還矮半個頭。不過，他們家的後院裏，兩棵檳榔樹中間，橫綁著一根兩指粗的鐵棒；老榕樹底下，擺著一副水泥膽舉重擔，是五哥自己用洋灰沙土澆出來的。所有我們認得的人裏面，誰也比不上五哥的身手。翻大車輪的時候，檳榔樹葉簌簌亂抖，樹幹東搖西晃，連鐵棒做成的單槓也壓得半彎，可五哥看起來卻身輕如燕，除了一條紅緞子的運動短褲，渾身上下，雪白精壯，遠遠看去，像水底一條閃電翻身的銀鯉！讓人喝采的還不止這個呢！十幾個大車輪下來，五哥輕輕一縱落地，臉不紅、氣不喘。肚子上的腹肌，方方整整，兩排六塊，臂膊一弓，突起饅頭大的一球肌肉，摸起來，鐵一樣硬！

晚飯過後，早就在動腦筋開溜。偏偏爸爸的精神特別好，硬逼進房間裏去背《古文觀止》。看看鐘，正是五哥開講《蜀山劍俠傳》的時刻，心裏急得一窩螞蟻一般，哪裏啃得進什麼鬼打架的〈出師表〉。可爸爸的精神偏偏那麼好，不但不像平日一樣，吃完飯，一定有點發燒，總要上房間去休息一陣。現在居然端了張椅子來親自督陣，坐在書桌邊上給我講解。我倒眞是尖著耳朵在聽，聽的可不是爸爸一半夾著咳嗽的枯乾的聲音。我的房間靠前院，窗戶向巷子裏開，五哥每晚開講以前，把右手食指一曲，塞進嘴裏咬住，猛力一吹，一聲響亮的唿哨，幾條巷子都聽得見。這一招，阿才跟我，還有駱駝，死也學不會。今晚卻又有些蹊蹺，無論我怎麼尖起耳朵，只聽不見五哥的唿哨。

講解著〈出師表〉的爸爸，過沒多久，卻自己打起呵欠來。爸爸的身體一向不好，聽媽媽說，他年輕的時候就得過哮喘病，現在雖然好了，卻又染上了肺結核，雖然不很嚴重，精力總比常人差。在我們家裏，這一點我摸得很淸楚，只要順了媽媽的意，爸爸這一關從沒什麼困難。爸爸呵欠一來，我就曉得機會到了。把書要過來，我開始朗誦〈出師表〉，很認眞的樣子，我的聲音不高不低，字咬得卻有些含糊，我用九九乘法表的調子把一串串不知道講些什麼鬼的字句努力灌進爸爸的耳朵裏去。爸爸的眼皮有點下沉，他站起來在房間裏走了兩圈，先還說：「不要囫圇呑棗，把感情讀出來！」什麼的，過不了一會，他伸伸懶腰說：「我去洗個澡，回頭你把今天講過的背給我聽！」便踱出去了。

我扔了《古文觀止》，輕輕卸開紗窗，然後，一個鷂子翻身，落進前院。院子裏黑不溜秋，大門卻敞開著。可是，我不能從大門走，媽媽正坐在籐椅子裏面跟隔壁林媽媽乘涼聊天呢！我緊緊挨著牆根，隱身在黑影裏，從甬道摸索到後院去。後院那扇門，雖然經常上鎖，卻難不倒我。幾年前，爸爸的機關有個命令，每戶宿舍都得築個防空洞，我們家的防空洞就築在靠近圍牆的角落那兒。防空洞的洞口有道磚牆，磚牆外邊塡了高高一堆土，像個小山坡。我只要避過洗澡間的窗口（矮一截身子過去就行了），混到土堆那兒，沿著小山坡上了牆，就那麼一手撐在防空洞牆上，一手撐在院牆上，用五哥那兒學來的雙槓浪船動作，一擺兩擺，雙腿一抬便坐在院牆上了。然後，沿院牆頂爬上一段，摸到阿才家對門那個水泥大垃圾箱旁邊落下，就出了這個牢籠了。

說來也許沒人相信，今晚硬是有點蹊蹺，五哥的唿哨始終沒響過，外面連踢罐頭的人羣也始終沒聽見。人都到哪兒去了呢？

我坐在院牆上，輕輕喘著氣。正準備收腿翻身往前爬。忽然，不知從哪裏，傳來一陣細微短促的抽泣。眼光一掃，前後左右除了洗澡房那扇窗口透出隱隱約約一些燈光，什麼也看不清楚。防空洞那一頭的尤加里樹，倒是稀稀疏疏灑了一地碎花花的黑影隨風亂舞，除此之外，什麼也看不見。我定了定神，憋住氣，尖起耳朵，卻又什麼都聽不見。回過身，心裏剛嘀咕著，又是一陣細微短促的抽泣。全身的汗毛一下子豎起來了。可是，這一次，也許方才定了定神，模模糊糊覺得聲音就來自不遠的地方。再也安不下這顆心了，躡手躡脚，我從防空洞頂上往那個陰陽怪氣的聲音爬去。防空洞本來不過是大段水泥鑄成的大圓筒，一半埋進地下，一半露在地上，洞頂堆上土，像個墳丘。不過，幾年下來，早長滿亂七八糟一尺多高的雜草。草葉子還滿銳利的，割得我短褲頭遮不住的膝蓋又癢又疼。我大氣不敢喘，全身肌肉硬繃繃不聽使喚，硬著頭皮往前爬，喉嚨裏好像嗆著一口口水，吐又不敢吐，吞又吞不下。好不容易挨到防空洞的那一頭。我臉朝下，輕輕挪動，終於抹到防空洞頂的邊緣，從完全遮沒了身體的草葉往下看，就在五、六尺外，台階上，赫然一對相擁成一團的男女。黑暗中，他們的臉面看不眞切，但男的那顆腦袋的模樣和那三公分長的平頭，就是光線再暗也看得出，正是我空等了一晚上唿哨的五哥的頭。女的肩膀還微微顫動，兩條大辮子甩在背後，一腦袋纏在五哥身上，像一對交頸的天鵝。

終於在駱駝家門口的電燈桿下找到了阿才。兩個混帳小子，膽敢背著我在這裏秘談。駱駝的臉色一看就明白，神祕兮兮的樣子，居然見到我還不自在。阿才說：早對著你窗子扔了兩把沙子，一點反應也沒有。我可不記得，一晚上我耳朵都尖著的。反正，由他們守著他們的機密好了，我就守著我的。鬼扯了一頓，估計駱駝他爸爸該上樓去了。我們就悄悄摸進駱駝家去看我們的金邊魚。

今晚上的金邊魚，懶懶散散，很不快樂的樣子。駱駝取了一小把魚食，往水面上撒下去，別的魚立刻興高采烈，從水底往上一竄，張嘴搶了一片魚食，尾巴一擺，唰的一聲潛回水底慢慢享用。就這樣，一尾接一尾，接力賽似的，沒大一會兒，飄浮在水面上的五彩魚餌粉片，還沒來得及下沉，就都給清除完畢。只有牠，始終無動於衷，在缸底沙礫上面滿植劍葉水草的綠林裏，漫不經心地搧著牠的兩頁胸鰭，偶爾也用牠稜角分明的唇片翻動水草根旁的沙石，然而，對自己無意攪起的水中悠悠浮沉的塵沙，彷彿也未曾注意，又彷彿故意棄而不顧，慢吞吞游開別處去了。

在熒光管照明的水族缸裏，牠的身體的線條也沒有平常那麼活挺飽滿，眼神看起來也比平常呆滯，甚至，無論我怎麼轉變觀察的角度，那一脈從鰓邊開始沿著流線形的身體背脊曲線直拉到尾部的若隱若顯地浮漾閃耀在鱗片上的黃金帶，卻怎麼也找不到。

「大概吃得太飽，爸爸剛才也許餵過了。」駱駝這麼推測。阿才卻不同意，他說也許應該去給牠弄些活的食物，像血絲蟲什麼的，陰溝汚泥裏多的是。我沒有反對他們的想法，也沒有贊成，可我心裏卻明明白白，這兩個臭小子哪裏弄得清楚。得給牠找個伴，明天，我決定，明天一定上那片種滿了茭白的水田裏去給牠尋個伴來。

## 三

不知道爲什麼，媽媽今天脾氣特別壞。特別壞，眞的。早飯才吃一半，爸爸提了公事包，還沒跨出玄關，她便大聲數落芹姊的不是。爸爸卻好像沒聽見，在門檻前匆匆彎身繫了鞋帶，頭也不回，嘴裏卻咕噥著「糟了！糟了！交通車要跑了。」三脚併兩步趕出大門。臨關門，還把外衣的下襬給夾在門縫裏。

「作孽！」媽媽說。

也許是芹姊起身晚了，粥熬得不夠火候。平常，不等雞叫三遍，芹姊已經生好爐子，燉上一鍋粥。厨房外邊的甬道，一向風大，她每天就在那裏生第一爐煤球。有一次，跟阿才約好去水源地摸魚，一晚輾轉反側，滿腦子裏銀光閃閃的小白魚活蹦亂跳，天不亮就自動醒了。以前摸魚回來，一身溼透，挨過媽媽一頓好打。那次可學乖了，我的道具，舊蚊帳布縫成的魚網和大口玻璃罐，都事先藏在芹姊的房間裏。那天早晨，黑黝黝摸進芹姊的房裏，已不見了她的蹤影。從後門摸出去的時候，回頭看見甬道裏，芹姊整個身子彎成一隻蛤蟆的樣子，嘴對著爐口猛吹，頭髮還沒結成辮子，黑蓬蓬垂下一臉，身上披著那件一年到頭不離身的暗藍底碎花夾襖，昏暗裏，看著像鬼。然而，我揹著的美軍帆布書包，貼身處卻有股溫熱，打開一看，報紙包著兩個熱呼呼的大饅頭。芹姊做事細心，每晚燒剩的煤球爐上，總不忘坐一壺開水。這兩個熱饅頭，保管是前晚坐熱的開水鍋裏一直蒸著的。

也許今天天氣太熱。吃早飯的時候，知了已經滿院子嘶喊不停，媽媽也許因此心煩。人都說胖子才怕熱，一熱就難免發火。但媽媽雖然看著臃腫，也不能算太胖，卻一樣怕熱，一早起就不停搧著那把大蒲扇。也許芹姊今天的確起身太遲，粥熬得不夠稠，爸爸前脚出門，媽媽便把沒吃完的半碗粥連碗向洗碗糟前面掐四季豆的芹姊甩去。

「你是存心要害死我是不是？」媽媽說，身體氣得發抖。「明知我有胃病，還煮生飯給我吃。」

我今天的早飯也吃得飛快，油炸花生米都不敢貪吃，拌點豆腐乳，三、兩下便把滿滿一碗粥趕進肚裏。筷子輕輕擱下，踮起脚回到房間裏去趕暑假作業。一口氣趕了二十天的日記。

照媽媽的說法，芹姊來我們家已不止十年了。剛來的時候，「又黑又乾又瘦，兩條腿像曬脫水的苧麻稈！」那一年，抗戰還沒結束。日本鬼子還駐紮在縣城裏。爸爸在南門大街上開著一間米鋪，表面上做生意，暗地裏據說幹的是地下抗日工作。因爲生意上的需要，常常下鄉去跑。大概就是我出生的那年，卻不知是爲了辦貨還是聯絡游擊隊，總之，爸爸那一次下鄉，卻把游擊隊裏剛打死的李二瘸子的女兒帶了回來，就是芹姊。鄉下鬧饑荒，連個健朗點的奶媽都雇不到，爸爸說，那時節，你媽剛生你，奶水不足，身子又虛，身邊有個人使喚使喚，總好些。大概就是這樣，芹姊就在我們家待下來了。然而，在我的記憶裏，芹姊的印象出現時，已經是逃共產黨的那一年了……

四圍是一片昏暗。包裏著我的，是一團團濃重的刺鼻的潮溼而發霉的舊棉絮的臭味。我的給莫名恐懼壓迫著睜大的眼睛裏，印著的是一個半圓形的開口。從那裏望出去，有一個粗壯的漢子的身影在搖櫓。遠方，有些流動的樹影，有星星鬼火般幾粒燈光，在黑暗裏閃爍。身子底下，可以感覺江水拍擊船底的節奏，啪啦啪啦，咕嚕咕嚕，彷彿有個無比巨大的怪物躺在下面不停地大口吞水。我不記得爸爸媽媽那時在哪裏，只記得半圓形開口處，搖櫓的漢子忽然走近，他壓低嗓門支吾著一些字句。在我的腦子裏，他嘴裏的「土匪」兩個字便是混合在當時凌亂的黑影和粗重的呼吸所組織的印象裏。然後遠遠聽見了槍響，像曠野裏燃放的爆竹，鬆散的沒有回音的槍聲。搖櫓漢子的手臂迅速揮舞，制止任何可能發出的聲音。我們乘坐的烏篷船，大概恰好是在離放槍的江岸較遠的急流裏，船身順著水流的速度往下游滑去。我不記得媽媽那時在哪裏，只記得，十分清楚地記得，緊跟著搖櫓漢子揮動的手臂，芹姊將我一把摟抱在懷裏。「莫哭，莫哭！」她的聲音也有些顫抖，接著便感覺她溼潤柔軟的嘴唇，緊緊堵在我的因爲恐懼而不斷發出呀呀聲的嘴上。芹姊嘴裏有一股辣椒豆豉的味道，奇怪的是，卻不辣，而是甜滋滋的，至今仍然新鮮地留存在記憶裏。

我們脫了鞋襪，用制服上衣捲成一小包，一共三小包，連同我們帶來的摸魚道具，一長溜擺在瘦瘦一條的田塍上。天很藍、很清，太陽火辣辣，很烈、很毒，曬得頭皮像張油燒乾的煎鍋。駱駝蹲在田塍上，划開水面聚集的浮萍，雙手合起一捧水，往光腦袋上輕輕的拍。阿才跟我早已迫不及待下了水，脚順著軟泥往下滑陷，越往深處越冰涼得痛快。每次摸魚，一定是我跟阿才兩個動手，駱駝總是只會動腦筋指揮，今天也一樣。他索性坐在田塍上，兩脚插進水裏泡著，眼睛四處打量，看我們倆一人一簸箕，慌慌張張往深水窪子草葉蔓生的地方亂挖亂舀，還有點不耐煩呢。駱駝連圓領汗衫也不脫，在那兒弓起一雙腿挺著他的雞胸，一副坐享其成的樣子。不只這樣，他還什麼都貪，阿才也是的，什麼都要，鯽魚、三斑、佗鰓、哥呆，甚至連丁點兒大的泥鰍都往他那兒送。他也就來者不拒，全部倒進魚罐裏去，把我氣得！不大一會兒，罐子裏已塞得滿滿的，有些不爭氣的已肚皮朝天了。

我扔下簸箕，也不跟他們嚕嗦，一把搶過玻璃罐倒過來，連魚帶水，全嘩啦啦送回水田裏去。

「你到底要怎麼樣？」阿才氣得嘴唇發白。

「除了金邊，別的全不要！」我說。今天，我心裏想，如果他們要動手，老子一定奉陪。

「那種魚，已經絕種了，我爸爸說的，他查過書，他說的！」駱駝也發脾氣了，他平常很少動氣的。

「我不管！那一條是怎麼來的？如果眞絕種了，那一條怎麼來的？」

「運氣，狗屎運，你以爲天天都碰得到的嗎？」

「我不管，有一條就一定有第二條，我不信天底下就這麼一條！」

三個人就這麼頂上了。我拿定主意，絕不投降。我索性一屁股坐在水裏，水還是涼兮兮的，要熬多久就熬多久。褲子溼透也不管，了不起一頓打。

終於還是駱駝先軟下來。我們在這塊茭白田低窪的一邊掘開一道缺口，把魚網套上，周圍堵上泥。然後，連駱駝也下水，三個人手抄簸箕一字排開，朝迅速出水的缺口一路趕。

田水給我們攪得一團混濁，可是，慢慢淺了，拔脚就見泥坑。我一直低著頭，眼睛能張多大就張多大。在這種淺水裏，三指寬的鯽魚，連背鰭都露出水面，受驚竄逃的時候，像電影裏緊急下沉的潛水艇，畫一道曲線就不見了。不同的魚，就有不同的竄逃姿態。泥鰍最窩囊，往軟泥一鑽，冒個泡，還跑不遠。如果要抓牠，連泥一鏟，保管還在那堆泥裏扭扭揑揑。最爽快俐落的是鯽魚，衝刺閃電般快，不過也逃不過我們這種老手，往前面水深點的地方去摸，一定在那兒躲著。

我分明看見牠就在我前面兩、三步的地方。再沒有別的魚有牠那麼美的姿態。要不是太陽對著眼睛，照理就已經堵著了。對著水面上反射的一道耀眼白光，牠忽然從水裏躍起，小小的身體還微微一曲，全身鱗片閃爍銀亮。就在牠彎身落水之前，我分明看見了那一道黃金色帶，水上月光織成的流蘇一般，那麼柔和那麼優美那麼文雅地沒入水中……

一田水流盡，魚網兜得滿滿一籃。我們細心挑揀，把所有其他的魚扔回水裏去。只留著牠，在特意尋來的一罐清水裏，帶牠回家。

## 四

回到家已是掌燈時候，卻沒有燈。我大大方方邁進玄關。一路混回來，衣服褲子除了沾上些泥，全乾透了。心裏想，正好，趁沒人在家，上洗澡房沖沖冷水，換上一套，神不知鬼不覺。卻忽然從爸爸房裏傳來一聲長長的嘆息，接著又是一串讓人嗓眼裏泛水的乾咳。這一驚非同小可，連忙提氣抽身，從玄關裏退了出來。

洗澡房隔開厨房的推門沒有全關上，我進來的時候，媽媽坐在碗櫃前一張沒有椅背的圓櫈上面，背對著我，手裏提著把火箝。芹姊面對媽媽，跪在地上。洗澡房砌成兩層，磨石子地面光溜溜的，我赤脚站在下面一層，脚底心冰涼。媽媽正在氣頭上，左手按住胃部，我站在她背後，她毫不知覺。

「說，說呀，妳這個死不要臉的，賤種，不說出來，饒不了你……」

芹姊的身體碰到火箝的時候，我的身體一陣抖。芹姊好像沒事人一樣，嘴唇皮子緊閉著，頭半低，沒有哭也沒吭聲。

「多久沒來了?死人，你給我講清楚，」順手又是一火箝，芹姊連身子都沒有偏一下，手臂上立刻又多了兩條紅印子。「妳打算怎麼辦?要留著這個孽種嗎?妳死不要臉，我還要不要做人?」

媽媽說到「孽種」的時候，不知怎麼的，我腦門子轟的一聲，卻出現一對交頸的天鵝。一陣急火攻心，我咬緊牙關，揣緊拳頭，彷佛全身著了火，由裏往外燒。心口處燒得最疼，那兒好像有朶不滅的火苗，還源源不斷往各處蔓延。芹姊仍然半低頭，也沒眼淚也不吭聲。手臂上、腿上，少說也有十幾條紅槓，有的地方大概挨過不只一次，已經淤積成黑紫一片。我再也看不下去了，可是兩腿發軟，一步也移不動，手撐住澡房的瓷磚，滑滑溜溜，隨時要倒下去。「千萬不能倒!」我心裏對自己說。閉上眼，我開始運一口氣納入丹田。我感覺那口氣細絲一般通過火燒的胸口，注進肚腹，在那裏匯聚成一灣清清涼涼的水泊。我得費力窩住它，能窩多久就窩多久。

我面前出現一片湖水，湖水清清涼涼，看不見邊際，彷佛是邊的地方，白茫茫堆湧著一層層霧，霧堆上隱約覺得影影綽綽掛著一些垂楊。哪裏的畫片裏見過似的。湖水的顏色不很清楚，但覺得清澈澄靜，一絲風一絲波紋一丁點兒聲音也沒有。湖中心，像五線譜上並排畫著一對大調記號，兩隻羽毛雪一樣白的天鵝，裊裊婷婷慢悠悠向前方浮去，越浮越遠，越遠越小，終於沒入盡頭的白霧裏去。

我的眼睛並沒閉上多久，媽媽不咆哮了。「給我吃下去，吃下去！不能留這孽種丟人現眼。」

我這才發現芹姊兩隻手原來抱著一個玻璃瓶，瓶子裏還有大半瓶乳白色的丸藥，不知道是什麼藥。芹姊的手緊緊捏著那個玻璃瓶，好像生怕失手丟了那個藥瓶，又好像怕別人搶了去，她跪著的身體一動不動，隨媽媽怎麼打怎麼罵都不動一動，全身的力量、整個人的注意力都彷彿放在那只兩手不大抱得攏的藥罐上，好像用了那麼大的力量，想把罐壓破把裏面的藥丸全擠粉碎似的。

忽然，飯廳的燈亮了。爸爸瘦乾慘白的臉出現在廚房裏，一身藍條紋的睡衣，活像個囚犯。

「不能這麼蠻幹，雍雲，弄得不好，搞出人命案來如何得了……」

爸爸的話還沒講完，媽媽突然一陣翻胃，回轉身要吐。我本能一閃，一口酸水差點沒吐在我臉上。「死鬼東西，鬼鬼祟祟的，什麼時候摸進來的?還不快給我滾出去……」說著，火箝已經揚在半空，我一溜煙跑了。只聽見身後鬼哭神號鬧成一團。

我尋著前院裏的木蘭花樹根坐下來。木蘭樹上了年紀，兩條老根突出在地面上，扭扭曲曲爬上一段又沒入地下，兜成一個小窩，偎在裏面，像把著搖椅的扶手。不知是剛才跑急了還是怎麼的，心裏兀自卜卜亂跳，有人在叫嚷玩官兵捉強盜。阿才呼嘯來去的聲音，聽得清清楚楚。要是平常，早赤著脚板出去了，今晚上卻特別，身子窩在樹兜兒裏，一點也不想動。院子裏樹影深深，我坐的附近，也許因爲常年照不到太陽，泥地上，還生著一層綠苔，觸摸起來，冰冰滑滑，顯得更加陰溼。不知是隔壁林家的晚香玉還是頭頂的木蘭花，滿院子飄浮著陣陣觸鼻濃香。時間還不到，我那頭蛐蛐兒還沒出現，這些天來，總得月亮拉到椰子樹上，牠才肯亮相。然而，牆外的鬧聲沉寂時，也可以聽見院角落的香蕉樹林裏，有些唧唧嘓嘓的蟲語。

五哥該在那裏翻大車輪了。官兵捉強盜的聲音沒多久就散了場。大夥兒準都在大榕樹底下，瞪眼瞧著兩株又粗又圓的檳榔樹幹中間，一團雪白的身影快速翻飛，像擦得唄亮的脚踏車鋼絲輪，在明晃晃的太陽光底下旋轉飛舞。

我該遞個消息給五哥才是，卻怎麼都不想起身。有一股懶懶的勁道，無形綁著我的手脚。

忽聽得屋背後阿才家那條巷子裏一聲唿哨，音調像鋼管裏壓出來大大小小一羣鋼鏢，在夏夜玻璃一樣的空氣裏滑過去。立刻便聽見前後巷子裏踢踢踏踏的脚步聲，往五哥家院子裏集中去了。

周遭一霎時靜下來，只偶爾從遠處，不知誰家的濃密樹蔭裏，傳來三、兩聲野鴿子的啼喚。

我兩手一使勁，離了我的安樂窩，輕輕拉開大門。巷子裏有些人家敞開大門，有幾圈人，散坐在竹椅板櫈裏面搖扇子，閒聊。我懶得理會人家的招呼，兩手背插在褲子口袋裏，順腳蹓躂，一路踢著礙眼的石頭子兒，不知不覺到了巷口。駱駝那兒這會兒也不想去。五哥那裏，前後左右怕不至少圍了十幾個人，我往哪兒去？

等我想到這一晚上還沒吃過東西的時候，發覺自己竟躺在十幾條巷子以外小河溝沿的草地上。滿天星斗熠熠發光像開著大酒宴，鼻子裏只聞到河溝水微微腐爛的泥腥味。水草堆裏，不知是蛤蟆還是青蛙，嘓嘓亂叫，一陣緊一陣，鬧個不停，該去給五哥報個信兒的，可現在他周圍那麼些人。也許晚一點，等《蜀山劍俠》開講完畢，人都散了的時候。我的手摸著附近的青草根，拔出來，抹一抹，放在嘴裏胡嚼，眼睛卻按著童軍課上學來的辦法，在一天又煩又亂的星星裏先找大熊星座，再找小熊星座。要是等北斗移到那一點。我用眼睛比畫著，五哥那裏就該散場了。我該怎麼跟他說呢？說了又能怎樣呢？五哥又能怎樣呢？到爸媽那兒去認了嗎？認了又怎樣呢？媽媽不會放過芹姊的，我知道。要給她發現是我走漏的消息，怕不更要打死我。是芹姊自己該死，做那樣的事，她自己找死，她自己就該死……

一道光柱從我臉上畫過去。身子一彈，坐在河岸上了。上游河水裏，二、三十步遠的地方，有條黑影。暗夜裏，看著模模糊糊，似乎還慢慢往我這裏移動。也許是看星斗看花了眼，一時竟調整不回來，直等那黑影湊近，才看清楚。那人右手打著根電棒，往水面上下左右搖擺探照，身上，左肩斜揹一個大口魚簍，右肩搭條寬皮帶，繫著個大背包，兩條帶子在胸口交叉畫個斜十字。背包裏拉出來一條黑色電線似的，繞在他右手拎著的長竹竿上。竹竿盡頭，縛著個淺碟子形鐵絲撈魚網。我立身起來的時候，倒把他嚇了一跳。彼此也沒招呼，我只是沿岸尾隨他看他操作。

這人的手法倒滿乾淨俐落。長竹竿往草叢裏岸邊各處掏弄摸索一陣，電棒隨手往水面上一掃，鴨蛋形光圈裏，濁黃的小水波上，就不時有魚蝦、泥鰍、黃鱔之類的屍體浮起來，隨著水波翻滾。只見他右手前後抖動，連那些體形大的只不過暫時休克的魚，有時候還在跳竄掙扎中，也給他淺淺的鐵網一提一送，全給兜在裏面。電棒一收，他把竹竿抽回來，網裏的魚，他只揀兩、三寸以上的送進魚簍，其他不論死活，都丟回水裏去。這條河溝我們常來，因爲河底有淤泥，水深過膝，平常只用個網兒什麼的在岸邊亂舀，一向只捉些大肚皮之類沒出息的東西在瓶子裏養養。沒想到這條不起眼的水溝裏，居然還藏龍臥虎。不過，給這傢伙這麼徹底的一掃蕩，什麼時候才得還原？這暑假剩下這把日子再也用不著到這兒來混了，什麼也沒有了。恐怕還不止這個暑假呢！這以後，恐怕永遠都恢復不了以前的樣子了。這麼想著，一屁股又坐進河岸的草地裏。電棒光圈後面跟著一條黑影，漸漸遠了，不久便消失在河溝下游的轉彎處。一抬頭，北斗的方位早變了樣子，已經移過先前眼睛比畫過的位置了。

被這人一攪和，心裏反而豁亮。我怕什麼呢？真的是。有爸爸在那兒盯著，媽媽火再大，心再狠，也不過讓芹姊皮肉受點苦，出不了人命的。何況，看芹姊那股子倔強勁兒，說什麼她也不會吞那藥丸的。那我又何必自作聰明給五哥報什麼信。弄不好，兩家人鬧起來，一對口，發現我在當中通風報信，不把我整死才有鬼。我何苦？讓芹姊吃點皮肉苦算了，她自討的，她活該，誰教她幹那種事！我要是媽媽，我也要抽她兩火箝。然而，一閉眼，又是兩隻白天鵝，仰著脖子，旁若無人似地，向遠方的霧裏浮去。

脚底好像踩著兩團棉絮，我翻過牆，落身在後院裏。或許是火候不夠，或許是餓得慌了，立定脚跟，眼前直冒金星。從中午到現在，十幾個鐘頭了，除了那幾條草根，什麼都沒落肚。屋裏好像風波已經平息了，靜得連自己喘息的聲音都聽得分明。

別的先不管，紗櫥裏摸出一盤炒飯，刷刷掃進肚裏。芹姊的房門關得實實的，仔細聽，倒不時有些窸窸窣窣的響聲。大概在那兒舐她的傷口吧？管她的，自作孽，不可活！媽媽房裏也沒有燈光，偶爾有唧唧咕咕的聲音，大概還在吵嘴呢！我舌頭伸到嘴皮子上，上下四周繞一匝，收回來，牙齒裏外一攪，算是漱了個口。踮起脚尖，側身欺進自己的房間。這會子，除了蒙頭大睡，什麼也不想！

就在我快要迷糊入睡的時候，隔壁房裏忽然爆出媽媽嘔心瀝血的慘號。「我不要活了哇！我不要活了哇！你不要拖住我，讓我去死……去死……」

媽媽好像完全失掉了平日的威風，喊哭鬧叫，像個瘋掉了的女人。我的睡意完全被趕跑了，坐在床上像個木頭人。我應該覺得害怕才是的，媽媽這樣的哭聲，從來沒有聽過。但不知道為什麼，卻只覺得厭恨。這樣要死要活的鬧著，至少有五分鐘，翻來覆去，也只是那幾句話。我心裏忽然好奇起來。為什麼媽媽尋死尋活起來了呢？爸爸呢？這半天怎麼沒有他一點兒動靜呢？這一晚上到底在搞什麼鬼？我再也壓不住我的好奇心了。翻身下床，在榻榻米上爬著。靠媽媽房間的牆壁角落，有一個兩層的衣櫥。上面一層，擺著兩隻樟木箱，我帶來一張椅子，將樟木箱輕輕搬下來，幸好裏面只有我幾件冬衣，不算重。移走了樟木箱，櫥子上面一層就空出來了。脚立在箱子上。兩手扒住櫥子的隔層，提一口氣，我用的是標準的引體向上動作，頭一過手，死力一撐，整個人便上來了。身體蜷成一隻懶貓樣，藉窗外的月光，我往隔壁張望。兩個房間本來只隔著一寸來厚的紙推門，門上一溜，鑲的是鏤空的夾板，兩隻仙鶴在松葉祥雲中間滑翔。

媽媽房裏的景象一看清楚，我全身的血液都好像凝結了。原來靠牆放著的床坍在地上，兩條腿斷了，斜躺著，像個滑梯。毯子、枕頭、大甲蓆，都不在床上了，扔在四處。媽媽的梳妝台也歪向一邊，幾個袖珍抽屜，像開了膛的魚肚，露著五臟六腑。梳妝台上，本來有許多大大小小花花綠綠的瓶瓶罐罐，現在都不見了。滿地下，除了砸碎的那些瓶瓶罐罐，還有五斗櫃裏的衣服，也成了過年菜市場擺著給人挑揀翻得不成個樣子的舊衣地攤。那面比人還要高的穿衣鏡，給砸得稀爛，只剩下個空鏡框和地上的玻璃一灘。媽媽整個人抽了骨頭似的，躺在一屋子的垃圾裏面。爸爸還是那身藍條紋睡衣，上身已經撕開，露出半邊肋骨，月光照明下，尤其顯得沒有一絲血色。他等於跪在媽媽身邊，一手揉媽媽的太陽穴，一手緊緊拉住媽媽的手臂，然而媽媽並不像能夠站起來跑了似的，倒像蒸得過熟的粽子，軟軟黏黏一團。

「雍雲，雍雲，妳不能這麼作踐自己……看在孩子的份上……妳聽我說……聽我解釋……咳咳……」爸爸的肺氣比平常短促了，咳嗽時好像喉頭裏嗆著口痰，怎麼掙扎卻吐不出來。「……妳聽我解釋……妳看妳剛才那樣子，多怕人，要真昏死過去，教我怎麼向老人家交代……」

難怪我進屋半天，沒聽見什麼動靜，屋子搗得稀爛，竟然一點都不知道。媽媽突然翻身坐起來，手裏捏著晨褸的腰帶，往自己的脖子上一套。

「我讓你快活，你勒死我吧，讓你跟這個忘恩負義的臭婊子做一堆，難怪死不肯讓她吃藥，原來捨不得你那塊肉……」

「雍雲……我答應妳，相信我，一定相信我，明天一早帶她上醫院去拿掉。吃這種藥太危險了呀……鬧出人命來如何得了……」

大概是爸媽的聲音慢慢低弱下去，我怎麼越來越聽不清楚他們的對話呢？或者也不是，我的耳朵只是一直發矇，細細軟軟彈性極強的鐵片，不知被什麼東西猛力一敲，在我腦子裏不停地顫動，發出連續不斷的高頻率的嗡嗡聲……

我不知道還在那層衣櫥蜷伏了多久，也不記得自己如何爬下來，爬下來以後又想了些什麼，做了些什麼。揹著我收拾好的小包袱出門的時候，天好像還沒有亮，天邊倒只剩下幾粒疏星，鬼火一樣閃閃爍爍，像隨時要給乍露的曙光吞沒。

## 五

那隻灰鷹老盯著我頭頂，在半天裏打旋。一會兒歪歪翅膀，像要斜身飛去，畫不到小半個弧，又一側身繞了回來。怎麼也覺得自己就是牠畫著的一個又一個的圈圈的圓心。

出門後不見一個人影，空氣像水淋過一樣，有一層薄霧，把整條巷子染成淡青色。也許根本不是霧，只是破曉前的天色。不過，樹葉都彷彿趁人不在，張大了氣孔，溼答答要滴出水來，屋簷下，電線上，樹叢裏，鳥雀們吵成一團。兩隻白頭翁，忽然從巷口我眼睛所見的那方空間展翅飛來，像兩架小型的轟炸機，對著我俯衝過來。我一住脚，牠們立刻拉高身軀，在我頭頂上方箭一般掠過去，嘴裏還一陣怪叫。我的視線跟著牠們抬高，立刻又在半空中發現了那隻盤旋的老鷹。

我一口氣奔到巷口，拐一個彎，又一口氣跑到駱駝家。駱駝家門口有一株高大的木麻黃，傘一樣遮去了半個天空，然而，從稀疏的枝葉間往上瞧，那頭蒼鷹還半收著牠的雙爪，慢呑呑的畫著圓圈。

跳過駱駝的短牆，沿牆根悄悄挨近樓下那間房間。門從裏面反扣著，費了半天勁也撬不開。我從花園裏搬了塊大石頭墊脚，再把背上的包袱墊上，勉強夠著門上的玻璃。水族箱的熒光燈居然開著，那缸水裏，晶瑩透明，像一整塊淡藍色冰磚。然而，一切都看得清清楚楚，就是那一對金邊魚。卻怎麼也不見蹤影。

或許是屋子裏溫度高，門上的玻璃裏層，黏著幾條水氣。我試著移動地位，眼睛透過另一條水珠流成的軌跡巡視。還是不見牠們的蹤影。

我把石頭搬到房間另一面的窗口底下，看水族箱側面。終於發現牠們夾纏在靠底邊的水草叢裏。然而，半天半天，沒有動過一下。再細細看，牠們的身體早已變了顏色，不要說那一彎黃金色帶，連鱗片都泛著青灰，全身的鰭翼，靜靜張開，像裹在一層膠水裏，曬乾後，剝製成僵硬的標本。

走出駱駝家的時候，天色已有些魚肚白了。賣豆花的那個老頭兒，正挑著擔子，從巷口一路吆喝過來。抬頭看，半空裏直打圈圈的那隻灰鷹，竟然還在那裏盤旋……掏出彈弓，褲袋摸出一粒平常捨不得用的鐵丸裝上，啪一口唾沫吐在左手的掌心，往彈弓上下裏外反覆揉擦，直到唾沫沁進裏面去，摸起來既不滑溜也不黏手。我臉朝上向右彎腰，右手大拇指貼食指，連皮實實捏著那粒鐵丸，左眼閉上，右眼從弓架的等邊三角形中間看過去，那隻灰鷹毫不知覺，仍開足了發條似地滑翔著。我眼睛覷定牠，把牠緊緊嵌在弓架三角形和鐵丸拉成的一條直線裏，然後，仿照牠的速度，跟著牠兜圈子。一圈兜回來，算定牠離開我的頭頂最近的一點，我鬆開全力拉開的皮條，鐵丸箭矢一般飛上天去，越飛越高，越高越小，不偏不倚，往牠的肚腹鑽去。我分明聽見輕微的噗的一聲。吃這一擊，牠也許突然受驚，張開的翅翼一收，倒栽葱往地下撲來。緊急中，我又連續發出三粒彈丸，也許太過緊張，也許牠的位置移動太快，都沒有命中。牠也彷彿恢復了平衡，翅翼平伸，又浮在半空，穩住了身體。但是，彷彿這一點騷動完全把牠激怒了，我看見牠的巨爪鐵鈎一般伸在腹部下方，尖銳的喙角直指地面，兩隻即使在半空中仍然看來發出寒光的眼睛，隨著牠頭顱的左右擺動，向下四處搜索著……

也許第一彈勁道不夠，到了強弩之末才擊中牠，除了讓牠突然受驚，除了激怒牠，一點都沒傷害到牠。我不敢再往下想。好像是直覺的反應，我拾起包袱，拔腳狂奔。偶爾回頭，總看見牠不遠不近，在半空裏來去浮沉。

阿才家巷口有一片空地，上面棄置著好幾節築防空洞沒派上用場的水泥筒。我蹲在裏面，一面喘息，一面靜等牠離去。

我的身體順著圓筒的形狀蜷曲成一圈，屈起的兩隻腳併攏，兩手抱著膝頭。天色已經破曉，空氣裏如今的確迷迷濛濛灑著一層輕霧。我側頭從圓筒的開口處望出去，覺得自己好像蜷臥在一架望遠鏡裏面。這時候，那個念頭才第一次來到我腦子裏——這個家不能待了。我該到哪裏去？我想到火車，想到遠方的大城市，想到……我最後想到五哥故事裏面描寫的高山野林，白雲深處的猴子和洞穴。

一輛三輪車咕轆咕轆慢慢拖過我右前方的圓形開口。座位前面擱脚處，橫擺著一隻破舊的皮箱。座墊上，並排倚著一對情侶。他們的臉那麼白，緊緊貼在一起，遠看像晴空飄著的雲絮，那麼潔淨那麼柔嫩。車輪滾過泥坑，一顛簸，兩張臉稍稍分開，讓我看清楚了他們的輪廓。乳白色的霧裏，芹姊的手和五哥的手，緊緊絞在一起……

我走出水泥筒，天色已經大亮。半空裏盤旋的蒼鷹早不知去了哪裏。我想起媽媽所受的罪，她今早大概連半生熟的粥都沒得喝了。也許我就回去，代芹姊生她的第一爐煤球。就這樣，竟不覺有點高興起來。右手食指一曲，伸進嘴裏，上下牙齒輕輕咬住，毫沒費勁，巷子裏響起一聲結實漂亮的唿哨，像大大小小一羣鋼珠，在藍玻璃一樣的空氣裏，流星閃電般灑出去。

——原載一九八〇年二月《明報月刊》

# 風景舊曾諳

## 一

一九七七年初夏，我以美籍華人腫瘤專家的身分，應邀到北京、上海兩地去作短期的講學。自從尼克森打開了中國的大門，這種學術交流活動，的確日益頻繁，沒有什麼值得大驚小怪的，完全不需要我在這裏嘮叨。而且，在短短的講學和參觀過程中，雖然無法深入了解曾經是我同胞現在依然是我血族上同類的大陸人民的醫療健康狀況，但是，在我接觸到的大陸同業中，看到他們在那樣落後封閉、設備殘破、工作環境近乎恐怖的條件下，居然做出了一些成績，我還是由衷感到敬佩的。所以，像我這樣一個人，享受著先進國家各種優厚待遇而只不過有那麼一點專長的研究者，走馬看花一遍，就跳出來指手劃脚，大肆批評一通，顯然是不公平的，因此，我應該識相些，保持沉默才是。

但是，在我過去二十多年的生涯裏，特別是近十年來，我幾乎成日與人體的腫瘤為伍。大凡有關腫瘤的成因、病徵以及人類掙扎於各類惡性腫瘤的肆虐之中所必須忍受的各種各樣無法形容的恐懼與痛苦，都一一鐫刻於我的內層組織，成為感性中不可分割的一部分，彷彿浸淫日久而化為本能，以至於它的任何形式的顯現，對我而言，都幾乎可以產生宗教般的直感反應。人類命運這種無可奈何的卑微處，實在不是簡單的愛恨兩端所能涵蓋。這或許可以解釋我之所以還要饒舌的理由吧。

上海講學的課程結束後，我曾經南下回鄉三天，與分別了整整三十年的四舅見了面。老實說，講學與訪問，不過是這次旅行的表面原因，私底下，不遠千里的跋涉，還是為了重溫闊別三十年的夢魂縈繞的舊遊之地，見一見三十年杳無音訊的四舅。

我的老家在西子湖畔。從小生活在那山溫水暖、煙霞翠微的地方，我常想，即使是浪跡天涯三十多年了，性情之中，總是難免流露一些軟弱的痕跡，這種淵源，不能不追溯到少年時代任意徜徉九溪十八澗的那段日子吧！所以，如果下面談到的一些零零星星的人與事，免不了竟然出現老不更事的傷感的話，也是沒有辦法的了。有些東西，尤其是在學會做人以前便已沁入骨髓的那種東西，是很難徹底清除的，就以這個作為我告饒的藉口吧。

## 二

那座典型江南風味的粉白壁魚鱗黑瓦老屋，一共三進，圈著一道土磚圍牆，怪不起眼地擠在浣紗溪泗水芳橋附近一條狹窄深長的弄堂裏面。那時候，我們家住二、三進，隔著兩道遊廊的環抱，隔著遊廊內一個常年擺著春蘭秋菊中間還有太湖石、金絲竹、鳥籠和魚池的天井，隔著罅縫裏爬滿綠絨苔蘚的青石板，隔著蔦蘿架、芍藥山和骨老葉茂的五針松，第一進的東廂房裏，住著四舅和舅媽一家子兩口人。按照我父親的說法，四舅是個「閒雲野鶴，不求上進」的人，除了靠祖上留下幾畝薄田以外，不過在藝術專科學校裏兼幾個鐘頭的課，日子的確過得蠻逍遙的。

若論關係，四舅其實是我母親的遠房兄弟，不能算是至親，但在一道圍牆裏住久了，就好像比眞正的血親更親了。對那時年近不惑膝下猶虛的他和不知天高地厚的我而言，這種似親非親的關係，似乎更因此沒了輩分，兩方面都自在得多，而四舅四舅的叫著，日久天長，卻又有一份不自覺的親情。

我十二歲的那一年，父親決定攜帶全家去台灣就他新謀得的職業。臨行以前，四舅同我們一家一塊兒到三潭印月九曲橋、十字亭和湖樓一帶去拍了幾張紀念照。這些發黃的相片，如今還用四粒褪了色的金三角紙夾，釘在我的相簿中。四舅的鬢邊，其實已經有了少白頭的痕跡，但略顯突出的兩顴上面，眼睛是煥發著怡然的神采的。

「我可不要去那種鬼地方！」

四舅用他心愛的比我家飯碗還要大一圈的薄胎細白瓷碗給我泡了桂花藕粉，叫我坐在他的老籐椅上。

「同學說，那邊住久了，腿都會發腫變黑。」

「胡說。」四舅半臥在扁竹條編的躺椅上，望著半空出神。

「台灣——……那可是寶島囉！紅花綠樹望不到邊的，田裏長的東西也稀奇的，椰子、香蕉、菠蘿蜜，不知道有多好吃的，連地板都軟綿綿的，屋子裏面全像彈簧沙發一樣的……」

「那麼好？我不信，要是眞的，你爲什麼不去呢？」

「要去的，是要去的，台灣是要去的；你先去，把路給我認熟，免得我到了，找不到地方！」

四舅的迷路是有名的，有一次，自告奮勇，帶我們一大羣小鬼趁黑摸山路去初陽台看日出，結果，天亮後，卻摸到了黃龍洞。

我初到台灣，可是認眞的把路弄清楚：光是從我家麗水街到火車站這一段就至少試出四、五種走法，熟到蒙上眼睛都掉不了。然而，四舅終究沒有到台灣來，內戰卻先來了。

四舅沒能到台灣去，是我父母親常常覺得遺憾的一樁事。

「他這個人，身無長技，在那邊的日子不會好過的，又貪戀些莫名其妙的東西……」

唸初中的時候，每每夏夜納涼，一揮手撒開四舅送他的那把大摺扇，父親總免不了感喟幾句。扇面上是四舅一筆秀媚豐腴的趙體行草，「清風徐來」四個大字連成一氣，相隨扇面的曲線起伏成弧，彷彿扇底生風，一行字也跟著飄飄欲動。只不過，我那時候，老把它讀成「來徐風清」，因此，對父親的感喟，也不甚了然，卻只有一種被欺騙的少年的憤怒。尤其是後來聽說，四舅之所以沒有來，只是因爲測了一個字的緣故。

書法始終沒有學好，如今卻是我的遺憾了。回想起來，四舅還是對我用過一番心的。要不是過分貪玩，掉以輕心，也不至於現在一落筆便覺羞慚。記憶中的東廂房，簡直就是個小小的墨香世界。四壁經常換著字畫不說，連窗櫺上，都層層貼滿了墨跡淋漓的宣紙。記得舅媽常爲這嘮叨：「屋子裏給你弄得黑窟窿冬，光都透不進來……」不過，我最喜歡的，還是四舅那張紫檀木的書桌，黝黑沉重，透著幽幽的暗紅光澤，上面的擺設琳瑯滿目：各種各樣瑪瑙、青玉、白石、景泰藍的鼻煙壺，古銅筆架，陶瓷筆洗，金龍攀緣的六角巨墨，無錫的泥娃娃和佛山的手捏灰陶玲瓏人物，繪著蘭草的竹節筆筒裏，插滿了大大小小長短不一胡開文製的毛筆……

跟我們家和四鄰周圍的其他人家不一樣，四舅是個習慣絕早起床的人。常常天濛濛亮，天井對過的小書齋裏便亮著黃澄澄的燈光，我有時難得早起，也悄悄挨進去，倚在紫檀木書桌邊，看四舅耐心地碾碎銀杏，看他用棉紗布蘸白菓油，細細揩拭他心愛的隱著螺紋的端硯。四舅大概就是上輩子欠了文字債的那種人，「我看你一輩子就逃不出這個孽障！」舅媽一生氣就這麼說。想到他終於還是因爲測了一個字而來不成台灣，心裏不免悽然了。

四舅教我練字，前後也有兩三年的光景。那跟出門爬山划船的四舅，是迥然不同的兩個人，要求是絕對嚴格的。

首先要學磨墨。在學校，大家都喜歡用墨盒，絲棉用乾，就買一瓶墨汁倒進去，味道雖然有點臭，但乾脆省事。就算要自己磨，也習慣把一錠雨花墨斜斜地磨，斜著磨有個好處，著底面積大，很快墨濃見痕，節省時間。這個習慣，四舅絕不答應。墨一定得三個指頭揑緊、豎直，一點都不准斜，不准畫大圈，要在硯台心窩裏細細勻勻地轉，一有分心取巧，手背上就得挨一記鐵尺。磨完一小盂水，四舅讓我把手伸進冷水盆裏浸幾分鐘，毛巾擦紅，才開始練字。

四舅寫字，書桌上常燒一炷香，這層關係，我至今也不完全領會。四舅說，寫字要斂思凝神，但我的眼睛一跟上裊裊升騰的青煙，便心思散亂不著邊際出了神。然而，現在再看手邊留著的一些四舅留下的散墨，卻確實看出他的書法裏面透露著十分的飄逸，就像飛隱的煙霧一樣，有說不出的一絲空靈。我們先寫柳帖，寫錢南園，四舅說我的心太野，要先搭個結實的骨架。可惜我這個骨架始終搭不起來，總是歪歪斜斜。有時候，對著光，從毛邊紙反面看去，似乎不錯，偶有神來之筆，一調回正面，看著又明顯是歪歪斜斜。兩三年下來，褚遂良的聖教序、唐人摹寫的王羲之蘭亭序……都寫過幾遍，也不見得有什麼精進的痕跡，我可還不自量力，一直要求四舅教我寫他最拿手的趙孟頫。四舅收藏的法帖不少，松雪道人的《福神觀記》等於是他的聖經，他卻只准我翻著看，不讓我寫。

「等你有了底子，再說。」他總是這麼推托，「這個東西太媚，小孩子染上了不好的。」他說。

後來我自己年齒日增，也弄到一本翻印的《福神觀記》，說來也奇怪，每次翻開它，就聯想到波光瀲瀲的西子湖，就想到四舅說這話時閃爍不定的眼色。這三樣風馬牛不相及的事物，彷彿確在我心裏的某一處疊合著，一端出現，其餘兩端也便隨著出現。

我幼時的習書生涯，雖然一般算是「清苦」，卻也有它甜蜜的一面。四舅的諸多寶貝之中，還有一口年深日久熏黃的柳條箱子，體積雖然不大，裏面卻藏著大大小小幾十件精品圖章，一一臥在青布面白緞裏子的方盒子裏。我練字腕酸手疼的時候，四舅也偶爾讓我把玩把玩，那一方方壽山、田黃、雞血，個個晶潤樸拙，自成趣味，令人愛不釋手。四舅自己原是此中方家，西冷印社也是他經常下棋會友的地方。如今在我不成氣候的小小收藏中，還有一方浮雕梅花青田章，六粒篆體刻的是「杏花春雨江南」，就是他的手筆。當然，童年記憶中，印象歷久猶新的，還是受完「書」刑以後，四舅總不忘從他衣襟後面的大口袋裏，掏出一疊印著「釆芝齋」字樣的紅紙包裹的蘇糖。三十多年了，如今每一憶及，口腔裏還是不自覺地湧出津液來。

## 三

我們家麗水街的住宅，是父親公家配給的日式木造平房。建坪不大，連廚房廁所一道算，也不過四十六疊半，跟杭城裏的三進老屋相比，不僅面積小了，味道也差得遠。初到台灣，我就常聽母親抱怨：「什麼鬼寶島，花不香、鳥不語，連個一年四季都不分的……」我那時自然是同情她，什麼都看不慣。院子裏的檳榔樹，瘦乾巴巴，要爬嘛嫌高，要它遮蔭嘛又嫌小，連個鳥窩都藏不住，哪像棵樹？跟浣紗溪兩岸春來綠蔭搖曳的楊柳怎麼比？更別提蘇堤的桃花、孤山的臘梅和「曲院風荷」的新鮮蓮藕了。現在回想起來，固然是異鄉作客、水土不服的心理現象，但是，翻著舊相簿，離鄉前夕同四舅在小瀛洲湖樓上合照的那幀題了「雪泥鴻爪」的相片上，不是赫然攝下了陳承錖的一聯名句「四面荷花三面柳；一城山色半城湖」嗎？由此看來，如果當年離開的，不是千嬌百媚的西子湖畔，而是殘山剩水，窮鄉僻壤，這樣亟亟對比的心情，也無從產生的吧！

不過，「滿屋子像彈簧沙發一樣」，四舅這句臨時編出來安慰少年遊子的童話，卻的確發揮了意想不到的效用，我的少年生涯很快找到了新天地。這或許可以說明無從在榻榻米上任意翻騰的成年人久久不能適應異鄉生涯的原因吧。

到台灣不久，父親就在客廳的土間白壁中央，掛上了四舅仿瘦金體書寫的柳屯田詞《望海潮》。小時候，每次淘氣犯規被父親捉住罰跪，便一定對著這幅字，因此，這首詩，對我而言，早已倒背如流了。或許正由於這段因緣，所以在我初識人事以後，很快便洞悉了父親和他同一輩的舊遊知交們的某種心情。父親的詩集取名《疊巘堂詩稿》，他們的詩社取名「重湖」，他們吟詠懷念的主題，總離不開「三秋桂子，十里荷花；醉聽簫鼓，吟賞煙霞」這一套，對我這個久跪成誦的柳詞「專家」而言，便逐漸失去了神秘感了。

我出國前那幾年，台灣的經濟突然出現了起飛現象，父親那一批舊雨新知，也都紛紛隨大流，捲入了各種各樣的新興行業，玩股票、炒地產、開工廠、搞外貿，一個一個飛黃騰達起來。連做了一輩子公務員的父親，也辭去公務，找人投資開辦了一間儲備人才、配合經建的五年制工商專科學校。事業蒸蒸日上，生活的節奏自然加快了速度，過去那種徒然對景傷情、詩酒唱酬的文人情調也就逐漸被高爾夫球、夜總會等現代方式的怡情悅性節目所取代。我記得，自從我上大學以後，父親的「重湖詩社」就再也沒有聚會過，《疊巘堂詩稿》也塵封在他久已不用的書架上，與渡海攜來的一批線裝書同其命運了。至於四舅留贈的那批字畫，麗水街的住宅後來變相賣給了一家房地產開發公司，改建成六層的現代公寓，而我們家也間接受惠，分得六樓整整一層，這中間，幾經周折，那批字畫也不知所蹤。我現在手邊的幾件，只能算是滄海遺珠了。那幾年的變遷，實在過於迅速，當橫掃一切的現代文明矗然崛起的年代，那種空泛的、不切實際的、徒惹感傷的陳舊記憶，自然也毫無抗拒地淹沒在鋼筋混凝土築起的新世界的底層了。

說來也夠諷刺，四舅之所以沒有完全從我的記憶中消失，竟然是由拋棄了他的舅媽所勾起，這顯然又不是我這個後來學了科學的人善於解釋的了。

大約是十一、二年前吧，我通過了外籍醫師的考試，決定到美國去闖天下，從住院實習醫生幹起。行前，父親帶我到一些親友家去辭別，卻意外見到了二十年不見的舅媽。當然，我必須改口叫她周伯母了。記憶中，那天彷彿恰好是中秋節，周伯母除了端出來一碟蘇式月餅以外，還給了我一包蘇糖。巧的是，那包蘇糖的包裝紙上，也印著「釆芝齋」的字樣。只不過，字體印得過於清晰，那包裝紙的紅色，也過於鮮豔，蘇糖本身卻加了太多的化學香料，有點不倫不類。作爲晚輩，我自然不便深究四舅媽到底是怎麼變成周伯母的，但是，既然見到了以前的四舅媽，我也就不能按捺少年時代留下的那股積怨，卽使要冒犯父親，也不能不追究四舅爲什麼沒來台灣的眞正原因了。

父親的答覆倒也簡單。

「那個人，眞是不可救藥，」他說：「人都到了上海近郊了，土匪炸了橋，一時過不來，卻去測了個字。就這樣，糊裏糊塗，又轉回去了。他老婆，你今天也看見的，不就跟你這位姓周的世伯過來了嗎！」

我隱隱覺得，少年時代的積怨，這時倒變得不怎麼重要。一個人能夠以這樣純粹的方式選擇自己的前途，卻眞是不可思議了。

「到底測了個什麼字呢？」

「聽說是個『涵』字，涵養的涵。也這麼巧，測字的說：『海深水闊，東南之行，插翅難過！』聽了這話，就再也不肯走了，回去了。唉！人的命運，有時也難講的，那個年代，兵荒馬亂的……」

也就是從那個時候起，我便立意要排除一切困難，設法打聽我這位一輩子跳不出文字孽障的四舅的下落了。

## 四

火車頭朝西南，慢呑呑地奔跑在穿越江南水鄉的滬杭鐵道上面，窗外的景色也隨著慢吞吞的暮色，逐漸黯淡。然而，江南的初夏，終究還是江南，翠綠的稻秧、金黃的油菜和紫苜蓿的彩色拼版圖裏，偶爾還見一片白帆，悠悠移動。遠遠望去，卻連船行的溪流水光也沒在這樣柔軟的三彩畫裏，如果不是老舊的火車本身不時發出肝膽俱裂的噪音和震動，這彷彿無垠的緩慢時光的流動與悠悠迴轉的淡彩風景，恐怕是可以製造出永恆的陸地行舟的印象的。

我的心情，豈不是也一樣。恰似兩條繩子，一條拉向靜靜的六月江南的田疇綠野，另一條卻固執地纏在怎麼也按捺不下去的浮躁裏，隨我如何努力也無法相互絞合在一起了。手裏揑著行車時刻表和浙江省的地圖，呵！過了海寧就是斜橋，再過去，長安鎮、許村、餘杭，再過去，就是筧橋……

多年的追尋，終於有了結果。再過一個小時，最多兩小時吧，就要同分別三十年的四舅見面了。

憑窗外望，視界在降低的光照中漸漸縮小，彷彿從後面看出去的半圓舞台，邊緣處，夜幕正緩緩拉攏。

剛到美國，還沒有完全適應有色人種、二等公民的生活，便按舊址給四舅連續發了三封掛號信。掛號信既未退回，也無回音。中國大陸正席捲在文化大革命的狂風暴雨中，我這個從來不問政治的實習醫生，從何理解其中的複雜與奧秘？不過是循著滄海桑田、人事變遷這些常識判斷去推想。於是又鼓餘勇，給北京的國務院僑務辦公室寫信追詢，要求協助。自然，這番幼稚的努力，結果也一樣石沉大海，連收信的承諾都沒有得到片紙隻字。

尋找四舅的工作雖然毫無進展，我這個有色人種二等公民的專業生活，卻靠著自己的努力，慢慢有了轉機。一篇發表在專業學誌上的論文，幸運地被一位前輩權威看中，我因此得以擺脫一天八、九小時的貧民醫院的住院醫生夜班生涯，在東部一家猶太人基金會辦理的規模宏大、歷史悠久的醫學院裏，佔有一間小小的研究室了。

日夜顚倒的生活結束以後，我也有了自己的一個小小社交圈。我的追尋四舅下落的工作之所以能夠死灰復燃，主要還是靠了這個小小的變化。在一次典型海外中國人的週末聚會裏，偶然談到我與「新中國」這一段交涉尋人的挫折。在座有位當紅左派，居然自告奮勇，要爲我這個既非戰犯子弟又非骨肉同胞的海外華僑，解決這個不大不小的難題。但是，左派朋友雖然熱心有餘，神通卻未必廣大，他的最高成就，也只不過給我引見了一位參贊級的人物。以後，或者這段尋人公案，也一樣進入紅色的等因奉此公文旅行中，久久沒有下文。

一九七六年的冬天，我研究腫瘤的幾篇論文，在美國最權威的醫學雜誌上發表了，引起了不少討論，國際上似乎也有些影響，連《紐約時報》星期二的科學版上都作了深入淺出的通俗介紹。一時之間，我在旅美華人社交圈裏，忽然成了個頗受注目的人物，宴會與座談的邀請，竟一日日增加起來。彷彿一個對人體腫瘤略有一些研究的人，也必然對一連串從海外華僑的子女教育到海峽兩岸的和平統一等等問題，都可以提出發人深省的見解。尤其令我驚異的是，一九七七年的春節招待會，我居然收到了中共駐美機構的請柬。除了燙字金印的請柬以外，參贊先生還附了一封親筆函，簡單的告訴我：

「先生長期以來回祖國探親的願望，業經有關當局審查批准，請即來我館辦理回國探親、講學的手續……」

「講學」這兩個字，出現得倒有幾分意外。但是，料想不到的是，我就是以在北京、上海兩地作短期講學的條件，才換得了重見睽隔三十年的四舅的權利。

## 五

小艇從柳浪聞鶯旁邊灰色斑駁的茶樓欄杆前面慢慢划過去，我的心又一次絞痛了。欄杆裏面，一片灰暗，完全沒有照明，除了靠近欄邊幾張破舊的茶桌木椅以外，什麼擺設都看不眞切。灰白的天，灰白的水，灰白的風景。屋宇內，灰白衣服的人羣彷彿在無聲的狀態裏蠕動。看得明白的，只有靠水邊一排灰色的老人頭，在灰白的風中，露著呆滯的灰白眼神。

前一天夜裏，我還天眞未泯的跟四舅說：「要不要明天一早，乘瓜皮小艇去孤山放鶴亭。跟過去一樣，吃粉紅桂花藕粉，飲碧綠新沏龍井，躺在籐椅裏，享受一下天方微明時的荷香……」

四舅只是嘴角微微抽動了一下。自從我們見面，盡是我一個人亂興奮，四舅卻泥塑木雕的一般，最多只見他嘴角微微抽動一下。我不死心，逕自找櫃枱值班的服務員交涉。

「七點鐘，湖濱碼頭。」

他眼睛始終望著手上的報紙，頭都不肯抬一抬，連問話人到底是個什麼長相，也沒有一點興趣。

「可是，同志，七點鐘太晚了。我們要去裏西湖看荷花，天一亮，荷花都閉起來了……」

話講到這裏，我已經後悔了。

「七點鐘，湖濱碼頭。」

還是這麼一句。我開始痛恨自己。

垂頭喪氣回到四十七號房間。四舅年紀大，要他老人家黎明起床步行到孤山去，顯然不很現實，我只得把交涉的結果告訴他，暗中還是希望，也許他這位老杭州，會有一些辦法的。

「現在都是這樣的。」四舅說。

四舅看來並不算很衰老。頭髮雖然白了、稀疏了，還能保持一定的形體。鬢邊和下頷新刮的痕跡，在華僑飯店特許的比較明亮的燈光下，看起來還有整齊的感覺。只不過因爲沒有擦髮油，略略顯得有些乾燥蓬鬆而已。爲了我們這次的會見，官方工作人員事前救急的安排佈置，卻是非常明顯。四舅全身的穿戴，沒有一件不是新的。見面第一天晚上服侍他上床睡覺時才發現，他那雙生膠底的黑皮鞋竟然是全新的，不要說鞋底鞋面沒有絲毫磨損，廠牌標籤都沒撕掉。但是，脫了鞋襪以後，卻發現他的脚趾甲忘了剪，每一粒趾甲裏面，都藏著乾硬汚黑的泥垢。

四舅的身板，看來也很硬朗。將近七十的人，牙齒還沒全掉，吃雞的時候，還能用智齒軋碎雞頭骨，把裏面的小人形狀的雞腦完完整整地挑出來，這個特別的破骨取腦技巧，原來是他教給我的，只不過，他現在已經忘了照顧我，只顧自己挑出來細細咀嚼。坐在他旁邊看得一時發楞，竟不覺心裏輕輕絞痛起來。

跟記憶中的印象相比，四舅雖然顯得佝僂，彷彿矮了一截，但是，面色比從前似乎紅潤。臉龐雖然增加了許多皺紋，卻好像大了一圈出來，的確，他的整個身體，都好像大了一圈。仔細想想，一來或許是衣服不同了，從前，他總愛著長袍，尤其是夏天，府綢料子給風一吹，飄飄然，便顯出體形頎長的姿態，現在，卽使是「的確涼」的中山裝，也覺得像粽子似的裹著，加上新出爐的人造纖維成衣，連出廠的褶痕還留在身上，褲腿上竟然還有好幾道橫向的褶印。不過，四舅的體重確比以前增加了，但是觀察他的行動，卻又不像是正常老年人的健朗，總覺得那一圈擴大的體重，是過多澱粉質餵出來的虛腫。

這種虛腫的印象，如今不僅出現在四舅的身上，我重遊別後三十年的西湖，幾乎無處不留給我同樣的印象。事實上，固然有些東西，特別是新文化標準下所謂「封資修」的東西，已經連根拔除了，蘇小小墓僅餘一片青草，岳王墳鏟爲平地，靈隱寺成了一個沒有木魚靈籤、沒有香菸祭祀、沒有晨鐘暮鼓的國務院甲級文物重點保護的單位……但是，西湖水，不但在，而且濬深加闊；花港的魚，一樣彩色繽紛；觀魚的人羣，彷佛也都虛應故事，拍照的拍照，餵魚的餵魚，完全不覺得池裏魚早已繁衍生殖過分，些許麵包屑扔下去，立刻激起了你推我擠、爭奪廝殺的局面，原該是浮沉自如，悠游萍藻的金鯽銀鯉，如今卻成了一池烏黑的蝌蚪！

三天遊覽下來，除了天然的景色，整個西湖十里方圓上下裏外似乎只在我頭腦裏留下了兩種氣悶的色調——灰白與赤紅。這種色彩的設計倒也單純，設計者的構想似乎是：凡是希望吸引你注意的，便一律漆成赤紅；而剩下的一切，便都成了灰白。整個西湖，固然大體依舊，卻像趙松雪的《福神觀記》，改成了白紙黑字的鉛印本。不幸的是，我這位入了文字障的四舅，似乎也被分配到灰白的一類事物裏面去了。

四舅的確沒有跳出他前世惹來的文字孽障。這三十年來，他到底經歷了什麼樣的風波變化，別人是一字不露，他自己也是泥塑木雕的一般，我根本無從挖掘。三天相聚下來，他對一切事物的評價，也只有兩句話；凡是他表示贊成的，便是：「現在好咯！」偶有不滿，或完全無可奈何，便是那句唯一透露感情的警句：「現在都這樣的！」關於他這三十年的神秘遭遇，我唯一了解的只是他目前的職業。他還沒有退休，分配在一個市級單位裏做油漆工。至於他為什麼從一名專科學校的教員變成了一名油漆工，為什麼變得表情迂緩、神態木訥，就算我費盡力氣，旁敲側擊，也只能擠出這副標準答案：「現在好咯！」或者，「現在都這樣的！」就這麼兩句。

他這個油漆工的任務，倒也還別緻。或許油漆工裏一般很不容易找到這樣一手好書法的。四舅的主要工作，就是負責在市區內外的牆壁、標語牌和任何需要宣傳口號的地方，用大把豬鬃或尼龍製成的油漆刷子刷字。難怪我覺得西湖各處語錄牌上的毛體字，彷彿與別地所見的略有不同。除了那種龍蛇飛舞、霸氣滂沱的仿張顛狂草的外形，骨子裏似又滲進幾分秀媚，竟料不到是松雪道人的幽魂悄悄潛入了。

離杭前夕，我請四舅到平湖秋月左近的「樓外樓」吃西湖醋魚。「樓外樓」上為華僑外賓特闢的房間，其實也不怎麼特別。桌上積攢了厚厚一層油污，四舅穿了新衣服，連袖子都不敢往上擱。對湖的窗景，也給窗前綠化政策下猛長的法國梧桐完全遮住。服務員的態度自然也依然生猛如故。不過，不知道是因為夜幕遮蔽了一切之後，梧桐葉隙裏透露了湖心亭附近的幾點燈光作祟，還是因為又一次離別故鄉，免不了多喝了幾杯的緣故，我竟然發覺這一切似乎也不那麼難以忍受了。誰知道呢？也許長年累月之後，一切變成了習慣，該咒詛的也都成為無足輕重不必要了吧。也許，我也可以學會從所有無能為力的世事絕路裏，尋得一丁點的安閒，就像眼前的四舅，用他老而未衰的牙齒，細細剔除魚骨上酸甜適宜的殘肉一樣。就這樣，隔了三十年無從想像的人世時空變化，我似乎第一次眞正回到了四舅身邊。但是，即使是受了多年科學訓練浸淫的我，也不可能不知道，這種稍縱即逝的知覺。其實只是我單方面的感應。四舅他呢？

我是乘浙贛鐵路的傍晚班車離開杭州的。四舅不顧我的勸阻，還是一路陪我上了火車。說實話，我眞弄不清楚，四舅的堅持裏，到底有幾分是出於他的自願，有幾分是因為上面的交待。我還是因此有些感激的。至少，這三天，太多虛脫浮腫的感受，把我整個人攪得也虛脫浮腫起來，任何一絲一點可以激起我「人」的感覺的事物，都情不自禁地急於抓住了。行李安頓好，火車還不到開行的時間，四舅在我對面的軟臥鋪上坐下來。他彷彿在仔細觀察欣賞這個火車特等車廂裏的一切細節。電風扇、播音器、枕頭、被褥、窗簾……無不引起他的好奇，唯獨對我這個隔別三十年對他而言應該是包涵了巨大神秘世界的我，卻一點興趣也沒有。三天的相處，他從來沒問過一個問題。現在，也一樣。

我不禁為這幾分鐘的無言局面，尷尬起來。

忽然，許是四舅近乎兒童的行跡引起的，也不一定，我靈機一動，想起了皮箱裏有兩包連蘇州「釆芝齋」老號都沒貨、卻在上海「友誼商店」買到的紅紙蘇糖。我悄悄拿出來，一言不發，遞了一包給他。

我看見他的眼光忽然一閃，下嘴唇蠕動著，喉嚨裏發出一股聲音，聲音的意義卻無從分辨。我看見他撥動紅紙的手指微微顫抖，老半天才把那包蘇糖打開。他沒有送到嘴裏去，卻放在鼻子底下嗅著，然後，又用他微微顫動的手指把糖包回原狀，塞進他「的確涼」的中山裝大口袋裏。這時，火車的汽笛響了，他匆匆站起身，也沒有道別，便步履蹣跚地跨下了火車。那天其實也是個密雲不雨的陰天，空氣裏佈滿水分，感覺得出那種驟雨前的鬱悶，然而，直到火車開動時，終究是沒有落下雨點。但是，薄暝中，月台上漸退漸遠的四舅眼睛裏，卻清清楚楚，反射出一點微弱的閃光。我無法斷定是不是淚珠的反光。從那逐漸隱沒在昏黃氛圍中愈顯伺僂臃腫的四舅的黯黑色身形裏，確實只在眼睛的部位，盪漾著一星星珍珠貝色的白亮浮影。

## 六

去年春天，我服務的醫學院同上海一間著名醫學院建立了交流計畫，我這個美籍華人自然成了執行計畫的重要協調人。通過往來交涉的一些便利，我費了三個月的時間、兩台彩色電視機的代價和無窮的耐心，終於成功地把四舅接到美國來與我們同住。啊！你看我，眞是有點老不更事了，竟忘了告訴你，我現在已經是兩個道道地地的小「美帝」的爸爸了。我的妻子也是一句中國話也不會講的土生土長的華裔美國人。然而，四舅同他們倒相處得融洽無間。雖然語言習慣何止南轅北轍。彼此熟習的世界，從對方眼裏看去，一方彷彿是封神榜，另一方卻像星際大戰。然而，雙方還是找得到溝通的渠道。不說別的，孩子們對四舅隨手剪摺出來的稀奇古怪的紙藝、塑膠泥捏的三牲六畜、西遊記人物，居然那麼著迷；而四舅居然也迷上了雅達利電子遊戲。這都是完全出乎我的意料的。

四舅和孩子們逐漸建立了老少無間的玩伴關係以後，我便在心裏慢慢籌畫著如何設法打破他那層包裹著一切神秘的薄膜了。我爲他安排了不同的節目，遊山玩水、狄斯尼樂園、博物館、動物園、音樂會、舞蹈、戲劇，甚至設法拉攏了一批台灣移民來美與子女同住的老年人，一起打了幾次麻將。但是，這一切努力，效果並不顯著。四舅對一切事物仍舊處之以木然的態度。只有跟孩子們在一起，雖然言語不十分相通，卻有很分明的喜怒哀樂的表現。

不過，同杭州相聚三日的經驗相比，事情還是有些變化。至少，他的話慢慢多起來了，而且說話的語氣，也跟從前有些兩樣。我發現，他語言中的那種自衛意識，在慢慢減少，而直接反應情感的部分，卻慢慢增加了。但是，對於造成他今天這種精神狀態彷彿木質化了的眞正原因，對於他過去三十年的實際遭遇，我還是小心翼翼，不敢造次。

事情往往也有不按照我的安排發展的地方。

有一次，我們帶他到紐約帝國大廈去參觀，在頂樓的小商店裏，給他買了一件小紀念品——不過是個價格很便宜的鉛製的帝國大廈模型。卻萬萬沒有料到，四舅握著這座小小的輕金屬的帝國大廈，竟然全身發抖，害怕得不得了。

爲了這件事，我請敎過一位精神病科的同事。據他的解釋，這是很明顯的精神病癥。患者可能曾受過尖銳物的身體傷害，後來或許遺忘，但是創傷引起的震盪卻被壓抑成心理殘渣，經過意識轉換，遂表現爲對一切尖銳物的無端恐懼。

去年夏天，一個週末，四舅給孩子們纏得沒有辦法，終於換上妻給他買的游泳褲，同我們一塊兒上海灘去度假。我才第一次注意到他背上，近腰的地方，至少有七、八粒葡萄乾大小的瘡疤。我料不準他肯不肯透露其中的秘密。但是，孩子們卻興奮起來，不停地搔弄，把四舅呵得滿沙灘打滾，連連叫著："NO, O. K. ? NO, O. K. ? NO, O.K. ?"看著四舅的樣子，並不太有意隱藏，我遂大著膽子問了他。四舅的答覆，卻出奇的輕鬆，彷彿那是發生在別人身上的事情。

「海外關係嘛，還不是，紅衛兵整的。虧他們想得出來這麼個省錢的辦法。筷子削尖了，往裏插上那麼三分、半寸，血流得也不多，也不會死人。問題答得不滿意，就插一根……我這還算是好過關的啦，比土改那一陣子好多啦……只不過要我交代我那女人爲什麼去了台灣，問你爸媽同我的關係，什麼的。要是反革命，那就不得了。筷子可不往腰肚子上插，插在太陽穴上，兩掌一拍，就完了，不費一粒子彈……眞夠聰明的……」

這段話，眞教我這個做翻譯的爲難，我只得取個巧，告訴我的孩子：四舅這些瘡疤，那是長年練李小龍那一路的功夫練出來的。好在四舅確還會幾手八卦拳，起早傍晚，他愛在我們後院草坪上擺開馬步，走上幾圈，鬆鬆筋骨。孩子們從玻璃後面張大嘴巴看著，也彷彿我小時候看四舅碾銀杏拭他的端硯一樣。

一九八二年十月下旬一個異常晴爽的禮拜天下午，我們一家人坐在二樓的起坐間裏，生了這一年的第一次爐火。雖然剛涉深秋，早起卻發現草地上全鋪了白霜。從起坐間面向後院的大玻璃門望出去，院北一株參天的銀楓，滿樹葉子已經染滿醉顏。或許是給晨間的初霜凋傷了，這秋楓竟似紙紮一般，風過處，片片紅葉簌簌飄下地來。

四舅企立在玻璃門前，忽然轉過身對我們說：

「老在這裏這麼過下去，將來要挨人家批鬥的。我看，還是趁天冷下雪以前，讓我回去吧。」

我把他的話，翻譯給妻子和孩子們聽。他們齊聲大叫：「NO, NO, NO !」然而，在心的深處，我明白，這已是無可挽回的了。

四舅的這番話，聽在我的耳朵裏，固然心酸、恐怖兼而有之，但對我這個所謂的腫瘤專家而言，實在是非常諷刺的。我以為，在這樣一個完全擺脫了四舅所熟習的一切的環境裏，靠著最起碼的人與人之間的善意接觸，或許有可能扭轉四舅逐步木質化的趨向。事實呢？經過半年不到的時間，確實證明這樣原始的治療開始產生了反應。然而，我又怎麼能夠料得到，就在他的正常判斷力部分恢復的時候，他的自覺的選擇，還是要回到那個無形恐懼八脚章魚般牢執著他的地方去！或者，在隨我來到美國的這一段日子裏，如果他漠然的面色後面，還有一定程度的精神活動，這些活動，恐怕始終沒有離開過新新舊舊的西子湖的人與事吧。那麼，我的這種惶急倉促的自以為是的精神腫瘤治療術，究竟也脫不了庸人自擾的意味了。如果追根到底，我的治療對象，是不是除了四舅那種顯而易見的木質人格以外，也觸及到自己潛意識裏的某些地方呢？這之間的界線，我不禁覺得有些模糊了。

總之，對於四舅而言，問題倒是很清楚的了。他是屬於西子湖的。儘管那裏目前仍佈滿秋的肅殺，前面還有漫長凜冽的冬天，但是，西子湖終究是西子湖，別的地方，即使再美好，也是不能代替的吧。

——原載《中國時報》一九八三年二月十五日改定

# 杜鵑啼血

## 一

公路蜿蜒曲折，進入山區以後，行車速度雖然放慢，但因夜雨沖刷，路面沙土流失，顚簸得愈加厲害。小轎車的吸震設備並不優越，特別是偶爾碰到一段下坡直路，司機同志放空檔利用滑速，車底盤彷彿要脫落，車身四周，尤其是門窗接縫處，發出強烈而不規律的碰撞打擊噪音。小陳遙指目標的時候，我才大大鬆了口氣。然後便是一大段陡斜的上坡路，緊貼陰溼的山壁，盤旋迴昇。

療養院的建築，遠看嵌在山腰上，林木掩映、山嵐飄忽，依稀似童話裏的藏龍古堡模樣。到了眼前，味道又有變化，卻更像三、四十年代的基督教青年會，紅磚爲主，麻石墊底鑲邊，還不失其凜然端莊的姿態，只可惜木質部分年久未修，剝落頹敗，牆隙瓦縫檐槽裏胡亂生著的雜草，更加強荒蕪潦落的印象。

小陳介紹完畢，我們便跟著徐大夫進了會客室。

「胡教授眞是不遠千里而來的啦！」徐大夫搭訕著。山裏的陰涼，到了屋內就更覺衣單襲人了。

徐大夫看來是個性格沉實、經驗老到的人，年紀大約五十左右，跟我應該算是同一輩的知識分子。他保留著那種老派做主人的禮節。

「請，請，請喝茶，山裏面沒什麼東西待客，只有這山泉水，算是難得的了……」

我耐心等待對方主動進入正題。我深信他們對我這次拜訪的來龍去脈有一定的掌握，唯一不放心的只是，我不知道他們願意透露多少。我只能不斷告誡自己，最好的策略是佯做不知，然後，在對方無意流露的線索上，窮追下去。

「……胡教授，您這種鍥而不捨的精神，完全可以理解。不過，我們領導也有一定的顧慮，您知道……」

我當然知道。從我第一次無意發現失蹤了四十多年的細姨，到我分別以各種各樣的方式，點點滴滴地建立了細姨生平的一個模糊輪廓，到現在，已經五、六年了。要不是費盡苦心，一路打通國務院僑辦的最上層，我今天不可能來到這裏拜訪，也不可能受到徐大夫看來自然無心的禮遇。

「……並不是有意阻攔你們姨甥會面。分離四、五十年，加上關山阻隔，國內外情況的巨大變化……組織上面，有許多情況要考慮。總之，有這麼一條，這是主要的，一切以有利於冷峯同志的身體健康爲依歸吧！這一條，相信您一定諒解……」

徐大夫陸陸續續介紹了細姨目前的情況，入院以前的事，則一字未提。我知道，第一次見面，從他那裏不太可能打聽出什麼來，也就沒問。山泉水泡的綠茶，風味確實不同。茶葉質地其實不佳，但也許是礦物含量高，水質較硬，不僅入喉有清淨爽潔之感，而且在舌根處，留下甜澀相揉相濟，一股說不出的味道。我竟然無端生起一種懶聽徐大夫滙報的厭惡心情，幾乎按不下終於要同細姨會面的那份惶恐忐忑了。

細姨被安頓在重病人的長期療養區，那是療養院後園東牆外面新開闢的地方。「不像這幢大樓，終年霉溼，那邊的陽光、空氣，各方面的條件，都好得多！」徐大夫說。

我讓陪同上山的小陳在會客室裏等著，徐大夫領路，我們走出長廊，踏上後園林蔭密鋪的水泥便道。

是下午四、五點鐘的光景。照理，五月初旬，日頭已經拉得夠長，天光應該十分明亮才對。然而這滿院參天古樹的後園，卻陰冷晦暗，初夏試啼的蟬聲，聽來竟有些淒涼慘切。

「近一年來，冷峯同志的病，有一定的進展……」徐大夫繼續介紹情況。「體重還增加了半公斤呢。而且，這麼多年來，第一次主動提了一個要求！」

「噢！什麼要求呢？」

「您知道，她初來那一段日子，不太安靜的。後來，院黨組織，經過一段時間觀察，針對冷峯同志的發病特徵和病史特點，做出總結，決定了藥物與生活相結合的治療方針。在集體幫助下，暴力傾向扭轉，總算穩定了。但有兩年，整整兩年，連口都不肯開，一句話也不說的……」

徐大夫一面交代，一面停步在便道的盡頭，用手猛力拍門。

「是什麼要求呢？」我問。

想不到這兩扇古色古香的蝴蝶門，背面竟然有大鎖鎖住，接著又聽見門閂拉開的聲音。

「她要一把長嘴巴的灑水壺呢！而且，第一次給她送去，還不要，退回來，說眼兒太大，不合用，又找院裏的師傅給她特製了一個。您看，要求提得這麼具體，眞想不到吧……」

重病區一帶的環境配置，固然沒有徐大夫說的那樣「好得多」，但同泛潮的會客室和陰鬱的後園相比，的確要明亮一些。靠南邊一堵高牆下，還開闢了十幾行菜圃、瓜藤、豆架，儼然有些生意。

病室是一列木造平房，貼山壁而立。山壁大概是爲了防止坍方，全打上混凝土，固然照顧了安全，但視覺上，反而加強了壓迫感。病室前緣倒用石棉浪瓦搭置了雨簷，有點像南方老街的騎樓，不過房子看來蓋得因陋就簡，尤其是同整座療養院古堡式的老建築相互對照，難免顯得寒傖，如果不是先入爲主的印象，遠遠一看，倒更像堆置器物的倉房了。

除了間歇傳來的蟬聲和徐大夫絮絮叨叨的滙報，什麼聲音都聽不到。甚至，應該是收容了幾十個病人的地方，病人的任何活動都看不見，難道都鎖在病房裏面？我心中打著小小的問號，不免對徐大夫方才描述細姨病狀好轉的話題，起了疑心了。一直到走近病房約四、五十碼的距離，這個問號才算解開。廊簷下，靠牆根一溜，擺著十幾張長板櫈，上面一個挨一個，大概有二、三十人，一律灰衣灰褲，或籠手，或垂頭，或伸腿，或斜靠，除了兩、三枝靜靜燃燒的香菸，什麼音響動作都沒有。切入廊下的斜陽，到了強弩之末，靠西的兩張板櫈業已沒入陰影，上面空無一人。這樣看來，這一排人形，倒不是全無聲息，大抵一直隨著日脚的推移，漸漸向東面的椅端上挪動著的吧！

「……在力所能及的範圍內，病人只要能提要求，我們都設法滿足……胡教授，不瞞您說，這裏的病人，目前雖然離開崗位，可過去都曾在黨的事業上，出過力、起過作用，作出過一定的貢獻的……」

對於徐大夫略有邀功意味的滙報，我沒太理會。事實上，一旦看見了那一排人形，我的脚步便不自覺地突然停住，我不知道是不是乍見那一組灰色形相，不免有些震撼，還是因爲長期的盼望，產生過太多不切實際的憧憬，如今實際就在眼前，竟有點無法自持了。離美前，收到母親寄來的細姨照片。但那是四十多年前的舊照，而且是四個人的合照。照片背面，依稀可以看出母親年輕時代的題辭：「秋、月、春、風本無價；花葩山前留麗影」。四十年的變化，就將在眼前具體呈現，我下意識地整了整衣襟，立刻又鬆了手，卻不知道放在那裏爲是了。

「……基本上，您知道，我們不採西方那套唯心論的精神分析方法。我們主張靠集體……聽說——您一定知道，美國現在也盛行集體治療法，有這回事嗎？」

照片中以母親爲首的秋、月、春、風四姊妹，都穿著那個時代流行的水手裝。大翻領襯著笑盈盈四張滿月白臉，年齡最小的細姨最突出，別人都是瀏海、燙髮，只有她剪成當時進步女性的短髮式。而且，即使是在這張褪色的舊照上，還是可以看出唯獨她得了我外祖母眞傳的兩粒又圓又深的酒窩。「你細姨是最嬌的一個了，可膽子也最大！」小時候，我便常聽母親這麼說的。

正集中眼力，在那排灰塑人形中搜尋細姨，一位白制服男護士小跑步來到我們面前，以眼示意，向東偏了偏腦袋。我跨開兩步，好讓他們商談業務，卻同時順著他的眼光看去，才發現這一帶重病區爲什麼感覺上比方才經過的後園光亮的理由。

原來兩面高牆一面山壁圍堵之外，重病療養區朝東一面，竟然有一片開闊的視野，上接藍天，下臨山崖，只沿邊豎著一道透光透風的鐵絲網。鐵絲網外，依山勢遞降，可以看見佈滿灌木林叢的起伏崗巒、逶迤山野和山脚下淡煙薄霧輕籠的農田阡陌。

鐵絲網內，山岩木板砌了一道兩層的花架，上面零零落落，擺著些盆栽。在落日斜照中，我看見一位老婦人，手持閃亮的一把洋鐵皮灑水壺，正在聚精會神地給其中的一盆植物澆水。噴壺長嘴裏陸續流瀉的水珠，對著陽光，產生了局部的霓虹作用，在盆栽上方小小的空間裏，製造出短短一節炫目耀眼的七彩光弧。我們避開簷下那一排無聲無息專心曝日的灰塑人形，向那一段彩虹走去。

「冷峯同志，你外甥看你來了，老遠老遠，美國回來的，美國，知不知道？鄧小平同志剛剛去訪問過的——……」

老婦人沒有接腔。我極力想從細姨眼睛裏看出一些什麼來，我什麼也看不見。她的眼睛裏沒有神，瞳孔好像有點放大，感覺上，好像是放大到沒有了任何焦距的樣子。同我以前見過的服食迷幻藥物後進入幻境的那種眼睛，又很不一樣，那種眼睛，雖然也彷佛失神，但卻漾著一種溫和的眼光，使人覺得接觸到的是完全不設防的平和知足精神狀態，而細姨的眼睛，如果說還有可以稱之爲眼光的東西的話，那是一種斂聚著極度緊張焦慮的狀態時突然爲不可抗力猛烈打擊而即時死滅的眼光，像釣鈎上掙扎的魚，被持竿者就地一甩；像香肉店裏吊索拴住的顫慄觳觫的狗，抬頭望見巨棒迎面擊來的剎那。我極力自持，希望從某一個角度，同她的眼光會合，然而我只覺得自己的眼光，彷彿走入一條無底無光的隧道，我終於禁不住那一陣突發的侵骨寒冷，把眼光收了回來。

我避開她的眼睛，走到她身邊，想拿過噴水壺替她澆水。沒想到這一步大意了，連徐大夫也來不及阻攔，像反射動作一樣，她迅速收起水壺，雙手緊緊抱著。頭轉過來的剎那，我看見她面龐上緊緊抿著的嘴唇旁邊，居然露出兩粒小洞，只不過臉頰無肉，那兩粒酒窩的遺跡，彷彿陷在臉皮皺紋裏，反倒像皺紋線條不自然的破裂。細姨的頭髮沒有全白，白了百分之六、七十吧，顯然也不常梳理，不但毫無光澤，而且一堆亂痲似地稀疏蓬鬆，大概是剩餘的三成黑髮作祟，立刻引起髒兮兮的不快感覺。她的聲音卻出奇的高昂尖銳，有一種聾子說話的怪異腔調。「我的，別拿，我的壺，別拿，我的花，別拿別拿，你們走你們走——」

她突然跳到那盆植物前面，用她瘦削的身板護衛著那口盆栽。徐大夫立刻把我拉回來，他要我們大家都舉起雙手作出投降的樣子，局面才緩和下來。老婦人回復她被打斷的工作，又若無其事地專心灑起水來。

從葉片上細小的絨毛和花形上，我看出那是棵映山紅。那是一株美得出奇的映山紅。

在這樣的地方看見如此豐姿綽約的出色盆栽也完全出乎我的意外。徐大夫解釋說，這還是省委書記去年來看冷峯同志送的禮物呢！那是棵一本多幹露根式的盆栽。紫砂方盆中線稍後，茸茸苔綠環繞簇擁，一拳嵯峨黃石高高突起，映山紅虬根盤纏著黃石裂隙。主幹大約小臂粗細，蛇皮破身，瘢疤纍纍，意態蒼老，造形古拙，竟然在不及數吋的距離裏，先左一曲，又大角度扭右，復回返中線直上，由一本而多幹，由多幹而衍生無數枝椏，而終於在頂端撐起三倍於鉢面面積的綠傘。就在那濃密羅蓋的頂端，盈盈亭亭，怕不有幾百朵盛放的杜鵑花，花瓣通體似雪玉一般，無一絲雜色，卻恰恰在花蕊微露的部位，有一小汪殷紅。從我所站的這個角度看去，這成百上千朵晶瑩白潤的杜鵑花，簡直就像是個個含著一口又濃又腥的鮮血，從那麼多的咽喉裏蠕動著，迂緩而無從堵塞地湧流出來。

## 二

回到賓館已過了晚餐時間，在小陳的斡旋下，我請炊事員同志弄了三碟小菜，回房用饍。坐對窗外竹影搖曳的黑夜，我給自己斟了滿滿一大杯瀘洲大麯。賓館上下裏外，一片沉寂，人都給帶去看晚會節目去了，剩下的彷彿是一座空城。推開窗，庭院深處，傳來陣陣蛙鳴，間歇時，可以聽見清脆的魚跳。

說來恐怕沒有人會相信，事隔四十多年，我頭一次發現細姨的蹤跡，還是在一份紅衛兵的革命小報上。

那已經是文革趨於尾聲的一年了。我教書的那間大學的圖書館，不知道因何機緣，居然弄到手一大批紅衛兵辦的油印刊物和小報。我那間學校，規模不很大，只能算是二流小大學裏面的佼佼者吧，圖書館自然無力請專業的中文圖書管理員。我這個教授東方文學的，便成了學校裏唯一的權威，就這麼給拉去義務幫忙，協助他們處理這批資料了。

在分類編目的過程中，發現了一份題名《蘆州戰訊》的刊物。這是一本十六開大小，編排和印刷都極爲簡陋的宣傳小册子。紙張切口不齊不算，而且用紙也毫不在意，竟然紅、黃、藍、白各色紙都雜在一起使用，薄薄的一本不過三、四十頁，卻錯誤百出，還有缺頁。內容方面，滿篇口號喧囂自不待言，那已經是這一類刊物的通性了，刻鋼板的人，之熱衷於猛劃驚歎號，那幾乎是到了歇斯底里的地步。彷彿每三個應該用句號的地方，都變成了驚歎號，因此，逐頁看去，不免要懷疑這些持筆衝鋒的戰士們，是不是都是心律不規則的患者。

這樣粗糙而且跡近胡鬧的刊物，本來不需要我化費時間和精力去整理、閱讀。編上一個號碼，也就可以交差。然而，事情就是這麼蹊蹺，蘆州，這個在中國近代史上曾經是左右兩大壁疊相互爭奪過的地方，恰好就是我父母的祖籍所在地，不用說，我的血緣，也應該可以追根到那裏去的了。

大概主要還是出於這份好奇心吧，我仔細閱讀了這份《戰訊》，而在接近末尾的地方，看到了一篇連標題都寫得怵目驚心的文章：

「斬斷反革命修正主義兩面派冷峯的黑手！徹底摧毀舊省委的新反撲！」

冷峯這個名字，對我而言，自然沒有任何意義。然而，在這篇文章的後半段，作者記錄了一個「揭發材料」，裏面有這麼一段話：

「……根據揭發，這個背景複雜，一生充滿罪惡的政治扒手冷峯，在沒有混進革命陣營以前，本名冷玉風，原是一名喬裝愛國的華僑！早在上海大學當學生的時候，就……」

冷玉風這個名字的出現，立刻教我渾身上下一陣冷戰。不可能，不可能這麼巧的。但是，第一，冷這個姓，的確不多，而且，玉風這個名字，又是一點不差。我母親一共四個姊妹，排行玉字輩，外祖父便依她們出生的順序，取了秋、月、春、風四個字，這個因緣，我是早有所聞的了。其次，「原是一名……華僑」，這又把範圍縮得更小了。何況，由於「上海大學」這個因素的出現，我這個「不可能」的信念，便不得不大大動搖了。我努力在我們那間圖書館的小小中文收藏裏繼續查證。因為我腦子裏有這麼一個印象。卻記不清楚到底是母親還是二姨或三姨，曾經在一次談天的時候提起過，說細姨是在「九一八事變」後，跑回上海去讀大學，還跟那個大名鼎鼎的共產黨瞿秋白唸過一年書呢。根據這個印象，我終於在一本關於瞿秋白生平的小冊子裏，找到這麼一段材料：

「上海大學是當時上海左翼知識分子的大本營……當時上海大學校長表面上是國民黨人于右任，實際負責的是中共早期著名的年輕黨員鄧中夏、惲代英、瞿秋白、康生等……瞿秋白當時的公開身分是上海大學社會系主任。」

把這些線索湊在一起，這個在文革期間被紅衛兵造反派稱爲「政治扒手」本名冷玉風的冷峯，或者就是失蹤四十多年的細姨，這個推論，差不多可以肯定八、九成了。我當然不敢就這麼草率地做出結論。爲了進一步求證，我分別給目前居住在新加坡、台北和香港的母親、二姨和三姨寫了信，請她們就記憶所及，儘可能詳細地告訴我她們知道的有關細姨的一切……

母親的回信最快，內容也最簡單。

「你細姨自少年離家出走以來，至今音訊杳然，不知所終。前年與汝父回鄉探親，也曾上下求索，均無結果。亂世離散，徒呼奈何。」

台北二姨的來信，大體上也是語焉不詳，但有一條具體的資料，卻是我前所未聞的。

「玉風妹中學畢業那年，同她的國文老師鬧戀愛，當時風氣未開，鬧得滿城風雨。記得那個男的姓羅，聽說是個思想偏激的左傾分子，因爲這件事，給學校當局開除了。我那時因爲同你姨父新婚，搬到檳城去住，詳細情況不太清楚。不過她離家出走以後，倒是來檳城同我們住了兩天。只記得她那時候滿腦子發燒狂熱，唉！我跟你姨父，不知道費了多少唇舌，可是她簡直像一匹野馬，那裏拉得住，我們勸她，還挨她罵呢！」

那麼，《蘆州戰訊》那篇〈斬斷……黑手〉的文章裏面，最後一段提到的「羅誠同志」，會不會就是二姨所說的那個「姓羅的男人」呢？關於這個問題，三姨的來信，雖然也提到那個姓羅的，名字卻不一樣，但從其他條件看來，這個可能性卻很高。何況，如果冷峯就是冷玉風，而這個冷玉風就是細姨的話，則細姨既可改名，姓羅的改名叫羅誠，也就不足爲奇了。三姨年紀同細姨只差兩歲，青年時代，她們倆在四個姊妹中也最要好，加上她同我一樣，曾經是一名教書匠，她的話，最能取信於我，毋寧是十分自然的了。

三姨的信，寫得很長，細節也最翔實，而且條理清爽，其中有兩個要點，對我的求證工作，起了決定性的作用。

第一點，三姨說：「你細姨是在一九三二年春離家赴上海求學，到上海後一年內，還給我寫過幾封信，可惜這些年來，顛沛流離，原信散失，但有些情形，我還記得。細姨進的是上海大學社會系，但好像沒怎麼安心讀書。印象中，她老在談一些演話劇啦、講演開會啦、抗日救亡啦，這一類的活動。」

三姨的這段回憶，同〈斬斷……黑手〉那篇文章裏面的「揭發材料」一對，就很有意思了。

〈斬〉文說：

「——冷峯這個兩面派，她是怎麼鑽進革命陣營裏面來的呢？一九三四年三月，在偉大的無產階級戰士、文化旗手魯迅的倡導下，中國左翼作家聯盟正式在上海成立了！在那一段文藝界抗日救亡運動蓬勃展開的日子裏，冷峯乘機鑽進了革命陣營，而且，江山易改本性難移！一開始便走上了反動的道路，跟在魯迅曾經痛斥的反革命兩面派周揚等『四條漢子』的屁股後面，搖旗吶喊……」

照這樣看來，如果冷峯就是細姨，則根據三姨的回憶推斷，細姨一九三二年春天到一九三三年之間，大概還沒有加入組織，所以還給三姨寫過幾封信，透露了她當時的一些生活、思想狀況。或許就在一九三四年前後，根據〈斬〉文所述，「跟在……四條漢子的屁股後面搖旗吶喊」那個時候開始，細姨便完全切斷了同她的親人的最後一條連繫，正式變成像她後來的名字所意味的，一個純粹的組織人了。給自己改名爲冷峯，在細姨當時的心境上，是不是有意透露出這樣的一絲絕情來的呢？這在我今天的地位，當然是很難判斷的了，然而，這個念頭，我卻又久久難以釋去。

三姨的另一段回憶，也久久盤旋在我心中，像明知其不可能存在卻始終驅之不去的鬼魅一般。這或者在迫使我終於身不由己地追蹤細姨的下落方面，成爲決定性的推動力量，也不一定。三姨說：

「就算是事隔四十多年，我始終還是覺得，你細姨當年的決絕，愛國固然是一個原因，但那主要還是理性的成分居多。我活到這一把年紀，雖然世事人生容易看得淡泊，但總覺得，天下事，就是一個『情』字，最難化解。這一點，恐怕就是你母親和你二姨，至今也不願承認，也不想面對。你細姨跑回中國去，跟那個羅德昌，無論如何是脫不了干係的……」

這一點，〈斬〉文裏面的「揭發」，說得就更加含糊抽象，但似乎也與三姨的話，在某一層次上，若合符節。當然，這裏還是要預設這麼一個假定，即〈斬〉文中所說的「羅誠」，就是三姨所說的「羅德昌」。

「一九三四年七月，中央根據地形勢危急，黨中央決定讓方志敏同志率領紅七軍團及紅十軍團組成的『工農紅軍北上抗日先遣隊』，經福建、浙江轉移到鄂豫皖根據地。爲了配合這一偉大的戰略部署，黨命令羅誠同志先行到他的原籍一帶去佈置接應，冷峯這個政治扒手，後來便趁機會鑽進了我省的地下黨，從此危害地方，達三十四年之久！」

冷峯既然被斥爲「跟在四條漢子屁股後面搖旗吶喊」，爲什麼又會趁羅誠調往原籍工作的機會跑到那裏去呢？如果不是因爲他們兩人之間有什麼特殊的關係，這裏的邏輯就很難解釋了。〈斬〉文之所以這麼含糊帶過，到底是什麼原因呢？這是我百思不得其解的問題之一。無法解釋的問題自然還多得很，但我直覺地感到，這個姓羅的，很有可能就是影響了甚至主宰了我細姨一生命運最重要的一個人。爲了查證這個神秘人物的底細，我的確費盡九牛二虎之力，拿出我細針密線的研究調查功夫，不知道同我認識的美國中共史學者們打了多少次電話，寫了多少信，終於通過一位專家的熱心幫助，趁他到台灣去搜集資料之便，託他從台灣極機密的石叟資料室，找到了一個《東南剿匪實錄》的文件。格於規定，我這位洋專家朋友只能用他歪歪斜斜的中文書法抄了這份材料，但就是這份《實錄》中的三、五行文字，卻終於幫我解開了冷峯與細姨、羅誠與羅德昌以及細姨與羅德昌之間到底是什麼關係的啞謎。

「……此次刼獄事件，被刼走衆人犯之中，最重要者爲地委書記羅誠。羅誠原名羅德昌，蘆州人，自幼隨父往南洋經商，民二十一年潛回上海，加入共黨從事工運。民二十三年八月隨方志敏部竄擾本省西北，十二月被捕後，其殘部仍由其姘頭冷峯率領，潛伏山區。羅誠被捕後，經我方工作人員曉以大義，頗有自悔之意，本擬准以戴罪立功，惜防患不周，致爲其餘黨所乘……」

對照這一段文字中無意透露出來的情節，我不能不遙想著細姨和羅德昌，這一對背叛了家族和社會，相偕奔回祖國的尋夢者，在三十年代偏遠閉塞而又窮困落後的我的祖先們世世代代死生相續的那個地方，爲了一個空茫而又美麗的夢想，愛恨血淚交織地過著廝殺亡命的生涯了。再回頭讀一讀三姨的來信，她老人家所說的：「天下事就一個『情』字，最難化解。」豈不是無意間，一言揭穿了世間人生變化無常的所有虛假、幻覺與謊言，活生生地刻劃了細姨彷彿幼稚無知的生命眞諦了嗎？

在這樣曲折地解開了有關細姨生平的這個重要的謎團之後，有長長一段日子我竟然不能自已地陷於這種既似血緣的本能感動，又像是莫名的文化鄉愁的混雜情緒之中，以至於，一直到又一次收到三姨近似責備語氣的信，我才猛然憬悟：從無意中發現那份《蘆州戰訊》，到我證明冷峯與羅誠的眞實身分，在這一段不算短的時間裏，我的潛意識中，從來就沒有認爲這兩個人今天還有活著的可能。而三姨的信，卻明白顯示，當她收到我詢問細姨生平資料的那封信之後，她的第一個直接的反應就是：她是不是還活著？這不禁使我汗涔涔下了。

我潛意識裏的這種認定，與〈斬〉文中密密麻麻滿篇跳躍的驚歎號，不能說是無關。〈斬〉文中清楚表明細姨當時的險惡處境，而且，《蘆州戰訊》的出版，是一九六八年春夏之交，正是造反派拚死奪權，老幹部利用三結合負隅頑抗，軍管支左因受去年武漢陳首道七・二〇兵變的影響路線搖擺不定而有意坐山觀虎鬥的時期。何況，從〈斬〉文中列舉的細姨的種種罪狀看來，配合那幾年在海外經常聽到的文革消息，要設想細姨能夠安然度過那一場劫難，是不可能的。何況，算算她的歲數，也快七十了。正是因爲這個緣故，所以我一開始給母親、二姨、三姨寫信，就存心不說出我收集細姨資料的動機，那份字裏行間血肉橫飛的《戰訊》，當然更不敢讓幾位老人家知道了。

綜合〈斬〉文中歷數的細姨罪狀，我對細姨當時的情況，大概有了這麼一個粗淺的了解。

細姨在文革前擔任的是省委書記處的書記職位。她當然不是最高層的領導，因爲，一九六七年一月風暴以後，舊省委組織已經癱瘓，老幹部靠邊站，原來的第一、第二、第三把手，都給鬥倒鬥臭，奪了權，抄了家，戴過高帽子遊街，下在監獄裏。從〈斬〉文的行文中，可以看出，細姨大概是作爲舊省委第二線保守派的中堅分子，以組織揭發中國赫魯曉夫在該省的頭號代理人的黑材料爲名，暗地裏組織反撲，準備以「抓革命，促生產」這個新提出的口號，作爲政治上起死回生的綱領，設法打進「三結合」的領導班子裏面去。這個企圖，不幸給自己手底下一個心志比較懦弱名叫林天福的老同志出賣了。這看來也就是《蘆州戰訊》那篇殺氣騰騰的〈斬〉文的背景。我初讀這篇文章的時候，也曾立卽去翻查過資料，省革委以及後來出現的領導班子裏，再也沒見過冷峯這個深受詛咒的名字。這大概是我在理智上再也沒有對細姨有過任何倖存之想的原因吧。或者，如今追憶起來，是不是因爲我一開始先埋頭查證冷峯這個名字的眞實身分的工作裏面，一步步接近眞相的結果，反而使我不敢面對潛意識裏認定必然發生了的悲劇呢？

至於林天福這個眞正的兩面派，〈斬〉文倒是把他當作向眞理皈依了的起義英雄人物看待的，文章後面一部分的揭發材料，就是他提供的。只是這個揭發並不完整，倒也不能算是他的錯，我手頭那本編印粗陋不堪的《蘆州戰訊》，是一份有缺頁的殘本。揭發材料的最後一段話是這麼說的：

「我心裏埋藏多年的一個秘密，現在終於能夠隨著自己的重生，向廣大革命羣衆坦白交代，覺得無限痛快。血債要用血還！羅誠同志——」

「羅誠同志」這四個字的後面，出現的是「下轉三十九頁」，然而，翻遍我這個海外珍本的《蘆州戰訊》，卻怎麼也找不到第三十九頁的蹤跡。甚至於通過美國各大學圖書館的交流借閱辦法，也找不到第二個完整的本子。因此，雖然明明可以從〈斬〉文現有的內容裏感覺到，細姨同那個羅誠同志之間，大概是發生了什麼事情，而且幾乎可以斷定，林天福的「揭發」，必然涉及這個問題，但是，在當時我的那種莫名其妙的情緒影響下，似乎以爲人都不在了，追究她生前的一些恩怨，又有何必要呢？如果不是三姨那種血親的本能反應提醒了我，我或者早就了卻了這一段家史上的公案，根本就不會像那個徐大夫所說的那樣，在以後的好幾年時間裏，確實表現出所謂「鍥而不捨」的精神的吧。

## 三

我在蘆州，前後一共七天。除了細姨的事，接待單位還是設法安排了許多參觀項目讓我挑選，因此，農村公社、工廠學校以及一些風景古蹟，也化掉不少時間。在主人方面來說，他們對於自己的建設成績，雖然嘴巴上總是自謙，尤其是對文革十年的破壞，痛心不已，但心理上的自豪和滿足，是很容易感受到的。不過，對我這個遠方的來客而言，這種參觀，其實不太可能收到主人預期的效果，就像胸中儘管經常浮起杜甫的名句：「無邊落木蕭蕭下，不盡長江滾滾來」，但到雙脚眞正踏在濁浪奔騰的長江岸邊，那種唐代風煙的情致反而因此破壞無遺。至於工農生產建設成果，我雖然也抱著些尋根的模糊意念，對這個先民盤桓過的地方的生活變遷，不能說沒有一種特殊的關懷，但我自小生長在南洋的大城市，眼見親歷的生活變遷速度，遠非老鄉的同胞們所能想像，而我大半輩子居住的美國，更像是外星人的世界了。因此，幾次參觀訪問之後，反而引起我對那種沾沾自喜的介紹、滙報，感到一股莫名的悲哀，所以，走馬看花一圈之後，我很快便決定把重點完全放在細姨身上。要不是請來代課的朋友早有別的要約在先，我或者還有可能多留些時候，然而，細姨的事，經過連續不斷向各個方向進行的試探摸索，我終究也不得不懷疑，即使多留些時候，對事情究竟又可能有什麼好處，實在是很難說的。

旅行社的接待服務，的確可以說是任勞任怨，無微不至。奉派陪同我奔波的小陳，工作上可以說是沒日沒夜，幾乎就是全天候待命。

有一次，臨就寢前，突然想到細姨的枕頭太舊太硬，可能影響她的休息，便撥了個電話給小陳。他居然連夜想辦法，甚至動員了司機同志，當晚就把新枕頭送上山去。旅行社的何經理，態度也一樣，三天兩頭噓寒問暖不說，每次來總是不斷地要我提出批評，不斷地重複那句看來絕不虛僞的話：「有什麼要求，儘管說，自家人嘛！千萬不要客氣。」我對旅行社工作作風的細緻、踏實，委實是沒話可說的。

然而，這種細緻踏實的工作作風，固然使我心裏充滿了感激和內疚，但有些問題，因爲怕別人認爲小題大作，或因覺得不能再加重服務人員的負擔，反而無法啓齒了。尷尬的是，雖然都是些小事情，辦不到的話，的確不太方便，而如果一定要辦到，又只有出之於硬著頭皮「提要求」之一途，因爲，在外國完全由自己去解決的大小事務，在這裏便變得一籌莫展，無路可循。另一方面，何經理雖然一再叫我盡量提要求，但從他們費盡心力滿足我的要求方面來說，也可以反映他們的工作範圍和調動事物的能力，還是有一定的局限性的。

舉例說吧，第一次見到細姨之後，我考慮了很久，最後，經過審情度勢的反覆研究，我決定放棄開始抱定的那種佯裝無知的自以為聰明的辦法，乾脆直截了當，請他們給我找一份一九六八年春季出版的《蘆州戰訊》。這件事，我記得很清楚，是在趕了一天的參觀節目回到賓館以後發生的。照例，小陳在告辭以前，一定要跟我談一談第二天的計畫，而且還會問我有什麼別的事要辦。我看見小陳小心翼翼地在隨身筆記本上記上了我的這一要求。兩天後，我又追問了一次，小陳才彷彿有點吃驚似地回答說：「唉呀！眞對不起，把這件事忘了！」直到臨走前一天，那本刊物終於送來了，不過，不但同我原有的一本一樣，有殘頁，而且，整篇〈斬斷反革命修正主義兩面派冷峯的黑手〉，全都不見了蹤影。小陳卻一路不停地道歉說：「這件事，眞對不起，早該給您辦好的，實在是這種文革期間的油印刊物，現在都找不到了。這一本，上面說，因為是內部刊物，本來是不好帶出去的，因為您是自己人，所以特別開了一份證明，免得出關的時候，惹麻煩……」

《蘆州戰訊》問題，從一開始，我便感覺不好辦，果然，其它一些關鍵性的問題，也都或多或少地遭到了類似的困難。像細姨究竟是在什麼樣的情況下發了病的，這個問題，我便始終得不到一絲線索。

徐大夫的回答，是一種典型，就是只談他的職務和專業，絕不觸及這個範圍以外的任何問題。從他嘴裏，我只能打聽出來細姨的入院日期，入院初期的症狀以及治療的經過情形。至於入院以前的情況，徐大夫只是禮貌地笑一笑，然後頗爲遺憾地說：「這個——我們就不太淸楚了。您知道，冷峯同志聽說一向獨身，這些年來，您恐怕是第一個來探望她的親人呢。」

我也曾向旅行社的何經理提出過同樣的問題。我了解旅行社不是一個純粹的營業單位，細姨是舊省委的老人，又曾經一度擔任蘆州市委書記，身爲旅行社領導的人，不可能一無所知。然而，他也只是輕描淡寫地說：

「唉！還不是挨紅衞兵整的，那一場浩劫，誰不受罪？眞是你死我活的鬥爭呵！」然後便禮貌地把話題轉到三中全會的新政和目前的領導班子堅決不搞政治運動的保證上面去了。

在蘆州的最後一次晚餐，是當地最高的領導出面宴請的。上席前，有十幾分鐘的時間，市長同志親切地同我談到了細姨的病況。那時我們坐在鋪了天津地氈、擺設著竹雕玉器和掛滿了蘇繡與字畫的會客室裏。市長同志身材矮矮胖胖，但動作卻出奇地敏捷，很喜歡笑，笑起來很有感染力，讓人立刻覺得他是一位又豪爽又精明幹練的務實派人物。

「聽說大有進展呢，是嗎？這就好，這就好！我們物質條件差，你要多體諒，亂了十幾年嘛，怎麼能夠不落後！許多地方，要從頭做起，鄧小平同志說，百廢待舉，眞是百廢待舉。胡教授國外回來的，一定不要客氣，給我們多提意見！千萬不要客氣……」

我便很委婉地提了意見。不，應該說是提了要求。我請他具體告訴我：一九六八年五、六月間蘆州造反派組織公審大會揪鬥我細姨的詳細經過。

大概是我的十分婉轉的措辭並不能十分完美地掩蓋我所提問題的突出性吧，市長同志突然失去了他的笑聲，低頭沉思起來，他猛力吸了一口熊貓香菸，然後，緩慢地抬起了髮脚泛白的圓圓的頭顱，十分誠懇地直視著我詢問不已的眼光說：

「冷峯同志確實是爲我們、爲人民、爲黨的事業作出了重大的犧牲。胡教授，您的焦急心情，我們完全理解。您可以相信，我們的心情，跟您完全一致，我們一定會作出最大的努力，幫助冷峯同志恢復健康。」

我還是十分婉轉地進一步說明了我的要求。我的主要意思是：我必須知道細姨是在怎麼樣的一種具體情況的刺激下第一次發病，否則的話，我將無從判斷，目前她接受的治療方法，是不是就是唯一的、有效的方法，同時，我也就無法善盡我一個晚輩的責任。我甚至冒昧提出，也許我可以在美國從旁協助，設法找到這種病的專家，徵求他們的專業意見，提供給療養院或其它負責單位參考。我不知道是不是我最後這個畫蛇添足的意見，引起了反感，總之，市長同志立刻又恢復了他的爽朗笑聲，他迅速將熊貓香菸丟進茶几旁邊的白洋瓷痰盂裏，隨著菸蒂嘶的一下死滅的聲音，他說：

「好！好！好！胡教授，您這個意見提得很好！美國很多方面比我們先進，我們要虛心學習，您以後也要常回來，給我們多提意見，多提意見……」

他然後就站起身來，向旁邊站著的一位青年說：「小李，怎麼樣？我們可以上桌了吧？」接著就向我一揚手，連說：「請，請，胡教授，請！」在我們行過穿廊走向餐廳的途中，市長同志還語重心長地同我說了這麼一段話：「……冷峯同志，基本上，她的一生，是嫁給了中國的革命，她的一切，都奉獻給中國共產黨，黨不照顧她，誰照顧她？胡教授，您說是不是？」

以後一個多小時的杯觥交錯之中，我就很難找到機會繼續盯這個問題了。一方面，市長同志的爽朗笑聲，經常發生意想不到的緩衝作用，往往等他笑聲停止的時候，我已經記不清楚方才說過些什麼話了。另一方面，同桌的其他幾位高級幹部，都是勸菜勸酒的能手，我一面不停地應付他們大筷大筷夾來的菜，一面又要應付他們的殷勤敬酒，以至於，晚宴結束的時候，我也跟他們一道，熱衷地談起大陸上新近流行起來的鄧麗君的流行歌曲了。

蘆州七日，我一共上山五次，每次停留，短則一、二小時，長則半天左右。我的意圖其實也很單純，除了親眼觀察細姨日常實際的起居、治療情況以外，我當然也嘗試與細姨建立一些交通。這一點，自從第一次見面後，就沒有抱太大的希望，但我總還懷著不妨一試的心理。我給自己的理由是，即使意識層面透不過去，也許細姨的潛意識層，可能留下些什麼影響，也說不定。

我因爲完全缺乏精神病學的專業知識，作法上只好靠常識判斷。徐大夫本來應該可以幫點忙，然而，他這個人，謹愼到極點，凡事如果我採取主動，他便一點不表示意見；如果我當面請他指導，答案也多半是不置可否。總之一句話，任何大小決定，他既能做到不違反我的意思，自己又可以不牽涉任何責任。第二次上山的時候，我拿出她們四姊妹那張合照來，問他可不可以給細姨看。他就說：

「應該沒什麼問題吧，不過——我也有點擔心，她反應要是強烈的話……您如果覺得有幫助……」

我就照他的意思，仔細考慮了一下。後來我還是給了細姨了。我當時這麼想，管它有用無用，我至少得試一試，看看有沒有可能接通一兩條線。果眞有了反應，豈不是反應越強烈才越有希望？我甚至想到，如果她有任何一絲一毫的記憶力表現，我或者應該同海外的親戚商量，把她接出去治療，雖然，要決定走這條路，牽涉就大了，而且也沒有任何把握，這麼做究竟是好是壞。無論如何，細姨已經是接近七十歲的風燭殘年了。

這條路，後來自然就沒有再考慮過。因爲，先後試了好幾種方式，細姨的反應，只能拿兩個字形容——漠然。那張照片，我是假作不經心地趁她不注意的時候放在她小鐵床旁邊的木几上的，一直到我最後一次去看她，那張照片仍然放在那裏，連方位都沒有移動分毫，只是薄薄地積上了一層灰塵。

細姨的日常起居，實在也看不出來經過什麼專業的精心設計，不過同一般集體生活方式大同小異罷了。除了缺乏那種具有目的意味的有系統的訓練作息以外，大體上同軍營生活沒有什麼差別，基本上是消極地、防衛性地餵養著、延續著她的物質生命而已。不過，至少從我恰好碰著的兩次午飯看來，伙食的營養成分還是中等以上，葷菜比例雖然略少，但病患中老年人比例高，也可能無此需要，而且，有一次飯後還有水果。

至於治療，我雖然完全是個外行，但也看得出那種完全排除了佛洛伊德心理學理論的作業，在理解分析病患精神異常這個關鍵問題上，幾乎接近原始的粗糙狀態。當然，一般醫學上的處理、設備和藥物固然簡陋一些，還是過得去的，而且，他們大膽採用了傳統中醫藥，效果不能說不好。我有一次恰好碰到一位病患內出血暈厥，他們便利用中西醫結合搶救，一面輸血輸液，一面內服雲南白藥的保險子，後來聽說硬是止了血。徐大夫說：「這些方法，經過大量臨床實踐經驗證明，確實療效很高，越南抗美救國戰爭時期，聽說造成了美國兵到香港大量搶購雲南白藥的現象。」療養院雖然不是面對一般羣衆，但作業方式還是有點野戰醫院的味道，連徐大夫這位主治醫師，有時爲了專案會診，開會時就是一人一張小板櫈，露地上圍一圈這麼幹的。整座療養院裏，除開會客室那幾張一坐到底的老沙發，其它地方，一律木桌木椅。由於供電不足，燈光弱，我發現陰天時候，實驗室的顯微鏡，竟然挪到窗台上，就著天光作業。

總體看來，細姨的生存狀態，大概只比失去了任何動作能力的植物人高上一兩級而已。她的心臟已經相當衰弱，而且還患有較嚴重的肺氣腫。除了一般起息坐臥大致可以自理以外，大小便都需要人伺候照顧。但令我百思不得其解的是，她整天躺著、坐著，甚至在範圍有限的院落裏散步時，都呈現奄奄一息、隨波逐流的無主狀態，卻只有早晚兩次，給那盆映山紅淋水的時候，這個人好像從徹底渙散中忽然集合成爲一個可以稱之爲整體的樣子，透露了一種殘存的聚精會神的潛力。徐大夫好像也注意到這一個奇特的現象，不過，他當然也不是從精神病學這個觀點上來看的，他只是這樣說：

「眞是有點不尋常！冷峯同志，每到這個時候，『我』的意識就表現得非常突出。這盆花是『我』的，這把水壺是『我』的，別人都不讓碰。而且，這一點，眞讓人想不通，照理，一個老共產黨員——……」

講到這裏，他大概忽然意識到可能有語病，就支吾著，沒有把話講完。我也沒有點破。是的，徐大夫的驚異，是可以想像的，原應是完全無我的一名共產黨員，現在，意識裏殘存的唯一一點物質生命以上的東西，竟緊緊地抱著一個「我」，這在他當時相對的我這個外人的面前，自然是難以啓齒的了。

然而，就在我最後一次去探望細姨的那天，傍晚時分，當我情不自禁地不顧徐大夫的忠告，緊緊抓住細姨那隻枯乾的小手道別的時候，細姨卻突然有了一種說不出是有意義還是無意義的反應，照徐大夫的尺度來看，應該算是相當強烈的反應吧。細姨忽然用力抽回她的手，然而，我不覺得那是帶有任何畏懼意義的動作，因爲她很快就轉身，從她那盆仍然盛放的映山紅盆栽上面，掐下一朵含丹欲流的杜鵑花，又轉身塞進我手裏，然後，用她聾子般的怪異腔調叫起來：

「快吃，快吃，趁熱，快吃掉，快吃掉！」我不記得我那時候是怎麼反應的。我記得最清楚的卻是，徐大夫忽然一反常態，採取了斷然措施，命令男護士立刻送細姨回房。爲此，我曾向徐大夫提出嚴重抗議。然而，徐大夫說：

「冷峯同志剛來的時候，就成天叫著這幾句莫名其妙的話。好不容易有了些進展，相信您也不願見到她又退回那個地步吧？」

## 四

走出羅湖海關的檢查站，我的心情一下子變得輕鬆而又茫然。在回鄉參觀、探親前前後後差不多一個月的時間裏，不知不覺已經養成了一切有人替你安排的習慣。一個月的時間不算長，但整整一個月，有時連上廁所都必須事前請人安排，生活的惰性，也大可根深柢固了。踏上了羅湖九龍段的火車以後，一來不必對號入座，於是搶座位的意識便立刻抬了頭；二來車上再也聽不見廣播，雖然覺得這下子可耳根清靜了，然而，在流動小販穿流不息地競賣香菸、糖果、可樂和雪糕的喧囂聲中，我忽然覺得全身的細胞立刻恢復了某種面臨生存戰鬥的緊張狀態。是的，這一下子，我清清楚楚地體味到，必須重新站在自己的兩條腿上，爲自己安排生活裏面一切可能或不可能遇到的大大小小的事情了，我必須立刻恢復隨時爲自己作決定的習慣。隨著招牌、廣告和霓虹燈繁密程度的增加，我這種既輕鬆自主又茫然若失的互相糾纏不已的矛盾交織心情，就愈加濃重了，終而釀成一股莫名的愁悵，失落在鐵器碰撞製造的噪音因逃不出重重疊疊鋼骨水泥叢林的密密阻擋而加倍強烈的一片迴響之中。在紅磡車站握著年過七十卻仍不失其豐腴的三姨的雙手的時候，我眼眶裏居然隱隱一股刺熱。

我在三姨的沙田住宅裏清粥小菜地過了兩天恬淡的日子，摒絕了一切宴會、約請，關上了電視和廣播，甚至連報紙也懶得看，只和三姨一家喝喝清茶、敍敍家常。細姨的情況，我經過審愼的選擇，大抵是以報喜不報憂的原則，跟三姨陸陸續續地談了一些，當然，所謂「喜」，積極的意義是完全談不到的，人還沒有消失，又受到一定程度的照顧和重視，這在我三姨那一輩分的人而言，對細姨早已不存生望的多年之後，的確可以算得上是一件大喜事了。至於我從無意中發現《蘆州戰訊》這份紅衛兵的小報到至今無從解釋的細姨發病的淵源以及她如今植物人一般的生存狀態，這一連串曲曲折折的探索過程，我自然一字未提。在三姨心目中，我很可以想像，她固然知道大陸的生活必然清苦拘束，但是，從她自己的經歷推斷，一個獻身於祖國革命事業而且地位優越的高級幹部，如今縱然無法逃避生老病死的自然規律，但在掌大權的黨的關懷和專業醫療人員的照顧下，心身兩方，都總應該是接近心滿意足的程度的吧。不過，聽到說細姨一生沒有結婚成家的時候，三姨也確實半天沒有說話，然而，我也略帶感傷地補充說，做了大事業的人，可能早把這些置身事外了，周恩來總理不是就把天下的孤兒都視同己出嗎？三姨也就立刻以嘲笑自己小家子氣的語調，感歎地回顧起細姨早年的個性特徵來了。

「是呀！是呀！」三姨說：「她這個人，一向都把家看得很淡的，她就是那個脾氣，提得起，放得下！」

告辭了三姨一家，我坐了一部「的士」上機場。三姨他們堅持要送，我堅持拒絕，我告訴他們我還要到九龍去辦理一些私事，有人陪反而不方便。她們也就不好再堅持。我們就在她沙田住宅前面可以看到半灣海水的台階上揮手作別。三姨讓她的長孫給我提了行李，送進下面馬路上停著的計程車裏。揮手時還不停囑咐：「你要多給她寫信啊！

我今天晚上就寫，你也要寫呵！」

我叫「的士」司機開我過海，在灣仔找了一家二流旅館開了房間。立刻給我在離美前聯絡好的一位朋友撥了電話。他就住在灣仔一帶的一幢公寓大樓裏。

我們就在柯布連道附近的一間小餐館裏見了面。一見面，他就抱怨：

「你怎麼那麼不信任朋友！我不但跟你打過無數次電話，到處查問，幾個專門蒐集資料的圖書館、資料室、研究機關，我都去過，沒有就是沒有，我又何必騙你。你不相信，現在你人來了，我帶你親自跑一遍，叫你死而無怨！」

我們化了三天時間，跑遍了港九各大學圖書館，甚至美國領事館、新聞機構，都找到關係進去查詢了一番。的確，我的朋友實在沒有騙我，沒有就是沒有，他也不可能無中生有。然而，天下事就是有這種巧合的成分。在我完全絕望的時候，這份上窮碧落下黃泉遍尋不著的《蘆州戰訊》一九六八年春季號孤本，居然出現了。

那天我們又回到九龍書院道友聯研究所，原意只是說，三番兩次攪擾過甚，特地來致歉並順便辭別的，不料座中一位專研文革史的老先生卻意外地提起了這件事。

「聽說你在蒐集東南地區的文革史料，是嗎？」

我本來也沒抱什麼意外之想的，所以只客氣地嗯了幾聲。

「這些年，我在編寫一套文化大革命的資料評註，手頭倒是有些外間不容易看到的東西……」

就這樣，我竟然不費一文地從老先生那裏取得了這個懸著我細姨一生謎底的珍貴文獻的一個影印本。而且，它雖然有幾頁裝釘倒錯，卻一頁也沒有殘缺。

〈斬斷反革命修正主義兩面派冷峯的黑手〉這篇文章轉入第三十九頁以後的全文內容是這樣的：

「（上接第二十七頁）的犧牲，至今不明不白！我現在決心站出來，替他翻案，徹底揭穿冷峯這個混進黨內的反革命兩面派一手遮盡天下人耳目達三十餘年之久的罪行！

〔馬克思主義的道理千條萬緒，歸根結底，就是一句話：造反有理！〕

一九三四年底，我省革命形勢陷入低潮，羅誠同志不幸被捕，此後，由於地下黨組織遭到敵人的嚴重破壞，黨中央於一九三五年春，委派章澤生同志接替羅誠同志的工作，把剩餘的革命力量重新組織上山，堅持游擊戰，重建根據地！

誰知利慾薰心的資產階級政客冷峯，竟認爲章澤生同志奪了她的領導大權，暗暗懷恨在心！

〔最高指示：要特別警惕像赫魯曉夫那樣的個人野心家和陰謀家，防止這樣的壞人篡奪黨和國家的各級領導！〕

一九五五年胡風反革命事件暴露後，冷峯抓住機會，上下其手，羅織罪名，利用章澤生同志在解放前寫的幾篇文章，硬把他誣陷成胡風餘黨，屈打成招，定了反革命的大罪！章澤生同志在獄中受盡折磨，舊病復發，死不瞑目！

〔要橫掃一切害人蟲，全無敵！〕

更加令人髮指的是，冷峯竟將羅誠同志犧牲的責任，完全推在章澤生同志頭上！說什麼『……劫獄成功後，章澤生不顧我極力反對，實行殘酷鬥爭，血腥鎮壓，一口咬定羅誠爲叛徒！不但草草處決，而且要我公開表態，與羅誠劃清界線，更窮兇極惡地硬逼我把剖腹取出的熱騰騰的心和肝，血淋淋當衆吞下去！』

〔這段引文是革命羣衆造反派從舊省委的機密檔案裏搜出來的黑材料。這不但是冷峯誣陷章澤生同志不打自招的鐵證！而且，通過林天福同志的揭發，讓我們看清楚這條目前看來搖尾乞憐的落水狗，其眞實的面目是何等惡毒，何等狡詐！她不但把殺人的錯誤推得一乾二淨，而且還把血刀塞在別人手裏，以爲從此可以逍遙法外。魯迅說過，對待落水狗，只有一個辦法——打！敎牠以後不能再咬人！〕

這是什麼鬼話！冷峯以爲只要滅了章澤生同志的口，就可以隨她亂編，顚倒黑白了。可不知道我這個碩果僅存的老人，當年雖然只是一名小小的戰鬥員，多年來雖然迫於權勢，不得不裝聾作啞、唯唯謹謹，可是我天良還沒有泯滅，今天，在毛主席親自發動並領導的觸及人們靈魂的無產階級文化大革命的大好形勢下，有革命羣衆撐腰，我一定要出來說句公道話！

〔凡是敵人擁護的，我們就要反對，凡是敵人反對的，我們就要擁護。這就是階級鬥爭的眞諦！〕

當年，誣陷章澤生同志的是誰？當年，堅持要殺害羅誠同志的是誰？不是別人，就是冷峯！

一九三四年四、五月間，羅誠同志奉命來到我的老家林村。爲了掩護他的身分，黨決定讓他同我們村裏一位老鄉親的女兒小萍結婚。爲了這件事，村子裏還特別大辦了三天喜事呢！可是，三個月以後，冷峯隨著方志敏同志率領的北上抗日先遣隊到了。一來別的不談，先鬧這件私事。要不是因爲這是組織的決定，而且羣衆也有意見，當時就可能鬧翻了天！一九三四年十二月間，羅誠同志在蘆州的掩護站遭到破壞，小萍也一同被捕。可恨的是，小萍這個年輕姑娘，因爲受不了敵人的威脅利誘，變節投敵，造成了地下黨組織的嚴重損失。可是，當時的情況，相當混亂，敵人來勢兇猛，窮追不捨，章澤生同志對具體情況還沒有十分摸熟，同志們之間，也瀰漫著一種悲憤、沮喪的情緒。在這種情況下，當冷峯一口咬定羅誠同志爲叛徒的時候，連我也半信半疑，不敢提出質問。

回想當時的情景，仍然記憶猶新，如在眼前！那天行刑的地方，就在林村的祠堂裏。

反動派追襲的槍聲，隱約可聞！冷峯像瘋了一樣，眼睛冒著毒光。羅誠同志倒地後，她跳上前，用尖刀剜出心臟，塞在她自己口裏亂咬，還銜到大伙兒面前，強迫每一個人咬一口，我至今也忘不了她滿嘴鮮血淋漓的兇殘面貌！我還淸楚記得，她嘴裏一面嗞嗞喳喳咀嚼著，一面狂叫：

『吃掉，吃掉，趁熱，快吃掉，快吃掉！』

〔敵人如此欺負我們，這是需要認眞對付的！〕

今天，文化大革命的歷史潮流不可抗拒，滾滾向前。億萬革命羣衆精神振奮、鬥志昂揚、意氣風發！讓我們謹記偉大領袖毛主席的敎導：『宜將剩勇追窮寇，切莫沽名學霸王！』，我們一定要把資產階級修正主義路線顚倒了的歷史重新顚倒過來！一舉摧毀舊省委陰謀復辟的新反撲！把冷峯這一類人面獸心的保皇黨、黑幹將、劊子手，堅決徹底乾淨全部掃入歷史的垃圾堆裏去！

——舊省委革命幹部造反派成員林天福口述

——蘆州市紅色造反派聯合司令部《蘆州戰訊》編輯部筆錄」

我同我的朋友在尖沙咀的一家小酒吧裏喝了兩杯白蘭地，他要留在九龍辦事，我們便在碼頭前分了手。我隨著下班的人潮湧上輪渡，在前艙窗口旁邊找了一個位子坐下。

天色已漸昏暗，對海一片迷離燈火，正隨著夜幕初降，逐漸明亮起來。輪渡發出節奏規律的馬達鼓水聲，我腦子裏昇上來的白蘭地漸漸發生作用了。海風眞好，在我略有麻木感覺的臉上，輕輕按摩。我對我自己說，不能信那些紅衛兵的瘋言瘋語，那個所謂的林天福，不過也是一個給紅衛兵整得鬼迷了心竅的糊塗蟲罷了。不過，我望著對海半山上那一片不斷眨眼的燈火，望著那一片燦爛的後面，隱隱約約蹲踞著黑色的山影，心裏騷擾不斷地思索著這問題：如果林天福那一篇揭發材料完全是胡謅出來的鬼話，爲什麼他提出來的正反兩面的說法，都恰好提到生吃羅某人心肝這麼一件難以揑造的事實呢？而且，我又怎麼能夠解釋，有過幾十年艱苦鬥爭經驗的細姨，竟然會抵不住紅衛兵的肉刑苦鬥，而至於完全崩潰了呢？

然而，白蘭地的威力，終究是暫時繳了我的械。矇矓中，彷彿見到那座逐漸迫近的龐大山影，正長長地伸展著兩條巨臂，逐步收緊，把一整片閃閃爍爍遍地碎鑽也似的繁華幻景，統統呑進了它那巨大無比的幢幢包圍之中。

——原載《中國時報》，一九八四年一月卅日改定

# 鶴頂紅

「這是第三代了。」父親說：「再試上兩、三代，總該有結果的。」

妻兒都上床睡覺去了，關上了房門。雖然飛行二十小時，應該夠累的，不關房門恐怕還是不行。這一屋子，凡有空間的地方，都架上了魚缸，大大小小，總有二、三十箱。市聲一靜下來，便聽見馬達打氧的水泡聲，嗡嗡噗噗，彷彿巫婆的敞口大鍋，煮到沸點，滿滿塞了一車間。

這大概就是父親退休十年來每夜入睡前的催眠曲了。

一屋子裏，只有最大的一缸亮著。裏面有二十幾尾印章紅，還在搖頭擺尾。身子粗粗短短，介乎蛋種龍種之間，尾鰭兩開四裂，尖嘴小眼，通體雪白，只頭頂一枚印記，若方若圓，油亮殷紅。

「尾巴還不夠大，得加些重量，才有丹鳳的垂姿。印章修圓最難，這二十四條，是三千多仔魚裏挑出來的，才不過去掉一些稜角。」父親說。

這口水族箱，四呎長，一呎寬，兩呎深，容積是五十五加侖。在「美國魚城」那家寵物店付錢的時候，黑不溜偢的店員說：「記得常換水，保證你養足尺寸。要配種，先得把牠們養肥養大，對不對？」寄這個易碎的巨物，連保險，花掉兩倍價錢。

臥房裏，孩子在發夢魘。妻把他叫醒，又繼續哄著他睡。

「你這個老大，看來有些天分，爲什麼中文不好好敎敎？」

十五年了，父親對我娶了一名洋婆子，還是沒有諒解。他不叫他長孫的名字，他只說「你這個老大」。十五年了，才第一次見面。事先，我跟妻說：「對長輩，我們不能去握手的，要鞠躬。」在機場出關口，她向父親點了點頭，說了聲：「嗨！」父親輕輕「嗯」了一聲，便立刻轉頭對著長孫。「我是誰？知不知道怎麼叫我？」父親說，彎下腰，手指著自己。「鼻子！」老大好不容易迸出來一句中國話。接機的親友都笑了。回家這一路上，父親多半沉默著。

差不多到六、七年前，算是收到我婚後第一封的父親來信。信裏對我做了爸爸他升爲祖父，始終一字未提，只一味談他的金魚。

「根據文獻記載，」萬金家書這麼說：「我們中國人，早在公元一五九六年，便培養出鶴頂紅這個優秀品種。我小時候在北平公園裏見過一缸，絕無僅有的一缸，後來聽說給住在故宮裏的遜清皇帝花錢騙了去了。此後便形同絕跡。現在市場上賣的鶴頂紅，畫頁上印的，其實只是齊鰓紅。雖然也是一個優秀的變種，跟我親眼見過的，怎麼能比！光是那把鳳尾，便有天壤之別，更別說丹頂鶴似的印記……」

從香港託人帶上一打品種珍貴的金魚以後，父親的來信裏，口氣才稍稍有些舒緩。那一批金魚裏，有藍丹鳳，有印章紅。父親的工作，是要把丹鳳的尾鰭配上紅頭，把龍種的魚身，改造成蛋種的肥凸體態，還要保留司平衡作用的背鰭，維持優美的游姿。當然，印章部分如不夠圓，色澤不純，還是難當「鶴頂紅」這三個字的神秘傳奇的。

一年前，父親的魚，受眞菌感染，得了白毛病，雖用隔離鹽水治療，也不見效。我打電話說，美國有成藥，可以託朋友帶去，他硬是不信。他不信賴專爲外國熱帶魚製造的化學品。結果我還是在圖書館的舊書裏找到了古方，讓他從中藥房裏買孔雀石綠解決了問題。不過，那以後不久，老大終於第一次收到祖父寄來的禮物——墨、硯之外，還有兩枝狼毫毛筆，一疊描紅字帖。

父親住的，是老宿舍改建的新式公寓，施工潦草，板壁很薄。雖然關了房門，妻兒的鼾聲，就算在氣泡聲噗噗不斷的廳堂裏，也依稀可聞。

「每培養一代，至少要兩年時間。」父親伸了伸懶腰。「讓牠們休息吧，免得影響生長。」他走過去，把水族箱的光源關掉。「老天爺再讓我活上個十年、八年，」父親說：「這稀世珍品，管教它重現人間！」

水族箱的螢光燈一滅，髣髴造成了視覺暫留，我感覺它的反射，只幽幽一剎那，在父親稀疏的銀髮上，迷離閃爍。

我躺在魚缸前面的沙發上。黑暗中，閉上眼。奇怪的是，居然聽不到任何噪聲，卻分明看見一羣丹頂素衣的鶴頂紅，優游嬉戲，翻沙弄藻，擺尾而去。耳朵裏，正響起一片清脆樂音，好像交互撚攏挑抹的纖纖十指，在金黃色的豎琴上飛舞著一般。

——原載一九八四年四月《明報月刊》第二二〇期

# 草原狼

踏進「草原狼」，大約在向晚時分，天色尚未全黑。因爲背對門，身子堵住光源，面前又是一條向下開的樓梯，我忽然失去了百分之九十的視覺，髣髴剛走進電影院，只模模糊糊覺得灰影幢幢，什麼輪廓都分不淸楚。

我一面摸索樓梯扶手，一面睜眼調整焦距，一步步踏下梯級。迎我而來的，首先是維瓦爾第的「四季」，接著是黑啤酒的半熟爛的氣味，然後才是小杜的聲音。

「這裏——」我看見遠遠的角落裏，地下室暴露在外的鋼樑底下，站起來一條細細長長的白色人影，「老位子，還是老位子！」小杜揮著手。

小杜一向喜歡穿素著白，即使在學運高潮那一陣，每個人的髮型、裝扮，都激烈變化，他還是他那個調調兒。他的聲音，倒是一成不變。有種人，一到發育時候，喉結忽然冒出來，冒得比常人更突出，聲音立刻粗壯了。臉上長滿靑春痘，說起話來卻很蒼老。

然而，幾十年下去，也就這樣定了型，再也不變，好像聲音先行，年齡再從後面慢慢趕上，趕上眼角眉梢現了魚紋，才相互會合起來。小杜的臉上，當然還是光潔鮮溜，只是下巴頦圓了一些，不過，他就是這一型的。我坐在他對面聽他說話，看他表情，就覺得他原先那種聲音、舉止同年齡無法吻合的彆扭感覺，現在都沒有了。不過，人雖然成熟了，他還是喜歡銀裝素裹，這一點，大概跟年齡無關，是他性格裏面什麼不變的東西吧。

「這次出來，是爲了充充電……」小杜答覆我的問話。「充電？」我楞了一下。聲音雖然沒變，語言卻變了不少。在研究室接到他電話的時候，也楞過一下的。

「我在酒廊等你。」他說。「酒廊？」本來，八、九年不見了，一聽他的聲音，雖然是電話裏傳來的，我也有回到當年的感覺。但是，一聽到「酒廊」，又覺得遙遠了。「草原狼嘛，不記得嗎？這裏還有誰？都約了來吧！」

這裏其實誰也沒有了。麻花去了德州，魷魚走得更遠，聽說家在東部，人在巴黎。二馬跟土豆都在中西部。這裏，這裏這八、九年，就剩我一個。

「去年夏天，我去倫敦招標，旅館裏居然碰到魷魚，你說巧不巧？」

「他現在怎麼了？」

「老樣子，多了一把鬍子，其他都一樣，照舊跟老婆吵架，鬧離婚，鬧了十幾年，兒子都上大學了。」

「痳花呢?有他的消息嗎?」

「別提了，前幾年，回台北開會，電話都不打一個，還是從報上看到消息，算是賞臉，一起吃了頓飯。」

「現在風光得緊，報上常見到他的名字。」

「可不是，八面玲瓏。北京請他，他講現代企業管理;台北請他，他講國際融資……」

「融資?」

「融資就是 financing，我們都這麼說的。」

「呵!」

「二馬跟土豆，混得也不錯。一個開餐館，一個搞房地產，手上三、四家 motel 了，還有一個公寓 project，都在芝加哥……」

為什麼小杜住台北，消息卻這麼靈通，我在美國，反而什麼都不知道呢?腦子裏忽然出現這麼一個怪問題。過去八、九年，的確從來沒想到這一點。

「大家都說，你現在隱居了，猛鑽學問，不問世事，眞搞你不過。」

我大概苦笑了一下。維瓦爾第放完了，接著的是巴哈，巴哈的無伴奏 partitas。這種曲子也妙，一把琴，聽起來，居然有兩把琴的聲音。「草原狼」就是這麼一個地方，十幾年前，專放巴魯克音樂，現在，還是巴魯克。看樣子，是這麼一回事了:首先，你得離開這個熟過頭的地方，那就非變不可，老待這裏，像「草原狼」一樣，不要說變，連變的想頭都無從產生。但是，我立刻想到教授了。

「他？」小杜說：「你怎麼會想到他，眞絕！」

我怎麼可能不想到他？我們這一幫人，除開小杜以外，這些年來所走的路，哪個不受他的影響？

那一年，校園裏頭，老美的反戰運動，眼看氣燄就要下去，忽然一股風，不知哪兒吹來的，中國人圈子裏，不論老中老台，差不多全給捲進去了。一下子開大會，一下子遊行、示威。三天兩頭，活動辦個不了，話劇隊，電影小組，雜誌社陸續出籠，甚至還有人拉上非營利的公共電台，每星期播一次紅彤彤的革命廣播劇，全說中文的。我們這一幫人，忽然牌也不能打了，舞會郊遊也不能辦了，根本拉不到人嘛！有那麼一陣子，只能瞪著眼睛發獃。校園裏，有這麼一種流言，暗地裏口耳相傳：「那批人，中間派，最難纏！」那一段日子，前後不過三、五個月罷了，可是，日子還挺不好過，同一系裏的黃面孔同胞，左右壁壘分明。左邊的呢，成天對你橫眉豎目；右邊的呢，罵你軟骨頭，同路人。這個局面，一直到教授出現，才急轉直下。

麻花是第一個，他領頭，打進了左派的外圍第三層。但是，除了分配到一些無關重要的任務，像開車接送人、向學校借場地、上街貼標語、印製傳單之類的，不要說核心小組的匯報輪不到他，連第二層組織的理論學習，也沒他的份。我們都說風涼話。「混什麼嘛，辛辛苦苦半天，阿B的奶罩顏色，都弄不清楚！」小杜挖苦得最兇，阿B這個綽號，也是他的得意之作，既形似，又傳神。她是那時期的頭號解放女性，胸圍超過瑪麗蓮夢露，麻花偏偏歸她領導，委屈得很。「什麼時候翻身？」小杜一見面，就是這一句。

然後，有一天，麻花打電話來了。「翻身的時候到了！」他說。

剛好是禮拜一晚上，「草原狼」裏面，人稀稀落落的，就我們這一夥，老闆通融，三張桌子併成一長條，坐得滿滿的，阿B也來了，主客卻不是她，是麻花請來的教授。

麻花第一次主持這種場面，跟他拿手的 Bar-B-Q，完全不是一碼事，我看得出來，他有點緊張。偏偏，這個教授，又是個畏畏縮縮的樣子，話也不太講，三棍子打不出一個悶屁。那晚上的「草原狼」，至少第一杯啤酒消滅以前，眞夠冷清的，唯一鬧鬨鬨的，就是韓德爾的烟花組曲。

後來，還是阿B忍不住，到底是女英雄，一下子就掌握了場面。她的手法，不能說不高明，表面上，好像只是批評一般留學生政治冷感什麼的，骨子裏，卻是指桑罵槐，矛頭對著我們一幫人來的。麻花就坐在我對面，一副眉開眼笑的神氣。小杜、魷魚、二馬、土豆，全惹火了，尤其是小杜，說實在的，我還沒見過他那麼認眞，聲音雖然還是老腔老調，嘴皮子卻微微抖動。桌上擺著一只鬱金香形狀的玉色瓷碗，裏面有根蠟燭，燒得通明透亮，火光閃閃爍爍，由下往上照，小杜那張光潔鮮溜的臉上，好像給鍍上一層金粉，不是黃燦燦的金粉，是那種大紅袍橘子皮的顏色。我再轉頭，四周一瞧，這一夥人，除了自己的臉看不見，還有那位教授，他好像始終害臊得不得了，縮手縮腳，塞在靠牆的陰影裏面，其他人，一張張臉，全都灑上了這種赤銅色的金粉。

小杜講的，就是他課堂上學來的那一套，我看過他的期終報告，吹來吹去，不過是說，美國這種制度，多麼有效，多麼講理。

接著，魷魚、二馬、土豆，又把《時代雜誌》、《讀者文摘》那一套搬出來，四個人圍剿一個阿B。我雖然沒吭聲，暗地裏，眞爲勢孤力單的她揑把汗。眼看著，只剩最後一道防線了，無法招架了，新女性，半邊天，發小姐脾氣，總不太像話的。就這個節骨眼兒上，麻花終於揚眉吐氣，他替阿B解圍，他請出他的王牌。我就是到今天，教授那一番話，一個字也忘不了。

「我三十六歲那年，坐船離開上海，我是在四萬萬五千萬中國人一百年來第一次眞正站起來了的時候，離開我的祖國的。」教授的國語很標準，但也不是京片子，是河北某一個偏遠縣分的鄉音，比較直，比較硬，比較質樸。「算起來，二十二年了，今天晚上，第一次碰到這麼多優秀的年輕人，認眞討論咱們國家民族的前途。我願意很坦白對大家說，我確確實實了解到中國人那句俗話『熱淚盈眶』，是怎麼樣的一種滋味……」

教授講話的時候，頭總是半低，而且，一路講便一路往下低，彷彿話講多了，怪難爲情似的。長條桌的四周，大家的頭，也跟著慢慢低下去了。

「我從前，也跟大家一樣，問題不往單純處想，卻喜歡複雜，喜歡奧秘，結果呢，黑白分明的事情，都看得困難得不得了，既幫不了別人，又害了自己……」

這時，教授擡起頭來，他往小杜那個方向，直直望去，眼光停留在那裏。

「後來，有人幫助我、教育我，讓我學會如何從看來紛亂的現象裏，直取本質……」

我看見小杜也擡起頭來，眼睛瞪著教授。

「……譬如，剛才有位同學，談到美國的制度。他談得眞好，觀察眞犀利，我想我在他這個年紀的時候，絕對談不出這番道理來的……」

我看見小杜的頭，又低了下去。他用拇指和食指，捏住腕錶的螺絲紐，不停往回空轉。

「這個問題的本質，怎麼看？」

教授問完問題，不說話了。一桌子的人，半晌半晌，沒人開腔，包括小杜在內。

「我來說個故事，」教授接下去說：「不，其實，這個故事大家早知道了，我來談一談這個故事，就是白雪公主同七個小矮人的故事……」

教授端起啤酒杯，喝了一大口。大家也不約而同，喝一大口。

「有沒有人想過：白雪公主和七矮人組成的這個社會，它的社會分工是按照什麼原則進行的？這個美麗、祥和、富足，看來無憂無慮的社會，它的基本生活資料，是怎麼生產出來的？誰生產出來？又由誰分配？有沒有人想過：爲什麼創造這個童話故事的人，要把提供一切生活資料、勞動不息的七個礦工，描畫得那麼矮小？那麼醜陋？而除了跳舞、唱歌、手不能提肩不能挑的白雪公主，爲什麼那麼美麗？那麼可愛？有沒有人想過：在美國這樣一個據說是又公平又講理的社會裏，爲什麼從小給他們的下一代灌輸這樣一幅圖畫？……」

那晚上怎麼結束的，我倒眞記不起來了。我只記得，不久以後，除了小杜，我們的髮型，衣著打扮，也激烈變化了。麻花升了一級，他變成左派第二層的領導，我們接替了他的位置，開始幹接送人、借場地和印傳單、貼標語的工作。教授這張王牌，麻花乖乖交了出來，輪到阿B帶著他去征服核心小組了。

只有小杜，依舊我行我素。一直到今天，小杜還是那個調調兒，照樣瘦瘦一條，照樣穿素著白，只不過，他那副老腔老調的嗓門兒，現在聽起來，不再格格不入了。

巴哈的無伴奏 partitas，一共唱了三首，B小調，D小調和E大調，一首比一首精彩。但是，一把琴聽起來總覺得不只一把。

「你消息這麼靈通，總不會不知道教授的下落吧？」我終於鼓起勇氣問小杜。

「你還叫他教授！」小杜說：「你沒聽說過，他哪裏是什麼教授，不過替聯邦調查局打工，賺幾個小錢的……」

這麼些年來，什麼都垮了，再垮上這一個，竟然也不太有什麼感覺。不過，這其間，我還是掙扎了一下。我問小杜：「他如果幹這一行，又何必拖我們下水？」聽完這句話，小杜笑了。小杜的笑聲，跟他的衣著、舉止，很不相稱，卻完全符合他現在的年齡。「不從我們這兒下手，那個密不通風的核心，他進得去嗎？」小杜的笑聲裏，如今不知怎麼，竟沁入了一絲蒼涼，「難怪你老躲在學院裏，眞享福！」小杜說。

然而，隨便小杜怎麼說，我眼前總抹不掉這樣一幅圖畫：遠景是災黎遍野，前景是黃浦灘頭。一艘遠洋航船上，倚欄站著一個微近中年、茫然回顧、土氣十足的中國人。

這個人，或者不是我偶然邂逅的教授。他究竟是誰？我的啤酒已經發生作用，很難分辨清楚了。

——原載一九八四年十一月七日《中國時報》

# 秋陽似酒

秋陽似酒，他們在午後四時左右進入州立公園，遊人已漸見寥落。孩子們興高采烈，忙著張羅布置，鄰近的野餐烤爐上，已飄著肉香了。他一向不習慣指揮，也不想加入，便自行尋得一塊略略隆起的高地，且放懷眺望。景觀尚可，在蒼茫淡遠間。左側有疏林一片，前方有湖水一灣，湖對岸，初染秋色的遠山樹冠，環湖羅列，籠罩在輕煙薄嵐中。他把手帕平鋪在石櫈上，捶了捶腰，坐下來。他兩臂前伸如象徵勝利的V字，兩手交疊，擱在一根烏木圓頭的拄杖上面，秋陽似酒，卻仍有未可逼視的毫芒。孩子們在草地斜坡上爭逐嬉戲，傳來喧嘩陣陣。他的思緒任意飄蕩，像懸在秋千架上，飄上去，沉下來，又盪出去。他的世界忽遠忽近。秋陽似酒，眷顧著他浮降不定的世界。風起時，孩子們的喧嘩隨風去遠，捲向湖岸的蘆葦白雲裏。風不大，偶爾掃過幾片落葉，滾過他脚前。風向也不穩定，彷彿打著旋轉，時而向左，時而向右。左側風來時，那肅然自成聚落的疏林，聯合發出了蕭蕭瑟瑟之音，許是入秋未久，葉中仍含水分，還不失其滋潤。他被穿越樹林的風聲吸引，在初聽彷彿混為一體的風聲中鑑別出兩種音調層次截然不同的呼號：一似高歌長嘆，一似低泣哀鳴。他偏過頭去仔細辨認，發現那一片疏林，原是兩類不同樹種各自成林的並列，兩個聚落之間，至少還有二、三十步的距離。音速超過風速，高歌長嘆的風聲傳到時，下風處的樹林還看不出風力的壓迫。這一羣身高大約六、七十呎的赤橡，落葉不多，樹形大都完整，只向陽面略顯乾枯。更遠處，約莫也在七、八幹之譜，卻是向上擁身直奔的青楊，風吹過，介乎竹柳之間的葉片，紛紛倒向一邊，迎空扯起了長條綠旗，連形象也是高歌長嘆的姿態，待到穿越赤橡時，這壯濶的空鳴便被萬千交錯重疊的細柯和外緣深裂如細腰蜂狀的橡葉撕成了散粒碎片，變出呻吟似的嘶嘶聲來。他偏著頭空想：如果現在起身，踱到青楊的左方，等回頭風向掉換時，或者秩序經此扭轉，先碎後合的風聲可能悅耳些？然而，他終於知道，他不會為此起身，正像他一進公園便獨自一人走開一樣，正像他這次來到女兒家裏一樣，明知無枝可棲還是住不下去。每次都是這樣，到了最後一刻，他便起不了身，跨不出這一步去。他依舊坐在石櫈上，同空想中的青楊樹可能唱出的悅耳歌聲相持著。秋陽似酒，雖稍嫌辛辣，卻已是老炭文火，靜靜燉著他的世界。他的世界在這秋日的午後，慢慢燉熟。湖上有一片反光，倒影或許有，或者因為距離太遠，只感覺暈暈糊糊，或者暗中正在努力，在黛綠靛藍間滲揉游移過渡？他在遠山的淡影羅列中，看出了楓丹梣朱和山毛櫸的紫銅。塊狀的蠟黃，許是白樺，許是野櫻。秋陽似酒。他的眼睛，因爲暫時尋不著風的蹤跡，反而漸漸闔攏。孩子們喧嘩陣陣，秋千徐徐盪回。他半閉的眼睛前面，有一排似有似無的黑色柵欄，他躲在柵欄後面，遠遠望著若即若離的世界。世界平平鋪展，在一面間有枯黃羼雜的綠茵地毯上。右前方，一隻紅色的飛盤，脫手而出，滑翔著、帶著旋轉，在空氣裏浮了起來，旋轉著、爬升著，恰好遇合了他的視線。他忽然若有所動，看見他女兒隨飛盤揚起的那一隻手，落地的白鴿一般，收回了翅膀。臨終前，她無力的手依偎在他掌中，逐漸蜷縮。他感覺終於團曲成拳的她的手，發出戰慄陣陣的痙攣。她的體溫，像一握水，從他密封不了的指縫中滴落、漏走。紅色的飛盤繼續迴旋上升，這姿態竟是十分美好，美好如眼簾後同淚水一併窩藏的片刻歲月。第一次他感知她的身體，這掌中的甜馨，至今仍匯注在那裏。也是午後，也是這秋日和沐的溫度。那一陣，敵機肆無忌憚，在沒有任何空防的他的城市裏，天井上面的天空，還不到蝙蝠穿刺翻飛的時刻，警報便響了。他總是拖到緊急警報，好佔住防空洞的洞口，好親眼目睹裝載死亡的敵機在他的天空中飛近飛低飛遠，那是抗戰第二年，雙層翅翼的那一型飛機俯衝投彈時，不僅螺旋槳的轉動，甚至飛行員衣袂的飄動，都歷歷在目。他自知面對死亡時不曾恐懼，因爲他感知她的身體。陰丹士林旗袍下，她的肩膀柔若無骨。他戰慄著，不是因爲恐懼。他手掌的敏感度讓他透過衣服直接撫觸到她皮膚上痲痲癢癢一圈雞皮疙瘩。炸彈摩擦空氣旋轉降落，發出尖銳的呼嘯。他感覺他的手掌裏，有她的骨骼完整無缺地浮雕出來的形狀。他不曾恐懼。紅色飛盤越過長弧的前段滑行，旋轉著，到達最高點，仍旋轉著，好像在利用離心力，要甩掉不屬於它不屬於純粹旋轉的一切。她的手在他手掌中，相互絞緊，因爲汗水而無法絞成一體。「你叫吧！大聲叫！」整整兩個鐘頭，他只會說這句話，明知愚蠢無比。整整兩個鐘頭，他努力著，她流汗的手在他流汗的掌中。汗水滑膩，他掙扎著，卻怎麼也甩不掉掌中一股逐漸龐大的無能感覺。「大力點，再大力點！」醫生說，同時暗示護士準備氧氣。他從他手掌中她的手指的輕微顫動知道她就要越過最後的界限。他從他手掌中汗水溫度的驟降，知道他極力要傳導的熱力遇到了阻隔，而她正離他而去。「你叫吧！大聲叫！」他聽見他枯竭的哀告裏其實只是他自己的慌亂與絕望。越過頂點的紅色飛盤開始下降，這一段弧線彷彿特別平緩漫長，有什麼無形的東西穩穩托著底部，不讓它降落。然而那支撐的力量，像接近江岸的橋柱，一支支縮短了高度。「你叫吧！大聲叫！」他誦經念咒的語調終於化爲以後三十年夜半頻頻驚起的夢魘。這夢魘牢牢把他籠罩把他封閉把他速凍在她臨去前切斷他掌中熱力傳達的一擊中。然而自始至終他來不及知道恐懼。當難產倖存的女兒小手第一次本能使用握力時，他覺得他右手的食指彷彿被命運捉住，有一種難以擺脫的僵硬。這隔熱絕緣的僵硬隨後日日擴大，終於全部佔領了他的手掌。

他遠遠望著女兒在他結滿厚繭的手掌下春筍一般，因為未曾培土而只得一截截自動拔高長大。就像她臨終前水一樣漏出他的指縫一樣，女兒上學女兒長大，女兒畢業女兒長大，女兒做事戀愛，女兒結婚出國，整整三十年歲月當中，他確知他手掌中一次也未曾產生過握緊的慾望。直到小外孫女出生，美國來了信：「……姨媽說，娃娃跟媽媽長得一模一樣……」女兒委婉地邀請退休後獨自一人生活的他過去團聚。他蹉跎了兩、三年，終於束裝就道，臨行還是給女兒補了一個電報：「小住三月，不擬長擾。」秋陽似酒。世界飄過來又蕩過去，風已住，紅色飛盤兀自旋轉，滑翔著，滑過最後一段弧線，越過娃娃的頭頂，落在他脚前。跟著飛盤蹣跚奔跑的娃娃，兩枝小辮前後亂顫，兩條肥腿左右搖晃，一身兔寶寶裝給紙尿布撐起來，撐成了一個圓滾滾胖嘟嘟的元寶，元寶追著飛盤。「給我，爺爺，給我！」娃娃嚷著，娃娃跑著，忽然絆著了，一跤摔在地上。他手掌在烏木拄杖的圓頭上緊抽了一下，他看見滿面淚污的娃娃小臉，那兩角一向微微上翹卻因啼哭而突地張大線條的嘴唇彷彿面臨休克，彷彿掙扎探索著急救的氧氣罩。一口熱血湧向心口，他彈簧一樣跳起了身子向前。「給你，寶貝，給你，爺爺給你！」不到一刻鐘，娃娃雖然停止了啼哭，他卻不自覺地牽住娃娃的手，彎身細語：「來，娃娃來，爺爺帶你去那邊，去那邊聽大樹唱歌，唱很好聽很好聽的歌。」五點鐘左右，秋陽依然似酒，只不過毫芒盡撤，已經沒有了辛辣。

——原載一九八四年十二月廿七日《中國時報》

# 夜螢飛舞

最近，我常常看見，無涯無邊的夜的黑幕下，有一羣細碎繽紛的銀色光點，飄忽閃動，上下飛舞。

這是死神的眼睛，我對自己說。

然而，又一點揶揄的意味也沒有，反而感覺溫暖。

我常常在書中讀到死亡。「這是一場無休止的角力競賽，」有人說：「和平是雙方都精疲力盡的時候。」這個，我無從想像。「不，」還有人說：「你是一粒果子，死亡便是孕藏在其中的果核；你長大，它也長大。」這個，雖然動人，卻也遙遠。

我確確實實看見的，不過是一羣螢火蟲，在夏夜燦爛的星空下，在芳草連綿波光粼粼的小河岸上。

在螢火蟲閃爍飛舞的夢裏，我沿著時光的甬道，向回泅泳……

那年冬天，我記得，我後腦勺那兒，經常響著一只馬錶的聲音，克粒粒……克啦啦……克粒粒……規則而清晰，一天到晚，響個不停。

那一陣的夜晚，特別的黑。我躺在床上，眼睛半閉半張。我看見院子裏靠窗那棵相思樹，張牙舞爪，投影在玻璃上，彷彿千千萬萬枯乾的手指，狂亂地摸索攀緣挖掘，尋找縫隙往屋裏鑽。

我縮進被窩裏，蒙上頭。被窩裏很溫暖，一片黑。我什麼都看不見，有那麼一會兒，我暫時什麼都看不見，什麼都聽不見，只感覺胸前壓著柔軟的被褥，隨著心跳，一起一伏。我試著起飛。

平常，只要兩腿一伸，張開雙手，向前衝上幾步，便白鷺一般，翱翔在空中了。樹巔、屋頂、田野、一切的一切，都漸漸退後縮小，雲絮輕輕搔著脚底板，軟綿綿的，一團團流過去。那年冬天，這辦法不靈了。始終有一只馬錶的聲音，克粒粒……克啦啦……克粒粒……我掀開被，卻看見後腦勺那個地方，一根繩子吊著，大大小小，十幾個齒輪，一個咬著一個，刻板而規律，緩緩轉動……

「這孩子，怕是神經衰弱呢……」

我聽見爸爸壓低了嗓門說話，在紙門隔壁，大蚊帳裏。

我聽見媽媽的呵欠，拖著長長的愈來愈弱的尾音「啊——」

「趕明兒把那隻烏骨老母雞殺了，給他補補……」媽媽說。馬錶的聲音，漸漸退遠。然而，暗夜裏，大大小小的齒輪，微微發光，還在緩緩轉動，一個咬著一個。

「這哪兒是營養問題！」爸爸翻了個身，我聽見榻榻米下面，兩條鬆動的木板，吱吱軋軋作響。「白天玩瘋了，夜裏就夢遊。昨晚起來解手，嚇我一跳，差點一腳踩到他。半夜三更的，眼睛閉著，兩手兩脚趴在飯廳地板上，到處亂摸呢……」

「這孩子，唉——」

我聽見媽媽翻身了。大片大片濃黑的夜，又漸漸合攏，把我擠在角落裏。想睡，也睡不著，想飛，又飛不起來。我看見自己逐漸縮小，逐漸乾硬，像一隻蟲蛹。無數根黑色的纖維，縱橫交錯，飛舞起來，織成了橢圓形的一枚黑繭，我蜷成一團，躲在裏面。我看見頭頂上最後一線光，終於給錯雜糾纏的黑線隔斷密封。我沉進了黑暗的底層，夜的核心。

我的眼睛完全失去了作用，我的身體四肢只能靠觸覺感知，而我的觸覺，也漸漸麻痺，我想，我大概快要死了。我那時不過十一、二歲。十一、二歲的死亡，現在想來，雖然聲色俱厲，卻是生機盎然的。我自分在密密封閉的黑繭中準備著死亡來襲前的最後抵抗，但是，我的耳朵，卻透過那一層完密包圍封鎖，收錄著周遭最微細的動態和變化。

我聽見爸爸打鼾了，聲音由低而高，由高而低，喉嚨裏彷彿有顆彈珠，嘞嚕嚕一路轉；我聽見厨房裏一隻老鼠窸窣窸窣，尾巴輕輕敲打著紗厨的木脚；我聽見水槽裏潑剌剌划動翅膀飛起來一隻大蟑螂，一頭撞到天花板碰一聲掉下來，我聽見洗澡房的水龍頭漏水，唏哩哩一串，啪答落在水門汀上，然後，隔半天，唏哩啪答一聲，又是一串……

那一年的冬夜特別長。老做惡夢。醒來總是天亮不亮。一睜眼，不料自己還活著。無邊無際的黑暗不見了。我一身冷汗，從床上猛一坐起，發現一個沒有窗簾的屋子裏面，四圍冰冰冷冷一片青白。屁股底下一股尿騷，溼溼黏黏。我把頭重新縮回被筒裏面，用勁閉上眼睛。耳朶裏又開始響起那只馬錶的聲音，克粒粒……克啦啦……克粒粒……規則而清晰，響個不停。十幾個齒輪，發著金屬的光，一個咬著一個，在腦勺後面，緩緩轉動。小斌說的那句話，每到這個時候，便出現了。小斌坐在小河岸上，大家都坐在小河岸上。小斌說：「萬叔叔，吹個小桃紅！」小斌最喜歡聽小桃紅。那年夏天，小河岸上，萬麻子天天晚上吹小桃紅給小斌聽。那年夏天，小河岸好像一張大床，一張榻榻米鋪成的大床。大床上面，罩著一口無邊無際的大蚊帳，蚊帳頂上，鑲嵌著千千萬萬閃閃爍爍亮晶晶的星星。

那年夏天，媽媽新縫了一口大蚊帳。每天，晚飯一過，就讓我幫她忙，從壁櫃裏取出來，一人提住兩個銅環，相對一扯，掛在屋子四角的釘子上。四四方方的蚊帳一撐開，整八蓆大的房間就全給罩在裏面了。蚊帳掛好，媽媽端來一盆清水，跪著擦榻榻米的蓆面。我便把自己捲起來，捲進拖地的蚊帳邊邊兒裏面，裹成一隻蟲蛹的形狀，用鼻子猛吸草蓆過水的新鮮氣味。那味道好像愛玉冰，細白細白的麻紗布，又輕又軟，光身子裹在裏面，好像整個泡進了愛玉冰缸。

那年夏天，我天天上小河邊去抓螢火蟲。小斌也幫我抓。抓來的螢火蟲，一人一半，晚上上床，便放進蚊帳裏。

蚊帳裏放螢火蟲，這個玩法，誰興起來的，已經記不清了。我只記得，有一晚，天氣不好，下雨，螢火蟲抓不到了，小斌同我，坐在窗緣上，看著外面黑朦朦的天，發愁。小斌忽然想了個奇怪的問題考我：

「螢火蟲怎麼來的？」

「水蟲變的！」

「跟蚊子、蜻蜓一樣？」

「對！跟蚊子蜻蜓一樣！」

「什麼樣子的？你會不會認？」

「幹嘛呢？」

「我們去小河撈，撈回來養在水缸裏，下雨天不是用上了嗎？」

我們冒雨擡回來兩三桶河水，偷偷倒在水缸裏。過了兩個禮拜，蚊子、蜻蜓都出來了，就是不見螢火蟲。

「你亂充內行！」小斌埋怨我。「你幾時看到過螢火蟲在水上下蛋的？」後來，我們去問萬痲子。

「腐草化螢！古書上講的……」萬痲子好像很權威。我們收了一堆草，擱在屋簷下一個肥皂箱子裏面，每天往裏澆水。草都爛成稀泥了，一隻螢火蟲也養不出來。

我的蚊帳，是軍用蚊帳改的，料子又粗，又不好看，日子久了，一戳一個洞，螢火蟲飛著爬著，一下子就鑽出去，飛走了。

我要媽媽也給我縫個新蚊帳，媽媽說：「這種料子，老家帶來的，就這麼多，這兒買不到的……」

媽媽從大蚊帳上鉸了手絹那麼大小的一塊，又給滾上一個袋口兒，穿條細繩，繩子一收，便是個現成的螢囊。那以後，每天晚上，電燈一關，耳朵聽著蟋蟀忽遠忽近的叫聲，眼睛瞪著忽明忽滅的螢囊，一下子就躺進了滿天星星裏面，迷迷糊糊，開始做夢了。

那年夏天，我經常夢見自己長了翅膀，兩脚輕輕點著地，划上幾步，兩腿一併，伸直，便鷺鷥鳥一樣，浮起來了。我聽著風聲花花花流過耳朵，骨碌碌的，好像小河淌水。我飛呀飛的，劃著小圈圈，劃著大圈圈，四周都是眨眼的星星，星星冰涼清爽，晶瑩剔透，手一碰，就顫巍巍地晃個不停，跟凍成一團的愛玉冰一樣。

有時候，次數不多的，飛著飛著，忽然沒有了翅膀，人就像倒栽葱那麼往下掉，耳邊風呼呼響，下面的山崗上，生著筍尖大的岩石，佈滿一地。不過，媽媽忽然就出現了，用冷水浸透的毛巾，擦去我額頭上的汗，還說：

「別怕，寶貝，長個子呢！不用怕！栽一次就長一分，知道嗎！」

打什麼時候開始，就不飛了，我已經記不清了。我只記得，那年冬天，一次也沒有飛過，的確，一次也飛不起來了，不要說倒栽葱長個子了，連飛都沒飛過。推算起來，那年冬天以后，一定還飛過的，要不然，今天怎麼可能長這麼高？不過，後來再飛的情形，卻怎麼樣都想不起來了。也許是上了中學以後，也許到大學還飛過，但是，一點影子都記不起來。唯一記得的，是那年冬天，肯定一次也沒飛過，我記得千眞萬確，因爲每天晚上都費盡力氣想飛，卻一次也飛不起來。那年冬天，腦子裏老響著萬麻子那只馬錶的聲音。

「不准偷跑！」萬麻子手裏拎著一只大馬錶，站在起跑線的一端，大拇指緊緊按住螺絲開關。大馬錶讓一條紅絲繩繫著，一頭繫在脖子上，套了一個圈。「電燈桿上有白灰，手上沒有白灰的，就算輸！」萬麻子每次都鄭重其事大聲宣佈一遍。夕陽下，萬麻子的臉總是紅紅的，晚飯以後，萬麻子的臉經常泛紅，紅一片的時候，滿臉的麻點子卻發白。

紅臉白痲子，樣子雖然奇怪，但在晚霞光照裏，卻也不怎麼顯眼，大家的臉上都紅紅的。天黑以後，紅臉全不見了，只有萬痲子的臉發白。有一次，我同小斌捉螢火蟲，差點一跤跌在萬痲子身上，萬痲子躺在草叢裏，我們把他臉上的痲點子當成螢火蟲了。「各就各位！」萬痲子大聲喊，右手高高舉起馬錶，大家排成一排的蹲地上，兩手的大拇指跟食指用力撐開，開成兩個八字，擺在起跑線後面。萬痲子從左到右檢查一遍，誰的手指頭冒出線，準得挨他木屐輕輕一踩。「預——備——」萬痲子巡視完畢，大家不約而同，一起猛吸一口氣，斜眼盯著萬痲子的嘴。萬痲子的臉在夕陽中發紅。萬痲子晚飯總愛喝兩杯，有人說。孩子老婆都丟大陸，也難怪，有人說。「跑！」萬痲子手往下一揮，大拇指死勁一摁，十幾條小光脚丫子一起撒開，踩著石子煤渣地，一路風馳電掣，往巷口電燈桿衝去。

「這次不算！」萬痲子說。手裏揑著一把賽璐珞小人：關公提著靑龍偃月刀，紅孩兒脚踏風火輪。我兩種都有，可是，萬痲子手裏有整整一套，一套十二種，還有豬八戒倒扛釘耙，還有孫悟空手掄金箍棒，還有……跑三次第一萬痲子才給一個做獎品，或者得打破紀錄，小斌紀錄最高，二十八點六秒，破紀錄也只得一個，每次都是小斌自己破自己的紀錄。「爲什麼不算？」有人抗議。「小斌摔跤了，這次不算！」萬痲子不守信用，萬痲子偏小斌，誰都知道。萬痲子說過，小斌長得像他兒子。小斌可不領情，「我臉上又沒長痲子！」背地裏，小斌跟我說。不過，小斌手裏，一套十二樣，差不多全搜齊了。

賽完跑，大夥全到了小河邊上，圍成一圈，聽萬痲子吹笛子。「你們點，我吹！」萬痲子說。「小桃紅！」小斌最愛聽小桃紅。「太熱鬧了，情調不合。」萬痲子說，萬痲子也有不聽小斌指揮的時候，大夥心裏覺得，萬痲子還算公平。「梅花三弄！」我說。「我吹個粧檯秋思。」萬痲子說。萬痲子吹得淒淒切切。「萬痲子想老婆！」有人說。

那年秋天，萬痲子侍候了一輩子的長官發慈悲，給了他一筆錢。萬痲子娶親了。娶了一個山地姑娘，叫春桃。「兩萬元買的！」有人說。大家都恨春桃。春桃來了以後，巷子裏的賽跑節目就停了。我手上的賽璐珞小人，一套還差三個。笛子也斷了，粧檯秋思沒有了，小桃紅也沒有了。春桃跟人跑的時候，大家都暗暗高興，可是，萬痲子還是很少露臉。

「死人了！死人了！」

我跟小斌擠進人叢中，看兩個三輪車伕捲起了褲管和衣袖，從小河裏拖出來一具全身浮腫的屍體。屍身原來朝下，四肢像爬蟲一般，深陷污泥裏，拖上岸以後，還是滿臉污泥，四肢翻過來，僵硬著，指著天空。三輪車伕潑水沖著死人的臉。

「唉呀！是萬痲子呀！」

「一定是上那種下三濫的地方荒唐回來，失足落水的，眞作孽……」

忽然，岸上的人，全都噤了聲。只聽見一只馬錶的聲音。從萬麻子口袋裏跌落出來的馬錶，依舊水淋淋，躺在岸邊，反射著冬天傻白傻白的陽光，克粒粒……克啦啦……克粒粒……規則而清晰，響個不停。

那年冬天，我一次也沒去過小河邊，小斌也沒去過。小斌的家，在萬麻子出事以後，便搬了，搬家以後，小斌沒找過我，我也沒找小斌。那年冬天，我腦子裏老響著一只馬錶的聲音。「就考中學了，」爸爸說：「你給我乖乖家裏待著！」那年冬天，媽媽一連給我殺了三隻烏骨老母鷄。

第二年春天，我一次也沒去過小河邊。我滿腦子全是雞兔同籠和植樹問題，樹不是多一棵就是少一棵，籠子裏的脚，永遠數不清。

放榜那天，我不敢回家，一直躺在小河岸上等小斌，我知道小斌一定來，因爲他也沒考上。

小斌在我身邊躺下的時候，天都快黑了，我問他爲什麼這麼晚，他說他上萬麻子家去了。

「萬麻子還有家？見你的鬼！」我說。

「我還看見春桃了，信不信由你！」小斌說：「手裏拎個旅行袋，背上揹著一個胖娃娃，在萬麻子老家門口，鬼鬼祟祟的……」

「去你的，你在做夢！」

已經又是夏天了，小河的水，到這個時候，就跟暖水瓶裏隔夜的水一樣溫。我翻身坐起來，脚伸進溫水裏。

「騙你是這個！」小斌伸開五指，做了個王八，他的脚，也伸進溫水裏。「娃娃的臉，只小一圈，跟萬厤子長得一模一樣，可奇怪，一粒厤子都沒有！」小斌說。

我心裏豁然亮堂堂了，腦子裏的馬錶，不知怎麼，從此不再響了。我望著小河一逕骨碌碌骨碌碌淌著水，混混濁濁的黃水裏面，好像有張紅紅的臉。天色漸漸暗下來了，那水底飄飄忽忽的紅臉上，忽然有一羣螢火蟲，尾巴上綴著米粒大那麼一點白光，嘩一下飛起來。從水底下那張紅臉上，一羣發光的螢火蟲，就這麼嘩一下飛起來，飛出水面，在漸漸合攏的黑夜裏，上下左右，流動飛舞，一直到天底下全變成黑魆魆一片的時候，才慢慢飛高，越飛越高，越高越小，終於飛進滿天水晶晶的星星裏面去了。

最近，我常常夢見，無涯無邊的夜的黑幕下，有一羣細碎繽紛的銀色光點，飄忽閃動，上下飛舞。

不，這不是死神的眼睛，我對自己說。

然而，又一點喜悅的意味也沒有，反而感覺荒涼。

我確確實實看見的，不過是一羣螢火蟲，在星空默默的燦爛底下，在芳草自行連綿波光無端粼粼的小河岸上，無聲無息地，飛舞著。

——原載一九八五年七月廿日《中國時報》

# 下沉與升起

梅莉莉電話來的時候，慧珠在厨房裏忙得焦頭爛額。一個火頭上煮著通心粉，另一個火頭上炒著拌麵的作料：番茄醬、肉末、胡椒粉加橄欖油，滿屋子瀰漫甜甜油油的味道。

「電話——」

她一手顧著翻炒，一手撩起圍裙擦汗，大聲求救。

「小慧——小慧——」

小慧房間裏放著 RUSH 樂隊的現場錄音，門關著，整個房間好像隨時要給「重金屬」的音浪衝破。

他在陽台上做他的休閒勞動，一手牛糞。陽台上堆著兩個小丘：一邊是盆花與花盆兩處分家，另一邊是壤土加河沙加泥炭蘚。他剛剛拆開那袋脫水牛糞的結結實實三層紙袋，倒了一半，匆匆擺下，兩手往屁股上一拍，衝回厨房抓起牆上兀自響個不停的電話。

甜甜油油的氣味好像流進電話裏面去了。對方的聲音也甜甜油油，有點陌生，又有點熟悉。

「余傳德在不在？」

他忽然發不出聲音。

「喂——喂——」

他回頭望了一眼慧珠，慧珠正一手持刀飛快地剁著蒜末。

「我就是。」他用英文說。

「唉——呀！聽不出我是誰嗎？快十年不見了吧？」對方說。

掛上電話，老婆轉身問他。

「誰呀？」

「推銷人壽保險的。」他說。他不知道爲什麼撒謊，這個謊，順口說出來，這麼自然，也讓自己意外。

十年前，他在天香樓打二厨工，梅莉莉坐外面櫃枱上收帳，兩人有過一段露水情。他是喝醉酒上床的，她沒有喝醉，也沒有拒絕。他那天的表現，不怎麼樣，他記得。反正喝醉了，也不太計較，等後來發覺，有點懊惱，有點遺憾，她卻已經走了。她走了以後，至少有幾個禮拜，每次對著一盆晶晶瑩瑩又溼又潤脫了殼的半透明的蝦肉，腦子裏便浮起一張小小白白的臉。他不敢往下想，匆匆抓了一把蝦肉，往滾燙的油鍋扔去。她轉學去的學校在中西部，離天香樓一千多哩，她唸的是特殊教育，專門侍候殘障兒童的；據說，美國沒人要唸，所以有獎學金。後來，聽說她結婚了，嫁了個馬來西亞來的醫科學生。後來，醫科學生考了牌，開始掛牌。後來，又聽說她離婚了。再後來，便什麼都不知道了。

他咬住她左耳朵薄薄的肉墜，含在嘴裏，滴溜溜，用舌尖輕輕頂住，慢慢繞。他期待她微微顫慄，她只是懶懶躺在那裏任他擺布。他伸出舌尖，順著耳輪蠕行。她的耳輪出奇的硬，只有耳輪內糟的稜骨凹凸，還算滑膩。他期待她呻吟。每天下午五、六點鐘，客人還沒有進門，太陽從大門上方的扇形玻璃窗格裏射進來一束光線，她短髮下面浮雕的耳輪照成了水紅色，像新剝開的櫻桃蛤蜊。

他搜索到她頸間細細悸跳的脈動，他翻開雙唇貼上去，緊緊銜住那股悸動，配合韻律，緩緩吸吐。這一次他不急，他沒有喝也沒有醉。這一次，喝醉的是她，她自己買的香檳，自己一杯杯喝下去。她還沒開始呻吟，他不急，他知道她遲早會。她會從喉嚨裏發出伊伊呀呀迷糊不清的聲音，她的鼻尖額頭會慢慢冒出一粒粒汗珠，她會緊緊摟住他，像沒頂前摟住救生員，她會全身上下無法約制地抖動起來，她會渾身哆嗦、冰冷、哀哀求告，她會的。他一點都不急，她會的，她會的。

他離開那座通體暗紅色的汽車旅館已是午夜一時。穿衣服的時候，她用床單裹住上身坐起來說：

「我後天開完會直接上機場，明天晚上七點，我等你。」

他沒有吭聲，彎身繫鞋帶的時候，發現自己的手指有點輕微顫抖。他在自己的汽車後座裏躺下，一直躺到自己全身冰冷。

他大二那年便給選進籃球代表隊，一直熬到大四才算擺脫冷板櫈。他身材不算高，一百七十七公分，打中鋒嫌矮，前鋒又嫌動作不夠靈活。一帶球便給那些刁鑽古怪的小個子抄走。他練中距離躍射足足練了兩年。開始一段日子他苦練彈性。「余傳德，」教練對他說：「你這個個子，光練跳繩不管事！」於是他發明一套辦法，原地跳起來，兩手抱膝，頂在空中。每天跳一千次，嘴裏模仿秒針的速度喊一、二、三……大四那年的全國聯賽，教練特別爲他排了一套陣法：中鋒先發動，他一見中鋒往左翼閃便從右翼底線迅速到位，在四十五度角的中距離，後衛把球帶過來交給他躍起射籃。他們後來練得爛熟，決賽那一場生死仗，他一人獨得十八分。雖然輸了，他沒有輸。他從此很少輸過，不論命運如何擺布，一見有什麼不對勁，他立刻用苦練一套獨門功夫克服。他出國靠的是苦練英文，唸學位的幾年生活費靠的是苦練炒菜，甚至他老婆慧珠，也是苦練得來的。

他追慧珠那年，慧珠才大二，眼睛還在頭頂上，他追慧珠足足熬了兩年，熬到自己的英文過了關，熬到慧珠耍不起了，總算大功告成。小慧出生的第二年，他一個人先出國。三年後，他們一家人團聚；五年後，他拿到學位，留在母校任助教授。他的無力感是從他知道這輩子再也不用苦練那天開始。那天，他正式升副教授，拿到了終身俸。那天晚上，他記得，道賀的朋友陸續散去以後，他院子裏的上空有一餅非常圓非常冷的月亮。他從車庫角落放舊家具的那堆破爛裏挖出來一個皮光光的籃球，在混凝土平滑的車道上，對著自己的影子一直玩到半夜。

他沒有料到梅莉莉還會回頭找他。這一次，電話打到他研究室，免了他家裏一場爭吵。他們在老地方會面。

他照舊從她的左耳朵開始，他完事以後對她說：「我們之間什麼都不會有，對不對？」他沒有料到她就這樣哭了起來。她哭泣的聲音一點也不甜，一點也不油。她哭泣的時候甚至也沒有讓他覺得她委屈。她哭泣的樣子那麼無牽無掛，彷彿本來就什麼都完了，只不過用這個做個休止符。他只能伸出一隻手在她頭髮上撫摸著，笨拙地說：「不哭了，不哭了，不要哭了。」他們繼續半倚著床頭坐在那裏。屋子裏沒有什麼燈光，但不知爲什麼卻很明亮，明亮到彼此不看對方也可以看見對方。他本來應該走卻沒有走，他感覺有點什麼東西活活的，他感覺有點什麼東西癢癢的，像瘡疤下面新長的肌肉細胞悄悄繁殖。他們重新開始，從深深墜落的谷底，他們互相支持互相配合著往上攀爬，在騰空而去的剎那，他會合了她。

自從在校園附近的郊區買下了這所房子，他的生活便完全固定下來。一星期七天，周而復始。星期一、三、五上午九點到十一點授課，星期二、四他整天坐在研究室裏，東翻翻、西抄抄，好像總有忙不完的事。別人看他很用功，然而他自己心裏明白，自從爭到了終身俸，便失去了一切動力，大多數時間他只是抄抄史料、做些札記。至於這些材料與札記究竟要用來做什麼，他卻懶得深究。唯一派用場大概是學生來請教的時候，看看需要唬一下便抛出一、兩條來。他眞正讀得津津有味的還是香港一些煞有其事地討論時局與暴露內幕的五花八門的雜誌。晚輩留學生請他去演講、座談，他談得十分得體，既有史識，又抓緊時代的脈搏。年輕人很容易滿足，他自己也不見得不滿足。

然而他還是覺得無力。星期六，只要天氣好，他便剪草、整理庭院；星期天，他們一般不開伙，到唐人街吃一頓，有時廣東點心，有時燒餅、油條，順便補充些南北乾貨和食品罐頭。小慧十二歲的時候，第一次堅決拒絕跟他們一道上唐人街。第一次，小慧的藉口是她有個同學的生日派對，他們沒勉強她。但以後她每個星期天便都有了應酬。

終於，碰上慧珠過生日那個禮拜，母女倆大鬧了一場。他穿好衣服坐在客廳沙發上看報紙，慧珠站在小慧房門口等，小慧背對她媽玩著她的音響設備。他聽見慧珠的聲音漸漸高起來，漸漸失去了控制，他看不見小慧但他知道小慧正憋著跟她母親一樣的薄薄雙唇死不吭聲，手裏捏著絨布擦，一遍一遍慢呑呑拭著早已沒有了灰塵的唱片。他早知道孩子到了這個年齡不願跟大人混本來也很自然，所以他不想插手，反而嫌慧珠不懂小孩心理，然而既然是慧珠生日，她妹妹、哥哥兩家親戚恐怕已經就到餐館了，他也就沒有做聲。然後他聽見慧珠犯了一個嚴重錯誤，他聽見她叫小慧把所有唱片集中，搬到樓下儲藏室裏鎖起來，一禮拜不准聽她心愛的歌手心愛的樂隊。他聽見啪地一聲唱片砸爛，他聽見小慧一面哭一面大叫：「我不要去那個髒地方看那些醜人，讓我作噁，我一輩子都不要去！」

慧珠本來是外文系的系花，她就是標準系花明眸皓齒那一型。籃球校隊配系花應該算是天作之合，不過在他那個時代系花嫁文學院的便難免有點下嫁的嫌疑，因此他必須勤能補拙。其實他開始下決心追還是爲他那一幫子狐羣狗黨打賭爭一口氣，等碰了兩次軟釘子以後，他那一股苦練獨門功夫的氣也便給激了出來，他從此下不了馬。他記得結婚那天亂鬨鬨的場面過程裏他老想著「大功告成」這句話，就像全國聯賽最後決勝一戰那場球一樣，從頭到尾他一直在算計自己的得分而不在乎自己隊跟別人的比分距離。一見中鋒往左翼閃他便從右翼底線竄出來，球一到手他眼睛紋風不轉立即躍起射籃，好幾次球出手他才看見中鋒早已搶到一個籃下空檔高高舉著雙手等球球卻不來，好在他練就的獨門功夫沒讓他坍台，他的自私也就沒人追究。他躍起在空中，眼睛盯住籃框餘光掃見對方長人舒展猿臂撲上來，他想那長人每次都想一定吃他火鍋專等他出手便一巴掌打他個泰山壓頂，然後他看見長人臉上一絲迷糊痛苦的表情，人跟著頂不住落下地去，他右手輕輕托球，從腦後勺緩緩推向頭頂見長人的手落下去才溫溫柔柔將球送出去，接著唰一聲滿場歡聲雷動。那場球他記得清清楚楚是他的一箭雙鵰。第二天約慧珠出去便沒有了軟釘子。

她全身柔軟又強硬好像每一寸都貼上他的每一寸。他感覺她款擺起伏一波波後浪推前浪一層層曲徑通幽次第開放。霧失樓台月迷津渡灩灩隨波千萬里他縱身大化中無憂也無懼。他全身肌肉一股股飽脹凸起血脈賁張光閃閃油滋滋。她感覺他蠕蠕蠢蠢毛毛騰騰一錘錘緊鑼密鼓一銼銼珠鈿玉嵌一針針金鑲銀鏤。小徑紅稀芳郊綠遍斜陽冉冉春無極她滿眼游絲兼落絮濃睡覺來鶯亂語。她從來做愛都是不動聲色，馬來西亞醫學博士有時候叫她「我的默片皇后」。

她第三次高潮到來的剎那忽然從喉嚨裏逼出一聲她自己從來沒有聽過的吶喊。那聲吶喊沒有在她心裏喚起任何意義，不過是小時候天黑迷路恐懼時本能發出的一聲吶喊。那聲音模模糊糊像「怕怕」又像「媽媽」。吶喊一聲以后她便無可挽回地陷入痛哭與歇斯底里。然後她全身虛脫只一遍遍呻吟著「不要走不要走你不要走。」他溫溫柔柔抱住她像抱住自己二十歲的青春，太陽使他暈眩豆大的汗珠成串成串從頭頂流到眉心從頸脖流向前胸流下背脊，他腳踏風火輪在滾燙的水門汀上踴躍飆飛，金屬的哨音像飛鏢像流星錘滿空裏流瀉滑行，成千上萬隻眼睛聚光在他身上他的眼睛盯住了籃框。他聽見教練在場外叫「七號——七號」，他的動作閃電般反射著這個暗號，他一到定位球已傳到他手中，他一蹬雙腿整個人帶著球突地騰空而起，他溫溫柔柔抱住她向上飛向上飛向上飛……

這一次他離開時旅館從暗紅轉成淡紅，五月的朝陽照在他身上。他腳底雖然有點輕飄飄，但心裏踏實。他沒有開車回家卻逕奔學校，他在學校的自助餐廳喝完咖啡然後步行回到研究室。他知道慧珠十點鐘左右會打電話到他的研究室。每次他晚上不回去慧珠總在第二天這個時候給他撥個電話。他不知道慧珠會不會懷疑，其實他每次確實是熬夜用功才不回家，或者只是疲倦。他隱約覺得慧珠也不一定在乎。十點鐘的電話只是一道手續，她遵守這道手續他也遵守這道手續，他們夫妻間的義務便都盡了，沒有人抱怨。他自己只是準備十點鐘接電話，在此之前他不會打電話回家查她。她一向給他這點自由，他一向也給她自由，雙方都盡了義務，便沒有人抱怨。

他坐在研究室裏對著一窗春陽，心微微發跳。這感覺是好的，這感覺是陌生的。多年前他約慧珠出來，心也微微發跳。然而，有點不太一樣，那種心跳是約系花出來的心跳，有點興奮也有點靦腆，有點怕別人看見，又有點怕別人看不見。他坐在窗前半個多鐘頭，什麼也不做，也不著意去想什麼，只是任由斷斷續續的意念自自由由飄過。他瞅見桌上一本新到的香港雜誌，封面頁上印著斗大腥紅的字體「鄧小平失蹤內幕！」他拾起雜誌，原封不動塞進屬於這疊雜誌的檔案夾裏。這桌子是需要清理了，他對自己說。然後他花了半天時間從上到下從裏到外把研究室仔仔細細打掃乾淨，然後他重新整理書架，把逾期未還的圖書找出來，疊成一落。書架上的書，本來沒什麼秩序，他推想了一下今後用書的情況，決定不下是不是按專題排列，還是按照時代先後。最後他選擇先按專題再按作者姓名的字母順序，然後在每個專題中儘量照顧時代先後。他特別把年鑑學派的那幾本大書收出來，堆在書桌前面靠窗擺著。然後他打開卡片櫃，仔細爬梳一過，把所有有關的索引卡抽出來，疊一起也有四、五指寬。他找出一張上端高出一節的分類卡，用紅筆寫上「太平洋盆地」，插進那一疊索引卡中，他關上卡片櫃。這些索引卡是他升副教授以前和千島風景區度假回來以後陸續做出來的。關上卡片櫃的刹那，他覺得那些年零零碎碎苦幹的歲月又搜在一道了。他彷彿覺得冷了這麼久的他的太平洋盆區研究計畫就快開始了。他有點覺得志得意滿他兩脚蹺在書桌上休息。從他的兩隻脚中間他望出去外面一片明亮綠草如茵。他看見一個皮膚雪白頭髮金黃的女孩子剛好躺在他的視線內。女孩子赤裸上身享受日光浴他看見她緩緩翻過身來然後背過手解開胸罩的環扣。他發覺自己心跳並未加速他只是目不轉睛望著她伏臥草地上差不多十五分鐘。然後他感覺自己也像她一樣被陽光照耀得有點暈眩。然後他看見她彷彿在熟睡中無知覺地翻身，寶藍色的胸罩仍在原地而她仰天隆起又微墜的乳房分外白皙分外柔軟像雲擁春日像玉峰雪融。然而他胸中彷彿透明沒有一絲雜念。然後他聽見電話鈴聲。

「我是第七分局的麥克米倫警官，」陌生的聲音：「我們在她皮包裏找到你的電話號碼，你的妻子喝醉酒出了車禍。她現在在聖文森特醫院急救病房，我想你最好還是快點過來……」

小慧上初中的那年，慧珠開始喝酒。這件事，想來還是他帶的頭。那一年，他們決定不再生了，就給她做了結紮手術。現在回想起來，無法確定究竟是因爲手術後遺症還是別的什麼，總之，慧珠的情緒一陣子極不穩定。慧珠是個很沒有事業心的人，這跟她的明眸皓齒好像不太相稱。她之所以嫁給他，可能也跟沒有事業心有關，因爲她知道他那股子苦幹的勁兒可以依靠。婚後分離的那幾年她不曾做事，因爲有了小慧而小慧完全是無助的。小慧上小學那幾年她也不曾做事，事實上她全心全意擺在小慧跟他身上，小慧還是需要她而她自己也需要，因爲他那幾年還在苦幹他的終身俸。但是那幾年他應該看出卻沒有看出慧珠嫁給他以後便像個失去了生長慾望的生物從此不再有質的發展。小慧自從上了中學便開始迷上了搖滾樂，她除了買唱片、趕音樂會、學吉他不算，還有三、五個朋友成天湊在一起哼哼唧唧學作曲。小慧用她的搖滾樂把媽媽關在門外，而他用的是升等後的突然虛脫。他們開始只是喝些社交酒跟所有中產階級的中年美國人一樣。然後有一天她發現她很喜歡喝伏特加。「剛下去那一下又冰又嗆！」她說。然後他們上床以前開始喝上了非社交的社交酒因爲那時候他們難得有一次。起初她和他都只要微醺便好。過上一陣光微醺便嫌不夠。他要求自己表現好一些便悄悄給自己添些份量而她也要他覺得她還要他。然後他們便在飯桌上加波根地飯後加白蘭地。他發現她白天在喝那次，是因爲小慧打電話來求救。小慧每天八點十分出門坐校車上學平常不到四點不到家有時還直接上朋友那兒混到半夜。這天小慧瀉肚子提早回家見媽媽吐得一地狼藉昏睡在洗澡間裏。那一次以後他下決心戒酒她也說要戒。他找人代課請了一個月假他們全家到加拿大邊境聖勞倫斯河的千島風景區二次蜜月。他租了漁具租了一條船買好新鮮螃蟹肉他雄心勃勃準備拉上來一條兩呎長的梭子魚。他們摸黑出發每天按圖索驥找一個僻靜的深水河灣下鈎。一禮拜下來他什麼也沒拉上來而小慧每天總是一桶半呎長短的大嘴鱸小嘴鱸。他一點也不著急因爲兩個禮拜三個禮拜過去了，小慧把搖滾樂忘得一乾二淨而他們也的確滴酒未沾連啤酒都沒碰。起初每當他們父女坐上船頭甩出釣絲靜等他一回頭便看見她望著江水發怔。他們隨身帶了醫生配的解癮藥，他頂不住時便和身往水裏一跳。他從水面浮出頭來看見船舷上側身而坐的她眼睛完全失去了焦點像一頭狼犬翻身躺在地上把最軟弱的肚皮暴露在主人面前。他看見她兩手搓著船舷邊上的粗纜繩上殷殷一道血痕他扭頭潛回水中。第三個禮拜開始她主動提出要一條魚竿他給她準備了小慧用的魚鈎她說她不要她也要釣一條大大的梭子魚。他給她換上金屬加強的魚線再換上有三個倒刺釣梭子魚的大鈎子然後他們一家三口全坐在面對岩岸深水處的船頭上。那一帶的江水好像自成系統，兩道花岡岩尖岬包圍著一片綠水。

江水在尖岬聯成的直線外滾滾東流而灣內的水緩緩自轉，他坐在船頭上靜看太陽光在水波上製造瞬息萬變的鱗片腦子裏悠然出現杜甫的詩句「江流石不轉」，他感覺他的船他的陽光舞蹈他的汩汩河灣水他的小慧他的慧珠以及他身上散發的防曬膏氣味以至他日甚一日油亮發光的古銅皮色便是那不轉的石。然而他們始終沒有釣到梭子魚。他換了活蝦換了小銀魚換了各式各樣的假餌而梭子魚始終不來。離開千島風景區的前夜他們全家上一間叫做「媽媽安吉琳納」的義大利餐館。屋裏的燈光像爐火殘燼音樂像夕照餘韻。大臉龐大肚子大手大脚的媽媽安吉琳娜掀起圍兜擦著酒瓶跟他們說：「五年前我們有一季沒法子抱怨的好陽光每一粒葡萄都圓得像寶寶的臉我保證你們滿意。」他望著慧珠彷彿也有些圓起來的臉沒有開腔。慧珠說：「謝謝您，謝謝您。」他看見媽媽安吉琳娜掏出開瓶塞的螺絲刀然後他聽見慧珠說：「不，不，我們今天不要。」第二天一大早他們收拾行李回家慧珠對他說：「我不死心我們再試一次。」這一次他們把車子停在岸邊就從碼頭上甩出釣絲甩在滾滾流動的江水裏。小慧的釣絲甩進一堆水草糾纏不清他幫她放線收線換方向往回拖忙得滿頭大汗然後他聽見慧珠大叫一聲「傳德你快來快點快點！」他看見慧珠的釣竿在空中彎曲成九十度不停地上下抖動他丟下小慧的釣竿奔過去手一碰釣竿便覺得一陣痲直達背心。他們四隻手慌成一團抓住釣竿小慧也跑過來抓但是那釣絲繃得死緊像鋼線像琴絃在水面上拉成四十五度來回划動不住彈跳。他擔心租來的釣竿天長日久承受不住於是收一段線以後再放回一段不料慧珠在旁打亂仗那線不但不往回縮反而越放越遠放出去怕不有五、六十呎。他感覺甚至五、六十呎外的線尾上那生物憤怒掙扎拚命絕望像奔馬像困獸像瞎眼的命運他要把牠拖上來。他耐著性子計算好每次放五呎線再往回收十呎來回十次便足夠耗乾牠把牠抓在手中。收到二十呎左右他發現那生物彷彿抗拒的力量不再那麼震手他想牠差不多了於是他一口氣往回猛收叫小慧趕快把長柄撈網準備好。然後他忽然感覺釣絲的拉力完全脫空釣竿放直他知道那生物改變了戰略掉頭往岸邊衝來。他在距身邊不到十呎的江水裏看見牠攪動水浪橫衝直撞然後斜刺裏映著陽光躍起在空中全身潔白閃亮像一條銀龍。他飛快捲著空線完全不知道潛回水中的這尾長達四呎的梭子魚是否還在線上讓三個倒刺的鐮刀鈎扎進肉裏撕裂牠的臟腑割斷牠的骨刺流盡牠的血。他飛快捲著空線飛快飛快小慧在岸上語無倫次大聲喊叫慧珠放開了雙手卻緊緊抱住他。他突然覺得手頭一陣劇烈震盪釣絲重新抽緊他知道牠還在那裏然後他聽見「錚」的一聲釣竿的上半節脫手飛去落入水中一剎那工夫便給帶進了水底再也沒有蹤影。

他從此沒再開戒。接下去的那個秋天，他擬訂了升等以後的第一個研究計畫。有了終身俸至少有一樁好處，他的研究不必急著發表，也不必受基金會的影響，因此沒有限期。既然沒這些干擾，他對自己說，何不搞個大的？於是他興致勃勃著手蒐集資料，做卡片、畫圖表，甚至跟同事們交流討論。那年的第一場雪降落以前，他寫就研究大綱，準備不計成敗不定期限地做下去。他知道他的學歷、頭腦、專業訓練各方面可能都不太夠。這又有什麼關係，他想，有的是時間和氣力。何況，借用年鑑學派的方法學來整理東亞歷史，還沒什麼人這麼做過。要來就來個大的，十七世紀的太平洋盆地，眼光跟氣魄就同前人不一樣，一下子就擺脫掉中國以中國日本以日本爲中心的狹隘史觀，一下子就躍上人類文明的高層面。太平洋盆區文明，這是他要的角度，這是他要的廣度與深度，絕非什麼文化交流、中日交通以至於華夏文物澤被天下那一套。年鑑學派給他打開了眼界，他做學生的時代服膺的英國的 R. H. Tawney，他的畢業論文也是因襲 Tawney。他對清代幾個大鹽商的家史下過苦功，明史、明末遺民的那些皇皇巨著，《清史稿》、《御批通鑑輯覽》之外，小說、戲曲、隨筆、雜記、地方誌、墓誌銘他什麼地方都蒐過爬過，然而他死死抓住的還是 Tawney 的經濟活動那條筋脈。人口、稅收、土地租賃制度、商品市場的擴大、貨幣流通量、市民社會和文化消閒活動、城市和集鎮的互動關係、士紳階層、同業組織、工匠作業方式的演變，他什麼東西都細細挖過，然而他知道他的一切學術作爲背後有一隻巨大的無形的手，R. H. Tawney 的手，現在，他要把這隻手砍了：也許不必全砍，也許只須把眼界提上去，把觀照面放大，讓 Tawney 的手變成衆多的手之一爲他服務。他要的是十七世紀人類文明的一個局部的全貌，太平洋盆區，西方工業文明闖進來的前夕，太平洋盆區，爲什麼這個文明沒能頂住？爲什麼？它的內在結構到底弱在哪裏？爲什麼資本主義的萌芽結不出工業革命的果？爲什麼這個優勢文化變成了弱勢文化？爲什麼？爲什麼頂不住？爲什麼我們中國人垮了？垮得這麼窩囊，國恥、國恥、國恥！

做學生的時代他一度熱中過時事。那時候他們有那麼五、七、八個人，每個月聚會一次，輪流做報告。每次聚會就上校園對面那家冰果店的二樓。二樓經常沒人，天花板下面掛著四架電風扇，夏天悶熱，他們跟老闆買一大塊冰磚放在白堊堊的鋁臉盆裏。電風扇呼呼轉著，颳起一陣陣涼風搧在五、七、八張年輕的臉上，五、七、八張緋紅的臉，爲了邏輯實證論同政治權力的非邏輯關係變得緋紅緋紅的臉。冬天他們也一樣用兩張給情侶面對面吃冰用的方桌併起來開會，他們的會在校園裏引起了竊竊私語。那一羣穿長袍的，人們說。長袍黨在他大三那年正式壽終正寢，一天晚上他們老大家裏突然湧進來一批穿制服的人，搜走了一批書，其中有費孝通的《內地農村》和陳伯達的《四大家族》。

時事的熱中其實並沒有眞正給他拯救，他知道。歷史的熱中也一樣。始終咬齧著他的還是一種無可名狀的空空感覺。彷彿與生俱來，彷彿巨大無朋。他常常做一個夢。他夢見自己關在一間黑牢裏，兩脚套上了脚鐐死死栓在地樁上。他的對面蹲著一頭大肚子大嘴巴的怪獸。怪獸的脚好像也給牢牢栓住，然而牠全身好像那種伸縮自如的玩具紙蛇一圈疊著一圈一層套著一層。他一進入夢境，那怪獸便張開血盆大口伸長身子欺過他這邊來，慌亂中他隨手抄起一把鐵叉叉起一堆乾草往怪獸嘴裏塡，怪獸的嘴一閉身子便往回縮，過一下嘴巴停止蠕動的怪獸又開始伸展身軀張開大嘴，他一叉接一叉餵著這頭怪獸，節奏越來越快，終於他發現一叉叉下去乾草用完而血盆大口已經逼近眼前，他乾脆一叉擲去同時自己已經連人帶叉統統吸進了怪獸肚中，然後是一片昏黑。然後他發現根本沒有自己，只有那怪獸。然後他明白自己就是那頭怪獸。這時他醒來，一身冷汗之外便只剩下那空空空的感覺，像怪獸永不饜足的大肚子，需要不停拿東西去塡。他拿籃球去塡拿長袍黨時事討論會去塡拿出國拿學位去塡。他的國恥他的歷史他的十七世紀太平洋盆區也不過是些塡料。他有時眞懷疑他的小慧他的慧珠是不是也是用來塡的。

千島度假回來後，一整個秋天他忙著他的太平洋盆區計畫。他所以放心忙著因爲他知道慧珠也開始忙起來了。慧珠上學校選了兩門課旁聽。她抄筆記跑圖書館借書上課下課還要買菜燒飯把自己的每一天都安排得團團轉。沒有課的那幾天她跑去健身房練身體。千島度假以前她五呎四吋高的身材已經一百四十五磅。她的指標是一百二十磅腰圍要恢復二十三吋。她跳有氧舞練器械操在傳動帶上跑步游泳仰臥起坐。這股熱勁支持了整整一個秋天。庭院裏的三棵老楓樹葉子變黃變紅的時候他還陪她一同去附近的社區小公園跑步。他們各買了一雙阿迪達慢跑鞋一套威爾遜暖身運動服。有一次他們故意彼此逆方向跑約好跑完三英里在一棵柳樹下碰頭。他倒在一地厚厚乾乾的柳葉堆裏看她背對夕陽緩緩近來胸部像水底兩股泉水在水面上冒起兩朵活活的水球。他隔著她的絨絨運動衣輕輕撫摸。他感覺手指尖忽然觸到一點什麼是他自從她結紮手術以後從不曾觸到的他以爲早已失去的一點什麼。絨絨的包裹下一點點堅挺挺的感覺他知道就是他們之間剩下的唯一火苗。他要這點火苗長大他輕輕吻她然而她推開他說：「死鬼，那邊有人！」他們手牽手回家他從不知道她通身血液流動時手指發熱皮膚會變得這麼細緻柔軟。但是家裏面早有一個派對熱火朝天小慧的樂隊和樂隊的朋友們覇佔了客廳、臥室、書房和屋子裏的每一個角落。他說咱們開車出去慧珠說算了，她說她答應小慧上半場結束時給她們做點心。他一氣帶了兩床毛氈開車上自己的研究室。天黑下來他沒有開燈。他把暖氣調高把自己裏在兩層毛氈裏躺在地上。他全身慢慢出汗他睜大眼睛望著一屋子黑暗他開始自己玩自己。他壓住自己的喘息壓住自己的聲音把所有的氣憋在肚子裏肚子越憋越大大到像那頭怪獸他想他還有什麼可以拿來塡。然後他一放手聽見轟然一聲巨響。他看見自己爆炸成千千萬萬塊碎片從深不見底的黑黝黝天空裏紛紛飄墜下來。那些碎片既不似金屬也不像雪花卻是印滿了鉛字的紙片。那飄墜的速度不快也不慢那姿態其實不像飄墜而在下沉。在無邊無際的幽暗水域裏他目睹自己化成鬼一般的重量緩緩下沉。

那一年的冬天有一場大風雪。他從午飯後便一路給家裏打電話卻一直沒有人接。小慧他知道寒假期間成天跟她的朋友一道混，慧珠呢？這種天氣她不可能出去跑她學校旁聽早放棄了健身房也很少去體重又恢復到一百四十磅她可能去了哪裏？風雪阻車他一路上捱了差不多一個鐘頭才開到家。鑰匙打開大門屋子裏空空的沒有一絲生人氣。他奔上樓跑下樓到處尋不到她的蹤跡。他打電話到她哥哥家妹妹家兩邊都說不知道。他最後打開地窖門發現她穿一身睡衣披著晨褸披頭散髮倒在霉爛的樓梯上。他開開燈看見放小慧玩具多年不用的那個壁櫥櫥門大開裏面開膛破肚流散一地至少有五、六十個伏特加空酒瓶。

他們看過一陣時期的心理醫生。那個猶太人伯恩斯丁很會說話，一天到晚讓她躺在鋪上說夢話再用她的夢話編一套說詞套上他的理論。她把童年的故事說完三遍，那猶太人還是不能確定究竟是因爲她看見她的貓被鄰居頑童吊死或者是第一次來潮的那天恰好給教官罰她在籃球場上大太陽裏站了三小時。等伯恩斯丁博士的帳單寄到時，他們決定不再找心理醫生。

然後來了三哥。開始他一直沒見到三哥。有一天忽然發現房子後面屋簷底下向東掛著一面小鏡子。慧珠跟他說：「難怪這麼些年來不是這裏病就是那裏痛，幸好三哥法眼給看出來了。你猜怎麼著？後院矮牆那面不是好多碎磚爛瓦嗎？三哥說他往我們陽台上一站便覺得不對勁，有一股黑氣直往上衝。昨天終於打聽出來了，那塊空地上原來是座孤兒院，十幾年前一把火燒光了，聽說還有幾個小孩子燒死了……」然後他們的床搬了位置，然後屋子裏各處角落加裝了七、八面鏡子。他始終沒見著三哥。廚房牆壁上貼面鏡子他覺得還有道理，至少空間好像擴大了一倍，廚房裏轉來轉去就不覺得窩氣。從外面進來一開門就對著一面鏡子，他便不很舒服，往屋裏一跨便像是自己跟自己撞成了一堆。然而慧珠說：「三哥說我們這房子的格局不太好，進門便是樓梯，一往上一往下，上下一分眼睛看著彆扭氣也不順。」他始終沒見著三哥。但他想只要慧珠相信也未嘗不是好事，只要她忙起來，她也許便沒那麼多時間往酒店跑。慧珠的確忙碌著她一天到晚長途電話打個不停。出門該穿長褲還是穿裙子該往東還是往西再轉東她也要打長途電話請示三哥。三哥是水底龍雲中鶴他口袋裏經常收著十幾張飛機票忽而在東忽而在西。四通八達的電話網給他布置了一個放射狀無遠弗屆的地上天國。懸在這個放射狀電話網上的善男信女成天忙著買鏡子掛鏡子豎枕頭搬家具種樹砍樹打坐練氣脖子上繫玉腰裏纏紅手指頭捏個大手印。長途電話費不要緊他不在乎他在乎的是她發展到三天兩頭忽然失了蹤。只要是三哥到了方圓五百哩內外一個電話慧珠便失魂落魄不見了人影。然而每次失蹤回來她的臉色似乎有些紅潤他不知道她究竟是氣色暢旺還是興奮後的疲倦。他始終沒見著三哥。不，應該說見過一次，不過是在電視上。那天慧珠在家。她一大早用錄影機把節目錄好專等他晚上回家一同參見。她在家忙了一整天把每面鏡子擦得晶亮全屋子裏裏外外拭得一塵不染還精心製備了四碟小菜。雖然多少年沒嘗過她親手做的梅菜扣肉他心裏還是覺得有些褻瀆。節目不長只有半個小時。但片頭氣勢不凡。一開始便打出「風」「水」兩個中文字而且「水」字接著「風」字一大一小先後推出「風」中孕「水」「水」從「風」生兩個字生死相纏。然後是紐約市警察廳總長陪三哥上直昇機盤旋在摩天大樓上空看氣。然後三哥走進白宮的橢圓辦公室他說雷根總統的辦公桌離窗太近背後氣窄應該往前移三呎。然後他同〈早安美國〉的節目主持人面對面談入世解出世解。臨了三哥指著主持人背後牆上的「早安美國」半輪血紅的旭日說這幅畫設計得太孤單如果我是你我會讓他們在旭日上方加幾道霞光。主持人是前任美國小姐她笑的時候連旭日也黯然失色然而她說：「你的意思是這樣便可以增加收視率？」三哥的臉始終似笑非笑眼睛看著他看不到的地方。慧珠的眼睛看著他他看著慧珠的眼睛然而他看不見慧珠看見的是什麼。他始終沒見著三哥。這一年的三月初有一天他晚上有應酬十二點多才到家。遠遠的從駕駛盤後面他望出去看見他的家一屋子燈火幽明人影幢幢。一進門他看見鏡子裏一條臉白白的幽魂迎面撲來他一身冷汗。上樓見客廳裏五、六個妖形怪狀的女人一個個無聲無息只覺得每一張嘴唇都染得血一般紅在屋子裏飄來飄去。慧珠手指放在唇上躡手躡腳走近他他才發現她嘴唇原來也塗成赤紅。慧珠把他拉到書房裏坐下跟他說三哥在他們臥室裏靜坐養神她還說她明天一早要跟三哥飛西部飛夏威夷她說她決心跟三哥走短則兩三個禮拜長則一兩個月她說三哥說這是緣緣定在三世以前她修到這個緣她不能放棄。他不知道他爲什麼突然膽大包天他一巴掌打在慧珠血紅的嘴上他瘋了一樣從書房裏闖出來。他闖進臥房一把拖起入定的三哥只覺得三哥全身柔軟彷彿有一股內勁他近身不得。他有點心虛然而三哥說早已算定此劫。他看見三哥帶著那羣女人出門他看見慧珠抱住小慧瑟縮一團倒在書房地毯上他看見三哥胖嘟嘟的身影鑽進汽車然後那汽車悄沒聲息幽幽滑進無邊無際一片白茫茫迷霧裏。

他趕到醫院的時候慧珠已經離開急救病房。值班醫生的印度口音他聽不太明白，不過他聽見「腦震盪」和「腦水腫」這些關鍵字眼。慧珠仍在昏迷狀態，她脈搏、呼吸還在但她的瞳孔忽大忽小。他用床頭的燈光左側照右側照但她沒有反應，她的眼球彷彿不再轉動。他附在她耳旁呼喚她的名字，他說我是傳德你聽見我嗎你聽見的話便輕輕捏一下我的手，然而他手上沒有感覺。忽然她兩手兩脚如痙攣如癲癇，她的四肢極力伸張她的頸脖後仰彷彿獸皮綳緊在處理架上。注射後慧珠恢復了昏迷狀態，他離開病房會見了候診室裏等待的麥克米倫警官。他協助警官塡好交通事故報告表，警官慰問告辭後他給小慧撥了電話。他不想把情況說得太嚴重，他告訴小慧要她自己照顧自己，最多兩、三天等媽媽恢復體力他們便可以一起回家。他不記得還關照了些什麼，他只記得小慧出奇的安靜，她只是連續不斷的說是的爹地是的爹地。

那天晚上主治醫師決定給慧珠做氣管切開手術，他簽了字。主治醫師建議給她做人工冬眠好降低腦耗氧量防止腦缺氧減輕腦水腫，他也同意。他要求主治醫師判斷病情的危急程度，主治醫師說不能給一個確定答覆，不過初步診斷看起來是腦幹損傷，還好損傷範圍似乎局限在中腦，所以他說讓我們祈禱吧，也許她三、五天便可恢復神智，不過他又說我們還要做些試驗。

兩個月以後，他開車帶慧珠回家。兩個月時間裏除了上課他大半在醫院度過。他每天起床做完早餐然後做兩個三明治一個給小慧一個給自己。然後他把小慧的晚餐準備好放在微波烤箱裏。小慧也開始學家事，她現在負責洗衣服、吸塵偶爾也給爸爸做一道烤雞。兩個月時間裏他學會量血壓記錄脈搏觀察瞳孔注意慧珠的呼吸變化和意識狀態。他學會如何處理大小便學會如何防止肺炎尿路感染褥瘡和其他各種可能發生的併發症。他學會了按摩注射鼻飼輸葡萄糖液和簡單的減壓手術。慧珠的意識狀態沒有什麼變化她仍舊昏迷不醒既無進步也未惡化。主治醫師跟他說：「我看不出我們這裏能做的有什麼你家裏不能做。」於是他決定帶慧珠回家。

慧珠出事後梅莉莉陸陸續續來過幾通電話。慧珠回家後的第二天晚上梅莉莉又來了電話。

「嗨——」

「嗨——」

「還是不想見我？」

「我好想你——」

「我在老地方，上次我等你等到天亮。」

「我來不了。」

「你就來一下，我不留你，我只要看你一眼，十分鐘、五分鐘也好——」

「我好想你。」

「我們還有沒有希望？」

「我不知道，我好想你。」

「我告訴你，我已經快要受不了了，你不能這樣對我，沒想到你心這麼狠，你是故意整我，你故意的是不是？我什麼地方對不起你？我沒要求你什麼，我要求過你什麼？你為什麼這麼rough？你想證明什麼？我不相信你的那些解釋，我三次等你等到天亮，你乾脆說不來就算了，你說你想辦法，結果連電話也沒有，你到底要我怎麼樣呢？余傳德，我告訴你我受不了了，我要你明白點講清楚，如果我們之間還要繼續下去，你應該講清楚，我不要聽你那兩句鬼話，我受不了，受不了，受不了……」

「——」

「喂——喂——你還在不在？」

「我在這裏。」

「對——不——起，傳德，我拿起電話以前一再跟自己說，這一次，絕對不哭，可我就是不爭氣——我會等你的，我知道你現在日子不好過，我等你，你給我一點希望，一點點，只要一點點希望……」

「——」

「喂——余傳德——你說話呀！你說話呀！你或者還需要再想想？我今晚上不會

走，我等你，你想清楚給我個電話，好不好？」

「我好想你，但我——實在——來不了——」

他到半夜兩點以後才昏昏睡去，五點不到便醒了。鳥聲像黑水晶天幕下墜落的流星雨，像煙火迷離，忽明忽滅。他靜靜起床，先聽了一下慧珠的呼吸，給她把脈、量體溫、換尿布、輕輕幫她翻了一個身。他在她床前坐了一會兒，不知道想了些什麼，然後他自己囑咐自己一遍：回頭再來餵她，回頭別忘了再給她補一針維生素K，她的顱內血腫還沒有完全清除，不過不嚴重，沒有形成腦疝。醫生關照繼續給她止血，腦表層血管破裂一般痊癒較慢，醫生說過的。他換上他的威爾遜暖身運動服，順手把她床側的窗子開大一點，讓新鮮空氣流進來。空氣有點涼，他給她加了一條毛巾毯，又把她的枕頭窩好，然後他添了一雙厚襪子，穿上阿廸達慢跑鞋。出門前他看了一眼小慧，小慧睡得很香，嘴角流下一條口涎，他用她床頭的衛生紙輕輕給她拭淨，然後他躡手躡腳走進外面的乳白色晨霧裏。

他在前院的老楓樹脚下先做些柔軟活血的暖身操，從頸部肌肉做起，一直做到脚踝、脚趾尖。然後他努力分腿、下蹲、拉筋，他甩完手踢完腿，才開始沿著行人道向附近的小公園跑去。深呼吸吸入的空氣沁進肺裏，他覺得胸腔有些冰涼，跑上幾百碼以後便習慣了，然而胸腔有些發緊，他於是有意識地注意控制呼吸。他用鼻子吸氣，心裏配合底下的脚步，默念一、二、三、四、五，讓胸腔擴張到最大程度，大到不能再大，然後他開始用嘴呼氣，默念一、二、三、四、五，配合自己的脚步。馬路上偶爾有輛車開過，還亮著頭燈。從前院開始，跑完這段人行道，便右轉彎岔進小慧的學校，穿過足球場高地，跑出學校大門，才接上那座小公園。這條路，他過去測算過一次，大約是一英里不到一點。穿過足球場以後，他胸腔內的壓迫越來越嚴重。他感覺肺部或是氣管有些緊得發疼。他堅持自己的韻律，儘量保持固定的規律節奏，儘量吸氣吐氣。他知道從半英里到一英里這個階段最難捱，放棄的衝動最強勁，他告訴自己頂住頂住，繼續保持節奏。然而呼吸開始有點不聽使喚，他數到三便再也吸不進任何空氣，再數到三他覺得無氣可吐，只有胸腔鐵板一塊彷彿要脫離他的身體，腿部虛軟，兩脚蹣跚，有時兩個膝蓋不自覺地撞在一起。他沒有咬緊牙關，卻儘量放鬆手的擺動，甚至設法讓肩膀隨著擺手自然搖晃，他試著不著力地扭轉頭頸看四周，雖然他不在意看什麼，他的注意力卻從胸腔、腿、脚自動轉到了別處。然後他開始覺得額頭微微有汗沁出，前胸後背微微發熱，接著他發現汗粒大顆大顆往外冒，從髮根眉際眼梢往下淌，從耳根往下流，匯集到頸部流向前胸後背。他感覺全身散熱加速進行，腋下、腹部、大腿、小腿一直到脚底板全都彷彿浸透在蒸氣裏。然後他胸腔裏的鐵塊豁然一下打通了關，他保持他的節奏像遊艇一樣往前往前滑行。他仍然把呼吸做到底，他知道一英里以後他全身的血液循環將進入高速，他的脈搏加快，他的心臟將噴射出五倍於平常的血液，他的每塊肌肉都將膨脹興奮加入戰鬥，他每分鐘需要二十加侖新鮮空氣，他將成爲騰躍的羚羊、飛奔的馬、衝刺的非洲獵豹。他繞著公園周圍連接停車坪的柏油車道一圈圈跑下去。晨霧逐漸稀釋，但草地上方還籠著水氣，一片綠茸茸彷彿看不見草葉，只看見柔和淡漠的色彩似溶非溶。他看見臨河依水十幾株高大煙柳垂掛的萬千枝條之間有瓦灰、烏黑、赭褐、粉藍、朱紅色的大大小小鳥羣上下飜飛、來去穿梭。他繞著公園一圈圈跑下去。現在他胸中沒有了壓迫，四肢彷彿不再存在，他整個人像風箏像蜻蜓像波浪中的游魚像山頭的雲絮像潤滑如油的自動運轉像沒有意志的意志像列子御風而行。他覺得周遭的風物滲入自己而自己也溶入周遭。天空仍未大亮，景觀在逐漸消失的霧中默默堅定地緩緩展露自己的形體與顏色。遠山仍在薄暗中，峰巒在淡青濃灰之間游移，但東方的稜線上鑲滾著一道空明。他繼續繞著公園一圈圈跑下去，不再計算速度不再計算時間不再計算距離。他心裏如今十分明白到時候便會有一種恰如其分的感覺出現，他只是不慌不忙迎向這個感覺。這感覺出現時他便毫無猶豫地離開了這座小公園周圍的跑道，他轉身跑回小慧的學校。再一次穿過足球場高地的時候，他未曾經意抬起頭來，瞧見三株老楓樹掩映中的他的房子他的家。屋後面的天空裏，正有一輪剛剛冒出的紅日，很大、很軟，彷彿不能決定究竟應該下沉還是升起。他的家如今恰好籠罩在一片玫瑰色的霞光中。乍眼一看他以爲他的房子著火焚燒，然而分明不是火燒。他離家還不到一英里，他就這樣朝著那個方向穩穩跑去。

——原載《當代》，一九八六年五月十九日改定

# 白髮的白

某日。他照常躲在書房裏，妻照常推門而入，以一貫尋釁的姿態。

「你看，拍出這樣的東西來！」

妻坐下，遞給他一疊新沖好的照片。他放下手中的《松窗夢語》，立即意識到從明末被拉回現實的不快，一絲荒蕪的情緒，悄悄浮起。他看見八十三歲的張瀚，《松窗夢語》的作者，在窗前掉頭。窗外的天目松，蒼蒼翠羽，映照掉頭人的白髮。

照片的拍攝技巧並不圓熟，曝光有些過頭。也許第一次拍雪景，對反光的估計，稍嫌不足。

「這樣下去不行的，」妻說：「整天懶懶的，也不愛理人。一放學就窩在電視前面，眼睛都發炎了。叫他別看電視，就把自己反鎖在房間裏頭……」

他抬起頭，眼光裏透露了不十分吻合現實的散漫。他望著她，彷彿看見一張焦距錯置一分的特寫照片。就在他不能決定將鏡頭推遠還是拉近的剎那，她的臉龐，被她自己的聲音托住，擺動了兩下，漸漸淡入。

照相機是兒子十二歲的生日禮物，花了一百五十元美金，從猶太人開的那種以批發價招徠顧客的逃稅商店買來的，雖非名牌，卻是日本原裝貨。十三歲那年，又添了一個一三五毫米的 VIVITAR 長鏡頭。本來就是個害羞的孩子，從此更喜歡瞇著眼睛躲在機器後面看世界。

照片反映的世界，有一種十四、五歲的孩子不該有的荒涼。

兒子有一本照片簿，裏面積累了兩、三年來精挑細選的作品。他曾經翻過，趁兒子不在家時。他早就注意到兒子取材的傾向，四、五十張照片裏面，沒有一個人，沒有一個生物。動物，植物，都沒有。金屬、陶瓷、塑膠、玻璃，主要是這些。而且，色感越冷越好。對於排列組合，似乎顯示了某種不尋常的興味，卻不像一般孩子們那樣，平衡、對稱，或巧妙的幾何構圖，都不是。究竟是什麼樣的趣味，他記得曾經稍稍費心解析過一下，純粹從客觀審評的角度。印象裏留下這麼一張。一張由各種大小型號不同、形狀各異的鉚釘、齒輪、螺絲釘和螺栓組合的畫面，粗看散亂無章，彷彿從工具箱裏匆匆抓來一把，隨手一擲。仔細看，還是看出了人工擺布的痕跡——每一粒都給擺成刺眼的樣子，硬要讓觀者不舒服。整體看，便出來一種緊張感。秩序，是沒有的，但有一種吸力，一種冷漠的磁場似的感覺。

他也不曾覺得這又有什麼不妥。

看到這張滿紙釘子的照片，是去年吧？那個前後，他們正鬧離婚。他覺得自己無可挽回地走向絕境，她覺得再也無法忍受他加給她的無端屈辱。他們的爭吵，越來越有氣無力。兒子在這一年進入了 Teen-age。

那天，他正在開會。學校的護士打緊急電話來。兒子跟人打架，嘴巴破了，鼻子流血。

趕到校長室的時候，兒子的情緒似乎已經穩定下來。在這種場合，他發現十三歲的兒子學會了冷靜鬥爭的技巧，一口咬定對方是個種族主義者，因爲那個白孩子罵CHINK。白孩子的眼圈淤黑一團。在他們這種社區，種族主義多少是個觸碰不得的禁忌，因爲直接影響房地產的價格。結果是校長勸服白孩子的家長向他道歉，白孩子保證以後不再動手，其實，他當時已經知道兒子先動的手。回家以後，兒子沒有解釋，也沒給他任何說教的機會，他一向也不喜歡說教，只覺得乏味。然而，那一次，他發覺自己心中的那個所謂絕境，終究也是一種幻象，就跟年輕時以爲理想絕不可能是幻象一樣。這是他對她兒子感到歉疚的開始，不過她並沒有因此回到他身邊，他已經習慣於不傳達自己的感情，她也有一條自尊的防線，兒子自然也回不來。他在他自設的監獄裏疲倦地活著。

她保留她的惱怒。兒子的冷漠逐日硬化。

習慣的勢力延續著屋頂下三個人的共同生活，像他看見的每一個家一樣。

妻遞過來的照片一共有七、八張，同一個題材，同一個角度，同一個距離，甚至連焦距、景深和曝光時間也看不出有什麼分別。不可能架好攝影機對著同一目標按下七、八次快門的，因此只是同一張作品的翻印，所以，唯一的解釋，也許是要用這批照片作素材，拼剪出另一幅作品。他於是立刻想到普普，想到 Andy Warhol，想到可樂瓶、康貝湯罐和瑪麗蓮夢露的單調機械排列畫面。但兒子絕不可能成爲普普藝術家的，眼睛裏目前只看見自己，不可能有社會意識、機械工業、商業文明。他估計，兒子甚至連 Andy Warhol 的畫片都沒有看過。他見過兒子的藝術課老師，一位典型的嚮往十九世紀歐洲的美國小城藝術家，一位老太太。如果這個推測屬實，那就只能有一個結論：兒子的這張即將完成的作品，不是模倣，而是創造。

兒子的直覺或者已經開始觸及他半生衝撞摸索所歸納出來的世界！他對著如今攤滿一桌面的兒子的照片，忽然一陣發抖，彷彿有靈魂似的。

照片的背景是一片積雪，然而因爲曝光過度（或者是有意的曝光過度？）因此沒有反光，只是模糊一片白。那白，因爲沒有光澤，色質感覺，便接近光源暗淡空間裏白髮的白。這平板枯索的白底之上，端端正正，坐著一只抽水馬桶，綠灰灰的陶瓷，也沒有閃光，張著大嘴。

隔書桌坐著的妻，兀自喃喃。他始終沒有答腔。但是他看見她緩緩抬起頭來。她的面容，徐徐舒卷如偎依藍天的白雲。

「不管你怎麼想，這孩子需要身體的接觸，」她的聲音裏沒有了焦灼，沒有了慍怒，她繼續說下去，以不慌不忙的節奏：「你能不能不那麼吝嗇，捏捏他的手，拍拍他的肩膀也好。」

他仍然沒有答腔，只吃驚地巡視著她的眼睛。

「能夠這樣說話，眞是幸福。」

他心裏只說了這句話。

然後，在他來不及重新埋頭向書之前，他看見妻、自己和兒子，三個人同被蕭索白髮似的白色所席捲。望著楹外一松的張瀚，轉過身來，化成綠灰灰的抽水馬桶，張著大嘴。

他當時沒有察覺。然而，三個人之間的相對關係，像一切不易察覺的化學變化一樣，確實從此開始，從白髮的白色裏。

一九八七年十一月二十八日紀念猝然撒手而去的父親

——原載一九八八年二月《聯合文學》第四〇期

# 重金屬

向南直放的這條三線道州際公路，至少在這一段，特別在這個時分，絕對可以放膽超速。然而，我不想超速。八汽缸兩噸重的車，車速維持在每小時五十五英里，前後視線所及，又幾乎不見一盞人造的燈光，感覺上像是深夜海上執勤的巡邏艇。我採取搜索的姿態，守著自己的營壘。

我沒有看他。他正在看月亮，我知道，因爲這月亮逼人去看它。兩個小時下來，公路儘管有小小的彎曲，那月亮卻始終揮之不去，掛在前方不見星光的夜空裏，像一面赤銅色的巨鑼，彷彿等待敲響。

這冷靜的對陣，不久便瓦解了。一輛貨櫃車轟隆隆切過身旁，我數了數，足足有一十八個輪胎。爬——蟲。緩緩蠕動。到了正前方，擺正身軀，拉開距離，失去爬蟲的形象，凝結成長方形的一列電鍍鋅塊，輕輕飄浮，在赤銅色巨鑼的閃閃蠱惑和車內兩個幽靈的稍縱即逝之間，形成一個美滿的距離，輕輕飄浮，遍體反射熒光，一只變形的飛船。

恰在這時，我心中汩汩湧現喜悅。而他，毫不知覺。

月亮、貨櫃車、不說話的我們，三樣東西，成一直線，保持著彼此之間美滿的距離。三樣東西，像靈魂那麼輕，同步，以每小時六十英里的速度，向南直放。

從出門到現在，他沒開過口。她始終用重金屬敲打自己，Rush 之後，是 Led Zeppelin，然後，Pink Floyd。我從不斷泉湧的喜悅中看他。他始終被敲打，他死盯著那面赤銅色的月亮，彷彿想從他的重金屬世界裏抽出一枝大錘，去敲響那面閃閃蠱惑毫無實質的巨鑼。

「讓我來敲敲看。」我暗忖。喜悅源源浪湧。

我抽出他的重金屬，換上一盤披頭，披頭的黃色潛艇。世界是可以像黃色潛艇那麼輕快的，你何不試試看？他沒有反應。對於披頭，他並不反感，我知道，因為這盤披頭，也是他的。我給我的回程，準備了五盤，全是巴哈。回程沒有巴哈，是不行的。現在，我用不上巴哈；現在，我只需將我的喜悅渡給他。然而，他沒有反應。既沒有抽掉披頭，也沒有反應。我的喜悅渡不過去。他始終收著翅翼。

你應該試一試，飛起來，張開翅翼，飛起來！

他拒絕起飛。水面上的浮標，用上升的力量，抵制水面下鉛墜的沉重，相持著。黃色潛艇的歡快，變成了馬戲班的配樂。黃色潛艇擱淺，我也擱淺。他，鐵塊一般，被自己的磁力吸住，無法動彈。他，墜落在自己看不見的磁場裏，飛不起來。

我的喜悅，渡不過去。非但渡不過去，且隱隱有下墜之勢。我必須走出我的世界，他必須走出他的世界；我必須走進他的世界，他必須走進我的世界。就這麼簡單，像初中生解幾何題一樣。然而我知道，去年這時我便知道，這個幾何題，誰也解不開。然後我突然想起來，去年這時，他曾經要求讓他開車，我猶豫了一陣，答應了他，他又拒絕了，於是我說：

「哪——，下一程，你來開！」

我盡量說得若無其事，其實他還沒有駕駛執照。他今年剛滿十六歲，在他們那一州，十六歲便是駕車的法定年齡，但他還沒有考執照，他母親沒讓他，爲的是防他找我。

他第一次轉過頭看我，他知道我在賄賂他。只不明白爲了什麼。他依然沒有反應。

月亮仍在前方，貨櫃車仍在前方，我努力保持美滿的距離。

我開始覺得自己愚蠢。

我望著前方，僞裝全神貫注開車，但感覺他的眼光，在暗中，細細搜索我的臉色。

他忽然將黃色潛艇抽出，換上另外一盤。

「哪——，這才是你們的音樂，你們那一代的。」

我的喜悅，隨著黃色潛艇，一同消失。

他說話時，口氣透著鄙夷，然而，仔細聽，鄙夷得有些做作，因此我知道，鄙夷不是眞心，只是他的年齡，他的處境，迫使他這樣。爲的是他要渡我，又不能讓我知道。

音樂是他挑的。不錯，是我們那一代的，因爲從裏到外，散發迷幻藥的異香。還是披頭，還是Led Zeppelin，還是Pink Floyd。然而，又不是他用來轟炸自己轟炸我的，也不是我用來渡他的。是稍縱即逝的幽靈朶朶，在古印度傾圮的寺廟裏，夜月下，蝙蝠般飛行。忽然，這幽靈朶朶，全部鑽入水底，化成音符粒粒，因沉溺而腫脹的音符粒粒，一粒粒裹在水泡裏，與水泡一同沉溺，一同浮昇。

月亮還是一面巨鑼，赤銅色，等待敲響。變形的飛船，遍體熒光，輕輕飄浮。我和他，誰也渡不了誰。

去年這一趟旅程，也是這樣，誰也渡不了誰。

去年，他剛滿十五歲，他母親不敢違抗法院的判決，第一次放他跟我共度暑假。他喉結乍突，聲音初變，他曾經用初生硬羽的語氣對我說：

「坦白說，我同情你們兩個！背著彼此，拚命討我的好，又有什麼用！什麼也改變不了。除了——除了，也許對你們的內疚，有些好處，但實在沒有必要……你知道……。」

他的喉音，仍然不易控制。他說「你知道」之前，投控制好，憋出了童音，所以頓了一頓，彷彿口吃。也許，說「內疚」這個英文字時，自覺說重了些，因此憋出了童音，也未可知。

這過去的一年，他長成了。不但沒有了童音，連硬充大人的意識，也一併長掉了。他眞的成了大人，幾乎。他跟我過了一個暑假，一次脾氣也沒發過。我們相處得謙謙有禮。這次送他回他母親那裏，出發前，甚至想到爲我錄好這盤音樂。他說「這才是你們的音樂」時，我聽出他嘲弄的語氣裏，還有一絲沾沾自喜。只有那麼一絲絲，讓你不能判斷，是裝老，還是眞老。然而，除了嘲弄，還有鄙夷，鄙夷出賣了他。

如果一個暑假，誰也渡不了誰，這短短的一程，又怎麼可能？這個意念，在他說「你們那一代」時，第一次進入我的意識。我發覺我沒有抗拒。

然後，放下了抗拒的我，開始跟隨音樂飛行，在古印度傾圮的寺廟裏，像沒有眼睛、單憑電波的蝙蝠，跟隨披頭，跟隨 Led Zeppelin，跟隨 Pink Floyd，跟隨他選擇的音樂，穿過月夜，鑽入水底。然後，我從我放下了抗拒的飛行裏感覺他漸漸放下他的抗拒。然後，我不再渡他，他也不再渡我。然後，我看見他，他看見我，互相傾注，又互相獨立，只尾隨鬼一樣反射熒光的飛船，尾隨四野不見光的光，尾隨全盤石化滿懷異香的重金屬的航行。然後，那面赤銅色虛懸於地平線上方的巨鑼，忽然噹的一下，敲響了，嘩然如亂蝶飛舞。我，不知那裏來的力量，猛踩油門，加足馬力，以每小時一百英里的高速，箭一樣切過始終壓住前路的貨櫃車。鬼鬼的飛船，甩在後面。美滿的距離，倏然消失。只留下震耳欲聾的赤銅色的重金屬、月亮，占領我，占領他，占領全軍，占領整個世界。

「我喜歡這個，我喜歡這個！」

他渾身上下在動，磁場粉碎如雪崩。

我以為他說的是車速一百英里。

「我喜歡你們那一代的音樂！」他說：「全是靈魂，除了靈魂，什麼也沒有。」

啊，主，我知道，沒有這個速度，他不會跳出他的磁場。啊，主！我知道你讓我踩下了油門。你終於讓我們相會了，我知道。

「爸！你其實也應該喜歡我們這一代的音樂，」他繼續說下去，用他帶一絲絲沾沾自喜的初初成人的聲腔說下去：「我們的音樂，也全是靈魂，除了靈魂，什麼也沒有。」

啊，主！我當然喜歡，因為，那面忽然敲響如重金屬的赤銅大鑼，仍在前方，永恆的前方，且一路喧嘩歡騰，如滿天散落的花雨。

——原載一九八八年四月《當代》第廿四期

# 江嘉良臨陣

對於世界各地身手矯健、野心勃勃的萬千乒乓球運動員，三月二十九日至四月九日的聯邦德國魯爾區杜蒙城，就是他們的麥加。

對於遍布全球數以億計的黃帝子孫，杜蒙是一個不大不小的里程碑。三十年前，一個名字叫做容國團的中國人，揹著近百年東亞病夫的包袱，擊敗了各國選手，拿下男子單打冠軍，奪得了現代中國人的第一面體育運動的金牌。

甚至可以說，在杜蒙這個以啤酒與煤著名的小小工業城市裏，中國人創造了第一個「世界第一」。雖然這個「世界第一」，在許多人心目中，只不過是兒童玩具似的「遊戲」。一個輕飄飄的乒乓球，重不過一兩，打起來，活動範圍也不過三、五步的距離。然而，這個「遊戲」，可不那麼簡單，爲它獻身一輩子的大有人在。在國際體壇上，它是五大運動項目之一，以參加這個運動的活躍人口統計數字算，它是人類第二大的項目，僅次於足球。在這個運動的專業領域裏，除了運動員、組織者、行政人員以外，還有專門從事研究的理論家、醫生和乒乓學專家。專業教練員會告訴你，現代乒乓球攻球的飛行速度，每小時超過一百英里，質量高的弧圈球，每秒鐘旋轉不下兩百次。在一次國際水平的競賽中，當這個輕飄飄的白色賽璐璐球體以不到零點四秒一個來回的高速，夾帶著變化多端的強烈旋轉，面向你衝來時，受挑戰的豈只是人體肌肉收縮機制與神經纖維反射機能的複雜協作，運動員的情緒控制、智力判斷、意志品質、甚至可以說整個人的精神組織，都面臨瞬間定成敗刹那決生死的極限考驗。

對於杜蒙城威斯特法侖體育館練習場觀衆席上的斯坦納先生與井上先生，這是一場盛會。

「這是我的第五個『世界』，你呢？」

「第三個，下一個『世界』，就在我家鄉日本千葉縣舉行，你來不來？」

「你賭吧！」

「你也玩乒乓球？」

「很慚愧，十五年前開始的。人家是年輕時打乒乓，年紀大了玩高爾夫，我剛好相反，你呢？」

「噢！人生不往往就是這樣？是的，我也玩一點，不過，我的職業是日本乒乓球事業的重振，你知道，日本人五十年代是世界冠軍，現在，我們有錢了，卻落後了、墮落了。你知道，日本戰敗後，乒乓球給了我們信心和榮譽。美國人大概沒這個問題吧？」

「美國人？我們還沒學會玩這種遊戲，太精巧太細緻了。也許我們也該好好玩玩，是不是？照相機、電腦、汽車，什麼都玩不過你們了，我們也得學學這一類技術難度高的東西，對不對？」

「哈……你看這次誰能拿第一？」

「中國人，當然！」

「誰？」

「江嘉良，當然！」

「江？哦，我們都叫他J．J．」……

對於代表美國也代表過加拿大的麗兒．紐伯格爾太太（原名Leah Neuberger，綽號MS. PING，即乒小姐），杜蒙是重溫生命光彩的夢土。環形的威斯特法倫體育館像羅馬時代的競技場，門前車水馬龍，遠處湖水盪漾，四周是新綠初現的公園草坪，高大的花樹含苞待放，半空裏飄揚著五洲八十一個國家和地區的彩色旌旗，國際健兒的風雲際會，慶典式的喜悅與歡騰，青春歲月，戰鬥吶喊，獵犬的身體，狡兔的動作，紅黃白黑一律發光的皮膚上，大汗淋漓……

乒小姐身上是輕便的絲絨運動服，頭上紮著蝴蝶結，她跟一位相貌凜然的中國男子握手。在他們身後有一座雄偉的建築，遠處隱約可見百年不壞的天安門城樓。

乒小姐和中國男子的臉上都放著光芒，那是一種奇怪的光芒，一種色質與榮耀的死的混合，一種光澤，瓷器的光澤，乒小姐與周恩來握手，笑著，站在巴掌大的瓷像裏，別在紐伯格爾太太粉紅色的衣襟上，她稀疏的金髮剛燙過，帶著莎莎嘉寶的風姿。紐伯格爾太太別著她特製的紀念章，在觀衆席上看江嘉良練球，她愛中國人，她愛中國人給過她一生的唯一一個永恆。她的永恆發著瓷器的光澤，在紀念章裏。那是一九七一年，乒乓外交。

「他們，你知道，那些政客，那些官僚，他們都說打開中國的大門，是他們的功勞……」過了中年的莎莎嘉寶認眞地埋怨，「他們不知道，眞正造成歷史的是我。中國人認得我，對我好。一九五四年，我打敗過孫梅英、丘鍾惠，當然，兩年後她們又打敗了我，她們是世界冠軍呀！在東京，要不是她們認出我來，怎麼會邀請他們，這批官僚，這批政客……」

對於連任兩屆世界男子單打冠軍的江嘉良，杜蒙可以是天堂，也可以是地獄。

一九八五年，瑞典的哥德堡，第三十八屆世界大賽，來自孫中山故鄉的江嘉良，一路過關斬將，決賽時碰上的是另一名中國選手，四川人陳龍燦，打了一個輕鬆的勝仗。觀衆席上發出開汽水的噓聲。有人說這是中國人預先布置好的比賽，「他們要江嘉良贏，因爲他身材好，臉蛋漂亮，像個世界冠軍……」

一九八七年，印度的新德里，英地那・甘地體育館，第三十九屆世界大賽。一個瑞典冷面殺手華德納衝破了中國人的包圍圈。四分之一決賽打敗陳龍燦，半決賽又宰了滕義。發球刁鑽古怪，正反手能拉能衝能打，節奏彆扭，落點毒，技術全面，近枱碓、點、推、擋、撇，中枱拉扣結合，遠枱放高球打回頭，各有一套本領。

決賽進行時，中國教練團裏有人不敢到場，在旅館房間裏連轉播也不敢聽，電視機響著，人躲進廁所，掌聲雷動時便沖水……

在世界賽上，男子單打採五盤三勝制。第一盤，江嘉良的獨門功夫正手快帶弧圈球不靈光，失誤率高達百分之九十。華德納看準了這個弱點，儘量用拉兩大角的戰術。江嘉良的攻勢也不靈光，小弧圈一拉起來往往就給華德納反手一板打死。少了這兩手，江嘉良攻守兩條陣線都出現危局。二十一比十四。在場的中國教練面如死灰。

第二盤開局形勢依然。華德納以九比三領先，這個距離再拉大一點就逼上了絕境。江嘉良兩條濃眉綴成黑線一條，換發球時，他不顧擦汗，兩腿蹲地，上下跳動，扭頭轉頸，甩臂搖手，他拚命要求自己加速進入興奮狀態。不興奮到極點，江嘉良打不出水平。目前的形勢要求他超水平。

印地那・甘地體育館可容納兩萬人，世界各地的電視機前，觀衆以億計。以人口算，江嘉良的後援強大，但現場實況卻是一面倒。除了集中坐在一處的百來個旅印華僑組成的啦啦隊，場內兩萬名觀衆絕大多數支持華德納。打倒中國人雄霸乒壇多年的局面，成了在場所有非中國人的共同願望，華德納贏一球，場內便歡聲沸騰一次。江嘉良頂著四面八方的壓力，頂著來自內裏更頑強的壓力，他的手並不軟，該打該殺還是照打照殺，但他的身體太緊太硬，腕太僵太直。他的失誤餵養著他的憤怒，憤怒使他興奮，興奮使他放鬆……

華德納信心強了，膽子越來越大，他走向不可侵犯的江嘉良禁區，放手發了一個斜線左側長球直追江嘉良的身體。這時刻，百分之百的本能反射，因爲快如閃電，江嘉良右脚一蹬地，左脚向前方滑一大步，側身，重心還原右脚，持拍手猛烈大爆發，重扣一板。這是最兇狠的江嘉良接發球搶攻，這是拚命的打法，因爲對方若是轉擋正手，側身後的江嘉良，勢難搶救。

華德納改發近網下旋球，江嘉良擺短，華德納起不了板，也擺短。江嘉良右脚伸入枱下，右手平伸枱內，調整拍型，一記快撥中路，華德納輕拉江嘉良反手，江嘉良退後一步打直線，華德納大步移位猛拉正手空檔，江嘉良輕輕一墊脚，立即交叉步撲正手，好不容易救了這一球，對方已經打回了頭，落點更刁，因為撲救正手的江嘉良正在向中路位置還原，大板前衝弧圈球，已經拉到了正手位枱角，角度更偏，眼看這一球，就要飛走，但是，江嘉良也飛起來了，一記漂亮的正手快帶，球過了網，江嘉良的右脚才落地，華德納呆了，連拍子都來不及伸出去……

全場驚愕。至少有三秒鐘，聽不見任何聲音。沒有球的聲音，也沒有人的聲音。

這一盤，江嘉良贏得並不輕鬆，二十一比十九。第二十一分靠的是對方的失誤，球一出界，江嘉良空手接住球，持拍手本能地向下一沉，準備把手上兜到的失誤球一板打上天去，半路又縮了回來，球輕鬆放回枱面。多年訓練有素的紀律，突然在極端興奮完全飛了出去的身體與精神狀態中，適時收了回來，好像中間連著一根無形的橡皮筋。

這一個無意識的，幾乎失控的動作，使人感覺江嘉良過了嚴竣的一關，第三盤他打得果然得心應手。相反，華德納的第三盤，球路平板，一星星火花也沒有。

第四盤，華德納面臨淘汰，他打得沉著嚴密。事實上，他一路領先，終局前的比數一度到二十比十六，江嘉良落後四分，只要一個球，華德納便可以將戰局逼上第五盤。從雙方的對壘狀態看，華德納的技術實力，已顯優勢，江嘉良靠的是氣勢，靠的是意志力，靠的是不服輸的拚搏精神。但是，華德納也非等閒之輩，發誓要奪世界冠軍，少說也有四年。一九八三年，東京第三十七屆大賽鍛羽之後，華德納狠了心，要出頭，非過亞洲關不可。他到北京學球，苦練對付亞洲近枱快攻的手段。他拿過歐洲冠軍，不但瑞典，全世界都把他看成打敗中國霸權的希望。中國人讓他去了一次北京，第二次申請便擋了駕。「再讓他學下去，不好對付了。」中國人說。

這最後一輪五個發球掌握在江嘉良手上。他擦完汗，走到左半枱，先面向右，準備發正手球。華德納偷偷調整兩脚，心裏的疑問是：側身快拉正手直線，還是壓反手斜線？江嘉良突然轉身，輕輕拋球，反手揮拍，在球底部迅速擦過，發了一個強烈下旋近網短球，華德納跨步向前，一碰球，下了網。接著，發近網中路，打反手，再打正手……一連串巧取豪奪。形勢扭轉，竟以二十一比二十領先，眼看一場惡戰就要結束，江嘉良人整個傻了，眼睛發直，全身神經緊綳，血脈賁張，喉嚨深處發出非人的聲音，聽起來不像吶喊，而像呻吟！手裏依然握拍，夢遊症患者似的，沿著長方形的比賽場地走了一圈。這個違反常理的舉動，不但江嘉良本人如在夢中，全場觀衆也看傻了，華僑組成的啦啦隊傻了，連裁判員都傻了，雖然規則裏沒有這一條，但比賽中的球員形同示威似地跨過戰鬥線，到對手的陣地逛上一圈，卻是從未見過的場面。裁判員沒有表態，因爲他不知道該如何表態。

戰鬥並沒有在這裏結束，還持續了五個回合，但江嘉良的勝利姿態，已經鎭服全場，鎭服對方，甚至鎭服了自己。華德納最後一球拉出界外，江嘉良左手握拳在空中猛揮，接著，你幾乎可以聽見他全身的細胞一顆顆炸開，是的，你也許聽不見他的細胞，但你絕對不會聽不見他的極其舒暢的哭聲，像一個受盡委屈的小兒女，忽然面對了眞相大白的世界……

在所有乒乓球運動員中，江嘉良的臨陣姿勢，最能傳達間不容髮的臨界點狀態。拉開長鏡頭，對好焦距。裁判員宣布比賽開始，記分員翻出了零比零。江嘉良碎步向前，移向左半枱後方不到一臂的距離，兩脚掌在地下摩擦著，彷彿短跑運動員尋找起跑點，然後身體半蹲，兩腿分立，小腿上狀如紡錘的肌腱，根根暴起，腰部微彎，上身微向前傾，兩臂曲成九十度，小臂向前平伸，持拍手青筋微露，五指形成猙獰曲線，拍底三指並疊，彷彿要摳進板內，拍面大拇指與食指相扣，形成大虎口。

江嘉良臨陣，氣壓立刻上升。站在對面的，無論是誰，立刻感覺一線懸命。因爲迎你而來的，是叢莽裏貼地潛伏伺機猛撲的食肉獸，直瞪著你的，是俯衝鷹鷲的兩隻眼睛。

下午兩點到四點，中國隊暖身練習時間，地點排在威斯特法倫四號館。模仿歐洲兩面拉打法的許增才給江嘉良餵球，兩點打一點，江嘉良橫向移位，左推右攻，從正手拉回到左半枱，偶爾打一板反手。有個新聞記者注意到了，問中國隊教練：「加反手了？」教練說：「加是加了，用不用得上，還成問題。」觀衆席上，有外國球員觀摩，有敵隊教練偵伺，江嘉良所到之處，總有一羣人跟著，少年球迷等他休息的時候簽名，專業和業餘攝影家在四周尋找角度，捕捉瞬間。有這麼一種氣氛籠罩在四十屆大賽男單比賽的前夕，籠罩著江嘉良。江嘉良的正宗中國近枱快攻打法面臨危機，發球技術不過硬，前三板優勢沒有了。端典人的快彈破了他的反手推擋和小弧圈過渡，南韓人的中枱拉回頭破了他的搶攻。還有波蘭的格魯巴、蘇聯的馬祖諾夫、法國的加提安，都趕了上來，技術更全面。左推右攻碰上了新興的橫拍近枱兩面弧快，頂不住了。不久前，在巴賽隆納，江嘉良敗在比利時一個十八歲少年名不見經傳的菲律浦・賽維拍下。一九八八年漢城奧運會，江嘉良沒有進入前四名、同年稍後的歐亞對抗賽，江嘉良連前八名都沒打進去。在湖北黃石爲這次世界錦標賽備戰的封閉式高強度訓練中，江嘉良練了新發球，強化了反手攻，但是，模擬比賽中，第一輪便遭淘汰。

眾目睽睽之下，江嘉良奔跑著，揮汗如雨。有這麼一種空氣籠罩著，全世界的好手，配備了現代錄影的便利，專業知識的指導，早就把江嘉良研究得通體透明，江嘉良的每一個動作在他們心目中背熟了，練好了對策，全世界的好手都來到了杜蒙。在江嘉良搶攻三連冠至高榮譽的每一個關卡上，都埋伏著一個有備而來的刺客。

江嘉良，廣東人，八歲開始學球，二十二歲登上世界男單冠軍的寶座，現年二十六歲，身高一米七五，體重六十五公斤，具有中國乒乓球專家心目中最優秀的體能條件和精神品質，神經類型屬上上選。中國傳統正宗近枱快攻的代表人物，右手慣用老順風直拍，貼上海紅雙喜 PF-4 紅色正膠片，國際乒聯評定一九八五年至一九八九年世界第一號男單種子選手。沒有人知道他此刻心裏想些什麼，但每個人都知道，他只剩下三天，便將臨陣。

——原載一九八九年四月五日《中國時報》

# 《秋陽似酒》序

楊牧

劉大任少年時代寫詩。或者這樣說：劉大任少年時代自覺地寫著一種他和我們都認爲是詩的東西，篇幅一概不長，充滿了感性和情緒，意象鮮明，卻往往有點脫節，好像隨時都要散開的樣子，但如果我們專心去追尋，又彷彿是堅實地聯絡著的，一個環結勾住另外一個環結，次第鋪陳，頭頭是道。我記得他寫的東西都是這樣一類的，尖銳地、有意地布置著個個不同的小世界，其中氣候冷熱無常，飄浮著炫耀的思考點滴，形上的概念和最最形而下的慾望穿插進行，快速地轉動，有時終於使我們措手不及，不知道那小世界的主人去了哪裏，失去蹤跡了，但聞人語響，在偶發的彩色閃光裏窸窣宛然。等我們似乎找到他的時候，戛然，詩也完了。

他寫了不少這樣的詩，應該就是散文詩之類的，接近魯迅「影的告別」那傳統，和六十年代商禽用功的散文詩不太一樣，可是又好像比魯迅他們要飄搖些，總是靈性十足。

無論如何劉大任的散文詩從來不缺乏一個事件，某種情節；每當我們調整角度觀看的時候，都會發覺那散文詩其實駸駸然有短篇小說的意思。他的人物能思維，敢突破，其實是血氣旺盛的人物，其實都是他自己；但那時劉大任兀自少年，為了哲學上的「存在」，便將自己髹漆了一層慘綠色的顏色。

我認識劉大任的時候，已經過了《筆匯》、《劇場》、《文學雜誌》的時代，甚至《文星》也停了，而《現代文學》正呈第一度疲憊虛脫的現象。劉大任專心學院課業，卻落拓地談論著慘綠少年的見聞：田園咖啡館的夏士達克維基，台南鄉下旅棧裏嘓嘓喧譟的蛙鳴。他終於放開篇幅寫了一些線索分明的小說，常常將他的人物比做昆蟲——那些人物顯然不是他自己，又好像是，至少是他心中害怕自己有一天會變成的人物，或者冥冥然預言自己可能就要變成那種人物，也未可知。有時他緬懷著一些什麼，批判地回憶著，鞭笞曩昔的形象，包括別人和他自己。他的小說意識強烈，主題撼人，而文筆風格卻始終維持著散文詩的密度，濃郁處有一種鄉愁的醇味，輕淡時獨見淺淺的懊悔——也不知道為什麼。我讀他的小說，覺得劉大任心裏很苦，因為愛所以苦，因為恨也苦，那時他除了讀書和寫作以外，最熱衷的是在玻璃缸裏養熱帶魚。

不久釣運起，大家心情為之一變，劉大任的參與投入不但使他束書輟學，甚至使他完全放棄了文學創作，進入另外一個理論和行動的世界。他曾經為此意興風發，也曾經爲此憂傷頹唐。他終於告別了少年慘綠的時代，整個精神曝曬在猛烈的驕陽下，遂遠走非洲，脫胎換骨。等到赤道歸來以後，劉大任不再飼金魚了，開始養蘭花。「世界上最好的蘭花，」他對我說：「長在台灣深山的幽谷裏。不知道哪一天我還能回去，親自入山尋覓？」他重拾小說，寫了一部長篇。長篇完成後，幡然改變，乃回頭創造了一系列精緻結實的作品，從〈鶴頂紅〉經〈草原狼〉，一直到〈秋陽似酒〉和〈四合如意〉等等。這些是最具備劉大任一貫關懷風格的短篇小說。

風雲際會，滄海桑田，可是就文學的路數看，劉大任今天的心胸和當年並沒有什麼不同。基本上，我敢大膽地說，是完全一樣的。當年他的詩採取散文的形式，肆意規劃著情節，悲歡離合的事件在他特定的天地裏發生著，雖然欲言又止，終於揮之不去。歲月令人老，我們各自在天涯海角獨力抵抗著層出不窮的誘惑、恫嚇、收買、打擊，穿過繽紛和洶湧的嘲笑；我們也曾那樣枯坐斗室面對自己的懷疑，除了挫折，還有寂寞。這一切很實在，劉大任懂，我也懂，我們同時代以文學爲社會教化的朋友夥伴，無論他選擇的是溫和的還是劇烈的手段，無論他活在紐約或是台北，摩天樓下，老榕蔭裏，我們不會不懂。是的，工作的慰藉往往並不來自「現實的眞」，反而來自「文學的假」。白頭以後才發現，我們發現，原來所謂現實的眞竟充滿了虛僞和欺凌，而文學的假在沉靜處檢視反省，粲然是我們值得獻身追求的教化理想，直接，有效——只是因爲這條路太難走了，我們竟錯以爲它是假的。當年劉大任的詩勾畫著小說的情節，如今他的小說爲我們兌現了詩的承諾，雋永綿密，有餘不盡。他的天地擴大了，往返無非千里，出入便是十年，而那些小說裏的人物不再是他，說不定不是他，說不定也正是他，正是我，正是你。

我和劉大任相知二十餘年，想起昔日相與飲酒詰難的，座中不乏豪英，「杏花疏影裏，吹笛到天明」。南宋陳簡齋憶洛中舊遊曰：「二十餘年如一夢，此身雖在堪驚！」約莫如此。

——一九八五年十一月西雅圖

# 劉大任小說評論引得

方美芬
許素蘭　編

**說明：**

1. 本引得，依發表或出版日期之先後順序排列，以一九九一年十二月卅一日以前國內發表者爲限。
2. 若有舛誤或遺漏，容後補正。

| 篇名 | 作者 | 刊（書）名 | 卷期（出版者） | 出版日期 |
|---|---|---|---|---|
| 1.〈杜鵑啼血〉附註 | 馬森 | 七十三年短篇小說 | 爾雅 | 一九八五年四月 |
| 2.劉大任的中國人——評《杜鵑啼血》 | 龍應台 | 新書月刊 | 一九 | 一九八五年四月 |
| 3.劉大任的中國人——評《杜鵑啼血》 | 龍應台 | 龍應台評小說 | 爾雅 | 一九八五年六月 |
| 4.有酒無鄉，有鄉無土——評《秋陽似酒》 | 康來新 | 聯合文學 | 二〇 | 一九八六年六月 |

| | | | | |
|---|---|---|---|---|
| 5.「政治小說」三論 | 呂正惠 | 文星 | 一〇三 | 一九八七年一月 |
| 6.劉大任的《浮游群落》 | 王德威 | 中國時報 | | 一九八七年一月四日 |
| 7.尺幅萬象——綜論《秋陽似酒》 | 李明駿 | 文訊 | 三〇 | 一九八七年六月 |
| 8.「政治小說」三論 | 呂正惠 | 小說與社會 | 聯經 | 一九八八年五月 |
| 9.追尋「歷史」的欲望——談劉大任的《杜鵑啼血》和《秋陽似酒》 | 王德威 | 聯合文學 | 五七 | 一九八九年七月 |
| 10.反映台灣現實的政治小說——《浮游群落》 | 何春蕤 | 中國時報 | | 一九八九年十月十六日 |
| 11.在習習晚風中 | 王嘉仁 | 自立晚報 | | 一九九〇年二月廿一日 |
| 12.「臨陣」的姿勢——評劉大任的《晚風習習》 | 王德威 | 中時晚報 | | 一九九〇年五月十三日 |
| 13.一個知識分子的自贖——讀劉大任《習習晚風》 | 楊　牧 | 中國時報 | | 一九九〇年九月廿九日 |
| 14.以文學心靈擁抱中國——從破裂鏡頭觀察人生的劉大任 | 林黛嫚 | 中央日報 | | 一九九一年十月十七、十八日 |

# 劉大任生平寫作年表

方美芬 編
劉大任 增訂

一九三九年 1歲 二月五日出生於動亂的中國，原籍江西永新。

一九四八年 9歲 七月，隨父母遷抵台灣。先就讀台北市東門國小五年級，後考入台北女師附小六年級。並在父親殷切盼望下，填鴨式地閱讀大量中國典籍。

一九五〇年 12歲 九月，就讀師院附中（即師大附中前身）實驗一班。

一九五六年 17歲 考入台大法律系。在大學時代，喜愛鑽研蘇俄及日本文學，並偷偷地閱讀三、四十年代作品，因此自嘲是看違禁品長大的。不過倒也開始萌生文學的情愫。

一九五八年 19歲 爲追求生命的意義，不顧一切地轉入哲學系就讀。其間結識了不少《現代詩》和《創世紀》兩個詩刊，以及「東方」、「五月」畫會等浪子型前衛派的朋友。此期是其文學道路摸索的開始。

一九六〇年 21歲 二月，短篇小說〈逃亡〉發表於《筆匯》革新號一卷十期。四月，散文〈月亮烘著寂寞的夜〉發表於《筆匯》革新號一卷十二期。五月，自謂以散文筆法創作的第一篇短篇小說〈大落袋〉發表於《現代文學》二期。七月，台大哲學系畢業，旋入伍服役。八月，新詩〈溶〉發表於《筆匯》革新號二卷一期。

一九六二年 23歲 自軍中退役。

一九六三年　24歲　九月，任美國夏威夷大學東西文化中心科學研究員，至一九六四年六月。
一九六四年　25歲　九月，散文〈散文三章〉發表於《現代文學》十八期。
一九六五年　26歲　就讀夏威夷大學時，結識了學戲劇的邱剛健。
一月一日，與邱剛健、黃華成、陳映眞、莊靈、李至善、方莘、王禎和等人合辦《劇場》雜誌。二月，散文《無門關外》發表於《現代文學》二十三期。四月，散文〈西北的窗〉發表於《現代文學》二十四期。是月與邱剛健合譯劇本〈等待果陀〉，並假耕莘文教院演出，在當時小文化圈頗為轟動。七月，譯作〈伊狄帕斯王悲劇動作的韻律〉發表於《劇場》雜誌三期。十二月，譯作〈皮蘭德羅與人底本性〉、論評〈演出之前〉、〈演出之後〉（〈等待果陀〉）發表於《劇場》雜誌四期。
一九六六年　27歲　四月，論評〈好萊塢走下坡〉發表於《劇場》雜誌五期。五月，新詩〈歲尾之歌〉發表於《現代文學》二十八期。十月十日和陳映眞、陳耀圻、李至善離開《劇場》雜誌，與尉天驄合辦以創作為主的《文學季刊》。殘陽系列短篇小說〈落日照大旗〉發表於《文學季刊》一期。赴美國加州大學柏克萊分校深造，留學期間繼續為《文學季刊》寫稿。
一九六七年　28歲　七月，殘陽系列短篇小說〈前團總龍公家一日記〉發表於《文學季刊》四期。
十一月，短篇小說〈盆景〉發表於《文學季刊》五期。
一九六八年　29歲　二月，昆蟲輯短篇小說《蛸》發表於《文學季刊》六期。
三月，取得加州大學梅克萊分校政治學碩士學位。並繼續攻讀博士班。
一九六九年　30歲　與邱剛健合譯《等待果陀》劇本，由仙人掌出版社出版。
一九七〇年　31歲　二月，短篇小說〈刀之祭〉發表於《文學季刊》十期。

一九七一年　32歲　十月，昆蟲輯短篇小說〈蛹〉發表於《現代文學》四十一期。第一本詩歌、散文、短篇小說合集《紅土印象》由志文出版社出版。後因參與保釣運動遭禁。

一九七二年　33歲　二月，昆蟲輯短篇小說〈蝶〉發表於《文學雙月刊》一期。由於參加保釣運動，放棄唾手可得的博士學位，此時生活中幾乎沒有了文學，而且作品在國內也被禁止刊登。

一九七五年　37歲　入聯合國工作，在一次大陸行後，開始沈思兩岸中國人問題，於是逐漸地退出校園這個小圈圈。

一九七八年　39歲　此時，聯合國在非洲成立環境規劃署，爲了給予自己一個思考空間，爭取機會自我放逐於非洲三年，慢慢恢復了創作活力，於是開始構思描寫六〇年代台灣中期社會知識份子的掙扎，以一年時間寫成長篇小說《浮游群落》，自此創作不輟。

一九七九年　40歲　六月，短篇小說〈長廊三號——一九七四〉，以筆名「屠藤」發表於《現代文學》復刊號四期。夏天，由肯亞返回紐約。

一九八一年　42歲　論評〈殷海光的道路〉發表於十二月三十日《北美日報》。

一九八二年　43歲　論評〈新鬼煩怨舊鬼哭〉發表於五月一日《新土》。

六月，短篇小說〈來去尋金邊魚〉發表於《現代文學》復刊號十四期。

論評〈哀波蘭〉發表於一月二日《新土》。

論評〈救救知識份子〉、〈逃吧！中國人〉、〈周張大喜〉發表於《七十年代》八、九、十一月號。

論評〈六十年代的絕響〉、〈兩條反省線〉發表於《中國時報・人間副刊》。
長篇小說《浮游群落》由香港臻善文化事業公司出版。
長篇小說《浮游群落》獲《大英百科全書》出版年鑑推介爲「生動地反映出一九六〇年代中國知識分子在臺灣的生活」。

一九八三年　44歲
論評〈北京猿文明的現代困境〉、〈胡娜逃獄成功〉、〈走出神話國〉、〈從「翻身」到「深翻」〉、〈一著活棋〉分別發表於《七十年代》一、五、六、七、十一月號。
〈一九八四與中國藍圖〉發表於《中國時報》。

一九八四年　45歲
短篇小說〈四合如意〉、〈杜鵑啼血〉、〈白樺林〉、〈草原狼〉、〈秋陽似酒〉、〈鶴頂紅〉發表於《中國時報》。
散文〈清秀可喜〉、〈羊齒〉、〈玉紫萁〉、〈唐努烏梁海〉、〈且林市果〉發表於《中國時報》。
論評〈黨外的「歷史焦點」〉、〈我歌頌香港〉、〈環境意識與共識〉發表於《九十年代》。
雜文〈散文心情　小說心情——寫在《杜鵑啼血》短篇小說集出版之前〉、論評〈靈肉靈肉〉、〈作家毀滅法〉、〈人獸之間〉、〈鄉土與流放〉、〈啓蒙家的式微〉、〈馬路大的幽魂〉、〈一生愛好是自然——聞徐露演出《牡丹亭》有感〉發表於《中國時報》。
十月，短篇小說集《杜鵑啼血》由遠景出版社出版。

一九八五年　46歲
短篇小說〈火龍〉、〈夜螢飛舞〉、散文〈驚春二題〉、〈台北一月〉發表於《中國時報》。

一九八六年　47歲　論評〈馬路大性格與馬路大命運——答王孝廉先生問〉、〈海外看創作自由〉、〈想像力的對壘〉、〈從前，有個越戰〉、〈幕後政治學〉、〈糊口人的世界〉、〈食草族與食肉族〉、〈逃之夭夭〉、〈走出神話國〉發表於《中國時報》。

六月，長篇小說《浮游群落》改由遠景出版社重印。

論評〈從「翻身」到「深翻」〉、〈中原心態與文化鄉愁〉、〈一身軟肉與兩片硬殼〉、〈知識份子的春天〉、〈動物與禽獸〉、〈魯迅的「墳」〉、〈把魯迅拿過來〉、〈蕭紅的大泥坑〉發表於《中國時報》。

一九八八年　49歲　一月，短篇小說集《秋陽似酒》由洪範書店出版；論評集《走出神話國》由圓神出版社出版。

論評〈錯綜而複雜　立體而飽滿（評張貴興〈柯珊的女兒〉）〉發表於二月二十六日《中國時報》。

一九九〇年　51歲　一月，短篇小說集《晚風習習》由洪範書店出版。《杜鵑啼血》亦改由洪範書店出版。

八月，長篇小說《浮游群落》改由三三書坊出版，遠流出版社發行。

九月二十九日，短篇小說〈晚風習習〉獲第十三屆時報文學獎海外地區推薦獎。

短篇小說〈魚缸裏的蜻蜓〉發表於五月二十四日《首都早報》；散文〈星空下〉、〈哭娃娃〉、論評〈動與不動之間——談梁寒衣的小說《基督山伯爵的墓室與出口》〉發表於十二月《中國時報》。

一九九一年　52歲　散文〈魚香〉、〈豹紋〉、〈夜信〉、〈園意〉發表於《中國時報》。

雜文〈補充情報〉發表於十月十七日《中央日報》。

一九九二年　53歲

九月，論評集《神話的破滅》由洪範書店出版。散文集《薩伐旅》由麥田出版社出版。

# 台灣宗教大觀

作者：董芳苑
書號：J163
定價：500元

透析台灣八大宗教的起源、教義、歷史以及在台發展現況！

原住民宗教／民間信仰／儒教／道教／佛教／基督教／伊斯蘭教／新興宗教！

蓬勃多元的宗教活動，不僅是台灣文化的重要特徵，更是欲掌握台灣文化精髓者無法迴避的研究對象。董芳苑教授深知這點，因此長期研究台灣宗教各個面向，冀望能更了解這塊他所熱愛的土地。原住民宗教、民間信仰、儒教、道教、佛教、基督教、伊斯蘭教、新興宗教，這八類在台灣生根發芽的宗教，其起源、基本教義、內部派別、教義演變，以及在台灣的發展狀況如何呢？它們究竟是如何影響台灣人日常的一舉一動以至於生命的終極關懷呢？這些重要的議題，不是亟需條理分明、深入淺出的解說，讓台灣人得以窺見自身文化的奧秘嗎？現在這部以數十年學力完成的著作，就是作者爲探究上述議題立下的一個里程碑，相信也是當代台灣人難得的機緣。願讀者能經此領會台灣文化的寬廣與深邃。

## 作者簡介

董芳苑　神學博士

1937年生，台灣台南市人。

學歷：台灣神學院神學士、東南亞神學研究院神學碩士、香港中文大學崇基學院研究、東南亞神學研究院神學博士。

經歷：前台灣神學院宗教學教授、教務長，前教育部本土教育委員，前輔仁大學宗教研究所兼任教授，前東海大學宗教學研究所兼任教授，台灣教授協會會員，長榮大學台灣研究所兼任教授。

著作：除《台灣宗教大觀》《台灣人的神明》《台灣宗教論集》（以上皆爲前衛出版）外，尚有宗教學與民間信仰等專著三十餘部。

# 近代台灣慘史檔案

作者：邱國禎
書號：J154
定價：500元

台灣在政黨輪替之前的歷史，是一頁又一頁的慘痛，台灣住民屈辱於外來政權統治下的命運，當然也是悲哀的。可是，把這種慘痛和悲哀以具體案例呈現的書並不多，以致漸漸流於空泛的吶喊。

本書是作者在民眾日報擔任主筆期間，以將近一年的時間蒐集資料，完成二百八十餘個代表性案例的記述，串起台灣從日治時期至蔣家王朝專制獨裁統治期間的慘痛史具象。

透過這些個案，我們可以看到時代的荒謬、逆流及統治者對待台灣住民的冷血、殘酷，提供我們很多椎心的省思，台灣住民應該從歷史的慘痛與悲哀中覺醒、站起來。

作者在1998年將這些個案逐日發表在民眾日報上，獲得非常廣泛的迴響，九年後在千催萬喚下才結集出版，實感於外來政權復辟勢力囂張，往昔是湮滅台灣悲痛歷史，近年則竭盡所能變本加厲地竄改史實，持續其洗腦台灣住民的黨國卑劣伎倆，台灣住民不容他們奸計得逞。

慘痛、悲哀已經過去，我們要把它銘刻在歷史的扉頁上，並且把它傳承給新的一代，讓他們記取教訓，努力地活出尊嚴偉大的台灣人。

## 作者簡介

邱國禎，資深媒體人（筆名：馬非白）。

從事新聞工作之前開設心影出版社，進入新聞界後，歷任民眾日報記者、專欄記者、新聞研究員、巡迴特派員、資訊組主任、採訪組主任、民眾電子報召集人、民眾日報社史館館長、編輯部總分稿、核稿、言論部主筆，以及短暫在民眾日報留職停薪去環球日報、中國晨晚報擔任副總編輯及主筆。民眾日報在1999年10月易手給「全球統一集團」，人事異動前即主動離去。

自2000年起專職經營南方快報（www.southnews.com.tw）。

# 談景美軍法看守所

作者：謝聰敏
書號：J155
定價：350元

瀕臨瓦解的獨裁政權，當它環顧四旁時，只會看到敵人。民意代表、學校教官、報社人員、民主人士、以及許許多多的平民老百姓，因為獨裁者心中的恐懼而被判罪下獄，受盡折磨。

本書除記載這些被禁錮的政治良心犯外，還特別著重於特務機構內部的鬥爭。今朝橫行的特務可能明朝就被軍法法庭宣判為匪諜治罪。透過這些前特務被刑求時的陣陣哀號，我們聽到了那個時代的黑暗與荒謬。

## 作者簡介

謝聰敏

1934年出生在彰化二林，當時日治下二林事件的餘波還影響著這個小鄉鎮，謝聰敏自不例外。之後目睹國民政府的種種作為，讓謝聰敏自覺地效法林肯以法律為受壓迫者辯護的理念。後來，經由更深刻的思考，發現台灣的基本問題在於極權統治。因此，在1964年與彭明敏、魏廷朝共同發表〈台灣人民自救宣言〉，宣言未及發送就被扣押判刑。出獄不久又被誣陷涉及花旗銀行爆炸案再度入獄。前後入獄計有11年又6個月。本書就是基於這些怵目驚心的獄中經歷所寫成的。

解嚴後，謝聰敏曾當選第二、三屆立委，政黨輪替後被聘為國策顧問。除本書外，重要著作還包括《出外人談台灣政治》（1991）、《黑道治天下》（1995）、《誰動搖國本——剖析尹清楓與拉法葉弊案盲點》（2001）等。

# 高玉樹回憶錄

作者：林忠勝撰述、吳君瑩紀錄
書號：J156
定價：350元

高玉樹（1913-2005）是台灣政壇的傳奇人物，台北市人，曾任台北市長、交通部長、政務委員、總統府資政。

戒嚴時期以無黨籍台灣人身份當選並連任台北市長，長達十一年，無畏權貴，大刀闊斧，政壇所罕見。故有「開路市長」之稱，為台北市民留下幾條美麗道路：羅斯福路、敦化南北路、仁愛路。蔣經國延攬入閣當交通部長，是第一個非國民黨籍出任要職的台灣人。

本書記述高玉樹家世、童年、母親，東瀛讀書、工作，三十八歲開始參選從政，宦海半世紀的精彩人生。在恐怖獨裁時代，為台灣勤奮打拚，並與外來政權鬥爭，有血有淚，有挫折有勝利的忠實記錄，也是一部傑出的口述歷史著作。

## 作者簡介

林忠勝

台灣宜蘭人，1941年生，台灣師範大學歷史系畢業，曾任中學、專科、大學及補習班教職二十年，學生逾五萬人。現為宜蘭慧燈中學創辦人，曾獲頒「十大傑出教育事業家」。

1969-71年間，於中研院近史所追隨史學家沈雲龍從事「口述歷史」訪問工作，完成《齊世英先生訪問紀錄》。1990年，與李正三等人向美國政府申請成立非營利的「台灣口述歷史研究室」，從事訪問台灣耆老、保存台灣人活動足跡的工作。

吳君瑩

林忠勝的同鄉和牽手，台北師專畢業。她支持丈夫做台灣歷史的義工，陪伴訪問、攝影和整理錄音成為文字記錄的工作。

# 打造亮麗人生：邱家洪回憶錄

作者：邱家洪
書號：J157
定價：450元

邱家洪，艱苦人出身，沒有顯赫家世、學歷，完全以苦學、苦修、考試出脫，躋身地方官場三十餘年，毅然急流勇退，恢復自由身，矢志爲自己的志趣而活，爲自己的理想而存在。他的人生，全靠自己親手淬鍊打造，有甘有苦、有血有淚，樸實拙然，閃著親切又綺麗的溫馨亮光。

第一階段（1933-1960）乃流浪到台北，備嚐失學、失業的苦楚，只得回鄉，做少年鐵路工人，但又不願一隻活活馬被綁在死樹頭，乃再北上尋夢，巧任報社特約記者，結婚後，被徵召入伍到金門戰地，是「恨命莫怨天」的生涯。

第二階段（1960-1975）因緣際會「吃黨飯」十五年，擔任國民黨基層黨工，每日勞碌奔波、周旋民間，因是第一線與民眾及地方派系近身接觸，使他對台灣地方政壇見多識廣、閱歷豐富，對他而言，民眾服務站的歷練，無異是一所「公費的社會大學」。

第三階段（1975-1993）是轉職政界、流落江湖、宦海浮沉十八年的公務員生涯，歷任省政府秘書、台中市社會局長、台中市政府主任秘書，是他一生的黃金歲月。

第四階段（1993起）自公職退休，無官一身輕，「回到心織筆耕的原路上」，有如脫韁野馬，馳騁文學園地，自在快意，十餘年間寫下九本著作，尤其新大河小說《台灣大風雲》二百三十萬字一氣呵成，是台灣自1940-2000年一甲子的歷史見證，獲巫永福文學獎，文壇刮目相看。

出版有《落英》（長篇小說），《暗房政治》、《市長的天堂》、《大審判》（以上三書是台中政壇新官場現形錄）、《謝東閔傳》、《縱橫官場》、《中國望春風》、《走過彩虹世界》、《台灣大風雲》（新大河小說）、《打造亮麗人生：邱家洪回憶錄》等書，著作豐富。

# 台灣：恫嚇下的民主進展

作者：布魯斯·賀森松（Bruce Herschensohn）
書號：J158
定價：300元

「賀森松對台灣將來命運的觀察，不但冷靜審慎，而且正確。此書具有高度的可讀性。」— Hugh Hewitt，美國脫口秀 The Hugh Hewitt Show 主持人。

「每頁都充滿重要的見識。賀森松所知道的中國和台灣，比得上任何人，而他對兩者的見識，則比他們更明智。」— D. Prager，美國新聞專欄作家及脫口秀主持人

中國有了核子飛彈可以射達美國本土，使一個中國將軍即時問道：「美國會犧牲洛杉磯來防禦台灣嗎？」。卡特總統背叛了台灣，與台灣斷交而與中國建交。雖然美國和台灣至今保持良好關係，好戰的北京卻視台灣為叛逆的一省。過去五年中，備有核武的中國，舉行了十一次軍事演習，模擬侵略台灣。在這同時，台灣關係法保證美國國會保衛台灣，這使美國是否會犧牲洛杉磯來保衛台灣，成了諸多政治情勢之一。 以賀森松常年在美國和台灣之間的公務關係，他在書中敘述為何台灣會成為美國在二十一世紀外交政策決定性的舞台。

## 作者簡介

布魯斯·賀森松，一九六九年，他被選為聯邦政府十大傑出青年，獲頒過國家次高的平民獎，以及其他的優異服務勛章，後來受聘為尼克森總統代理特別助理。賀森松在Maryland大學教過 「美國的國際形象」，在Whittier學院榮任尼克森講座，講授 「美國外交和內政政策」。1980 年，他受聘加入雷根總統交接團隊。賀森松 1992 年由共和黨提名，競選加州美國參議員，贏得四百萬票，光榮落選，比加州居民投給共和黨總統候選人的票數高出一百萬票。

賀森松是 「尼克森中心」外聘的副研究員，並且是「個人自由中心」（Center for Individual Freedom）的理事。

國家圖書館出版品預行編目資料

劉大任集 / 劉大任作. 林瑞明、陳萬益編. --
初版. -- 台北市：前衛, 1993 [民82]
252面；15×21公分. --（台灣作家全集.
短篇小說卷, 戰後第二代：8）
ISBN 978-957-8994-65-2（精裝）

857.63 83000680

# 劉大任集

台灣作家全集・短篇小說卷／戰後第二代⑧

作　　者　劉大任
編　　者　林瑞明、陳萬益
出 版 者　前衛出版社
10468 台北市中山區農安街153號4F之3
Tel: 02-25865708　Fax: 02-25863758
郵撥帳號：05625551
E-mail: a4791@ms15.hinet.net
http://www.avanguard.com.tw
出版總監　林文欽
法律顧問　南國春秋法律事務所 林峰正律師
出版日期　1993年12月初版第1刷
2009年01月初版第5刷
總 經 銷　紅螞蟻圖書有限公司
台北市內湖舊宗路二段121巷28.32號4樓
Tel: 02-27953656　Fax: 02-27954100

Printed in Taiwan　ISBN 978-957-8994-65-2
定　　價　新台幣250元